W0473501

Sie möchten keine Neuerscheinung verpassen?
Dann tragen Sie sich jetzt für unseren Newsletter ein!

www.ylva-verlag.de

SIMONE BAUER

Hinterm Großstadtdschungel links

AUS DEM LIEBESLEBEN EINER KLEINSTADTPFLANZE

Trauerfeierflirt

Wurde schon jemals in der Geschichte der Menschheit eine Frau auf der Trauerfeier der eigenen Tante angeflirtet? Also, nicht dass ich bis jetzt etwas anderes gemacht hätte, außer eben diese junge Frau so unauffällig wie möglich anzustarren. Und mir Mut zuzusprechen. Als Vorbereitung. Um genau das zu tun, was alles andere als angebracht war. Schon gar nicht hier, im beschaulichen, kleinen Blumenbad. Ein Städtchen, katholischer als der Vatikan.

Aber vielleicht fand sie mich sogar deswegen cool? Oder eben richtig daneben.

Fredi Gröblehner, unerschrockener Womanizer.

Wobei eigentlich eher sie wie ein wahrer Ladykiller wirkte: Sandra Grünwald, die aus der großen Stadt kam, in der Damen mit Louis-Vuitton-Handtaschen ins Fitnessstudio gingen. Sie war um die dreißig, Künstlerin – und ihre Erscheinung ein ganz eigenes Kunstwerk. Oh, diese große, schlanke Frau in eng geschnittener schwarzer Hose, schwarzer Bluse und dunklem Blazer. Aristokratische Augenbrauen, delikate Wangenknochen und eine Kurzhaarfrisur, die im Nackenbereich mal wieder eine Rasur gebrauchen konnte. Aber gut, sie war in Trauer um ihre Tante und hatte daher sicherlich andere Sorgen, als zum Friseur zu gehen. Es war nicht schwer, alles über sie herauszufinden, wenn man mit Menschen wie meiner Oma, dem personifizierten Klatschblatt im schwarzen wadenlangen Rock, unterwegs war.

Ich hatte Sandras Tante nicht besonders gut gekannt. Aber ich hatte auch keine bessere Ausrede gefunden, um nicht zu ihrer Beerdigung zu gehen, als meine Oma mich beim monatlichen Sonntagsbraten dazu aufgefordert hatte. Hobbys pflegte ich keine nennenswerten, ebenso wenig wie eine Beziehung. Dafür befand sich in meinem Schrank ein hübsches schwarzes Kleid, das ich noch nie getragen hatte. Meine Hündin durfte nach einem Schläfchen vor dem Friedhof auch mit in die Wirtschaft.

So lief das eben hier.

Das Trauermahl fand in einem der besseren Wirtshäuser unserer Kleinstadt Blumenbad statt, dort, wo die Oberpfalz an Niederbayern grenzt.

Für Ende April hatte die Sonne bereits »sehr viel Kraft«, wie die Leute immer wieder um mich herum betonten. Wir sahen diese aber nur durch die blitzblank geputzten Fenster des Wirtshauses hereinscheinen, wobei blütenweiße Spitzenvorhänge sie davon abzuhalten versuchten. Ebenso blütenweiß waren die gestärkten Tischdecken über Tischen aus hellem Holz. Ich hatte hier immer Angst, alles vollzukleckern wie ein grobmotorischer Elefant.

Wie viele Taufen, Hochzeiten, runde Geburtstage und Trauerfeiern die Hirschgeweihe an den Wänden ringsum wohl miterlebt hatten?

Sandras Tante hatte vor Jahrzehnten die Leitung des Kirchenchors übernommen, dementsprechend voll war das Wirtshaus. Für eine Trauerfeier herrschte eine emsige Lautstärke. Man erinnerte sich an das gute Leben, das sie gehabt hatte. Eine immerzu fröhliche, freundliche Frau. Aktuelle und ehemalige Chorzöglinge waren gekommen; natürlich auch der Pfarrer, dessen Predigt meine Großmutter in einer Ausführlichkeit gelobt hatte, wie sonst nur Influencer auf das neue iPhone reagiert hätten.

Und mittendrin Sandra. Sie hatte das Haus ihrer kinderlosen Tante geerbt, unweit vom Haus meiner Eltern. Seit mir diese Informationen über bröckelige Leberknödel in üppig gesalzener Suppe hinweg zugeflüstert worden waren, wollte ich nichts lieber wissen als die Antwort auf meine ungestellte Frage, ob Sandra nun dort einziehen würde.

»Wie geht es dem Herrn Bürgermeister?«, fragte meine Oma bei der Vorspeise. Zu meinem Job gehörte es, dem Bürgermeister die Art von Reden zu schreiben, die er beispielsweise beim Jubiläum des Kleintierzüchtervereins sowieso wieder spontan über den Haufen warf.

»Er trägt Kleingeld lose in seiner Hosentasche und macht mich wahnsinnig damit«, erwiderte ich. Meine Oma betrieb einen derartigen Personenkult um meinen Chef, es war nicht auszuhalten. Egal, wie chefig er war, sie hatte trotzdem Herzchen in den Augen. Sonst war sie nur vom Pfarrer ein noch größerer Fan; nicht mal mein Großvater hatte so hoch in ihrer Gunst gestanden.

Zum Glück war ich nicht allein mit meiner Oma unterwegs, dafür hätten schon stärkere Getränke als Bier auf der Speisekarte stehen müssen. Meine Mutter stand mir zur Seite, wenngleich sie sich in ihrer Kritik dem Bürgermeister gegenüber zurückhielt. Sie rümpfte lediglich die Nase und widmete sich weiter ihrer Suppe.

Wie immer in Patschuliöl gebadet, war sie ihr ganzes Hippieselbst, nur eben heute mal nicht in weißer Häkelspitze gekleidet. Ihr schwerer orientalischer Duft hatte mich meine ganze Kindheit und Jugend über begleitet. Es war eine nette Konstante, die ich nicht missen wollte.

Dennoch hätte ich mir gewünscht, dass sie sich gerade nicht in ihrer Werkseinstellung »Love, Peace and Happiness« befand und stattdessen über die vermeintlich korrumpierte Stadtregierung schimpfte, wie sie es von Zeit zu Zeit gerne tat. Aber es war sowieso vertane Liebesmüh, zu tief in die

Diskussion mit meiner Großmutter einzusteigen, denn sie hatte die Angewohnheit, das Thema zu wechseln, wie es ihr gerade in den Sinn kam.

So wie in diesem Moment.

»Musst du jetzt den Hund eigentlich überall mit hinziehen?«, erkundigte sich meine Oma und warf einen mürrischen Blick auf Akiko, die seelenruhig mitten im Gang zwischen den Tischen lag, alle viere weit von sich gestreckt. Schon ein-, zweimal hatte jemand versucht, sich an ihr vorbeizuschieben, aber Akiko hatte nicht mal daran gedacht, Platz zu machen. Zweifellos gab es größere Hunde als Shiba Inus, aber Akiko wusste ihren sandfarbenen Körper zu voller Länge auszustrecken, um sich durchzusetzen.

»Oma, sie schläft die meiste Zeit und wenn sie mal wach ist, braucht sie Action. Da kommt es ihr ganz gelegen, die Leute zu ärgern.« Wohlwollend beobachtete ich, wie sie nun Frau Maier vom Postamt nicht durchließ, eine durch und durch homofeindliche, verhärmte alte Schachtel.

Meine Großmutter nickte kaum merklich. Gesprächsthema abgehakt, wie bei einer To-do-Liste. Frau Maier zu helfen, stand auch auf ihrer Prioritätenliste nicht unbedingt weit oben und ich ignorierte die sowieso.

Manchmal fragte ich mich, ob ich im Alter auch so werden würde: alles schnell, schnell wegwischen, aber Hauptsache noch seinen Senf dazugeben. Hoffentlich nicht! Und ich wollte auch keine bunten Klatschblätter mit schlechten Soapstars auf dem Cover lesen, so wie meine Oma, sondern viel lieber im Fernsehen verfolgen, wie sich die sehr alten Joko und Klaas die Köpfe einschlugen …

»Deine braunen Haare werden auch immer dunkler«, gab meine Oma schließlich mit vollem Mund bekannt.

»Das ist das schlechte Licht, Oma, ich bin blond.« Ich runzelte die Stirn und fuhr mir durch die dunkelblonden

Locken. Waren wir jetzt mal mit mir durch? Ich wartete nur noch darauf, dass sie jeden Moment fragte, wo ich meinen Impfpass aufbewahrte. Spoileralarm: Ich habe keine Ahnung.

Zum Glück rettete mich in diesem Moment ausgerechnet Bri.

»Hey, Fredi.« Sie war hinter meinem Stuhl stehen geblieben, lehnte sich jetzt jedoch vor und stützte eine Hand neben mir auf dem Tisch ab, während die andere Hand auf meiner Stuhllehne lag. Umständlich wandte ich mich zu ihr um, nur um festzustellen, dass unsere Gesichter von viel zu wenig Luft getrennt waren. Keine Position, um nicht wie Sahne in der Sonne zu schmelzen.

Nicht weil es unangenehm war. Sondern weil *sie* es war. Ich stand seit Ewigkeiten auf Bri. Aber ungefähr genauso lange war sie auch mit ihrer Freundin Linda zusammen.

Brianna »Bri« Wallerschenk war eine der wenigen Polizeibeamtinnen im Ort und als solche extrem trainiert. Schon zu Schulzeiten hatte sie mit Krafttraining angefangen, wie auch immer sie an die Erlaubnis dafür gekommen war. Deswegen hatten wir tatsächlich nicht viel Kontakt gehabt: Wir waren zwar im selben Jahrgang gewesen, hatten uns aber in komplett unterschiedlichen Kreisen aufgehalten. Ich hatte mehr mit den Fußballerinnen zu tun gehabt; mit meiner besten Freundin Kati natürlich auch. Und Bri eben mit den Älteren im Fitnessstudio.

Meine erste richtige Erinnerung an sie war, als ich mein vollgekritzeltes Hausaufgabenheft in der Aula liegen gelassen hatte und sie extra zu uns geradelt war, um es mir wiederzugeben. Sie hatte sich natürlich nicht vorstellen müssen, weil wir wahrscheinlich schon im Sandkasten zusammen gespielt hatten. In dieser Kleinstadt gab es ja auch nur einen Kindergarten, eine Grundschule, einen Firmunterricht. Trotzdem hatte ich in dem Moment, als sie mir das eselsohrige Hausaufgabenheft überreicht hatte, das erste Mal den Gedanken: »Ach ja. *Bri.*« Ein elektrisierendes, unbekanntes Gefühl in mir, das sich nicht legen wollte, obwohl sie danach ziemlich zügig wieder heimgeradelt war.

Und dennoch trafen wir immer wieder aufeinander. Wir hörten, wie die jeweils andere ihr Coming-out hatte. Ich bemerkte, wie sie anfing, ihr aschblondes Haar in einem akkurat rasierten Sidecut zu tragen. Wir waren wie zwei Planeten in einer Umlaufbahn, immer in Sichtweite, aber ohne je die Chance zu bekommen, uns einander anzunähern. Wie auch, schließlich war sie seit Ewigkeiten mit diesem Mädchen aus dem anderen Ort zusammen, das nach dem Schulabschluss relativ schnell zu ihr gezogen war.

»Was machst du denn hier?«, fragte ich Bri jetzt. Sie war mir in der Kirche gar nicht aufgefallen.

»Die Resi war öfter auf der Wache. Sie hat uns immer ihren herrlichen Apfelkuchen vorbeigebracht. Den werde ich echt vermissen ... die Resi natürlich auch. Sie hat doch den Willi gedatet«, erklärte Bri mit einem Kopfnicken in Richtung ihres Kollegen Willibald. Dieser wirkte bedrückt, erhob aber in diesem Moment sein Glas auf seine verstorbene Freundin.

»Spricht man in diesem Alter noch von Dating?«, fragte ich scherzhaft. Was ich eigentlich sagen wollte, war, dass ich ihr gerne mal *meinen* herrlichen Apfelkuchen vorbeibringen könnte, aber ich hatte immer Angst, bei Bri zu weit zu gehen. Auf gar keinen Fall wollte ich eine vergebene Frau anflirten. Das war ja noch unangebrachter als auf einer Trauerfeier!

»Scheint so.« Bri lachte leise, während sie sich von mir weg und in Richtung Akiko beugte. Akiko, die sonst jede Person ignorierte – was nicht unüblich war für Shiba Inus, die gerne auch ihre Herrchen und Frauchen wie Luft behandelten –, schmiegte sich augenblicklich an sie. Ich war nicht nur eifersüchtig, weil Akiko Bri diese Ehre zuteilwerden ließ, sondern auch weil ich sehr gerne unter Bris Händen gewesen wäre …

Aber Bri war unerreichbar für mich.

Vielleicht fand ich Sandra daher auch so spannend. Sie kam von außerhalb. Dadurch hatte sie keine gemeinsame Vorgeschichte mit irgendjemandem hier in der Gegend. Sandra wusste nichts von meinen gescheiterten Beziehungen oder Bris glücklicher. Sie wusste nichts von der schrecklichen Art meiner Oma oder von Frau Maier. Zumindest *noch* nicht.

»Fühl dich geehrt.« Ich lächelte Bri schief an. »Es darf nicht jeder mit ihr kuscheln. Wenn du schon dabei bist, kannst du gerne noch versuchen, ihr einen Trick beizubringen. Das heißt«, fuhr ich hastig fort, »wenn Linda dich noch länger entbehren kann. Bei Akiko kann so was dauern.«

»Schauen wir mal. Ich geh mir die Hände waschen«, beendete Bri abrupt das Gespräch. Hatte ich etwas Falsches gesagt? Zwar zwinkerte sie mir zum Abschied zu, aber das Gefühl, dass irgendetwas schiefgelaufen war, blieb.

Zum Glück hatte meine Familie nichts von meinem Gefühlswirrwarr mitbekommen. Meine Oma hatte sich inzwischen meiner Mutter zugewandt. »Magst jetzt den Franz nicht endlich mal heiraten?«, fragte sie heute schon zum zweiten Mal. »Jetzt seid ihr schon so lange zusammen und habt ein Kind von fast dreißig Jahren.«

»Ja, darum macht dieser Aufwand noch weniger Sinn«, erwiderte meine Mutter ungehalten.

Ich verbiss mir ein Lachen und klinkte mich gedanklich aus dem nachfolgenden Gespräch der beiden aus. Die Unterhaltung mit Bri hing mir noch nach, und ich ließ meinen Blick umherschweifen, der jedoch schnell wieder an Sandra hängen blieb. *Zurück zum Thema.* Gerade saß sie ausnahmsweise allein an ihrem Platz und malte mit einem Kugelschreiber auf einem Bierdeckel herum. Zuvor war sie immer mal wieder angesprochen und zur Seite genommen worden, obwohl sie die meisten Leute auf der Trauerfeier vermutlich gar nicht kannte. Ihre Mutter war mit ihr schon vor langer Zeit aus unserer Kleinstadt weggezogen und ihre verstorbene Tante hatte sie auch nicht oft besucht. Ihre Tante war lieber in die Großstadt gefahren.

Das war meine Chance.

Was gab es schon zu verlieren? Sie war ja eine Fremde. Wem sollte sie davon erzählen, wenn ich mich blamierte, irgendjemandem in München? Also überließ ich meine Oma und meine Mutter ihrem Geplänkel und machte mich auf den Weg zu Sandra. Meine Hündin ließ sich dazu herab, mir zu folgen.

Sandra bemerkte mich erst, als ich schon neben ihrem Tisch stand. Sie sah auf und ich straffte die Schultern.

»Hi, ich bin Fredi.« Ich streckte Sandra meine Hand hin, die sie zögerlich, aber kräftig schüttelte.

»Ernsthaft?«

»Frederike ist mir einfach zu lang.«

»Frederike«, wiederholte Sandra, als müsste sie eingehend über die Namensentscheidung meiner Mutter nachdenken.

Gut, eigentlich hatte eher meine Oma darauf bestanden, dass ich nach ihr benannt wurde – meine Mutter hätte mich sonst vermutlich »Sonnenblume« genannt. Die Taufe war natürlich auch Omas Wunsch gewesen.

»Gröblehner«, fügte ich hinzu, während ich mich neben sie auf die Bank setzte. Ihr Herrenparfüm schlug mir entgegen.

»Wie bitte?«

»So heiße ich.«

»Oh.« Sandra nickte. »Ich bin Sandra.«

Ich grinste. »Ich weiß.« Mit meinem Kopf deutete ich auf meine Hündin. »Das ist Akiko.«

»Du hast es mit außergewöhnlichen Namen, was?« Sandra grinste leicht. Der Flauschball nieste.

»Mein Beileid, gell? Wir sind alle sehr betroffen.« Ich räusperte mich und wartete eine respektvolle Sekunde ab. »Also, falls du jetzt öfter hier bist ...« Lächelnd schnappte ich mir ihren Bierdeckel und den Kugelschreiber, den sie zur Seite gelegt hatte. Ich schrieb meine Handynummer auf die Rückseite, so leserlich wie möglich, und schob ihr das dünne Pappstück über den Tisch zu. »Lass mich ruhig wissen, wenn du etwas brauchst. *Wir* müssen doch zusammenhalten.«

Ich zwinkerte und stieß sie leicht in die Seite, was Sandra zum Blinzeln brachte. Okay, sie hatte die Botschaft verstanden – hoffentlich.

Mit meinen *blonden* Locken, die mir bis zum Schlüsselbein reichten, dem spitzen Kajalstrich über den blauen Augen und stets rot geschminkten Lippen litt ich unter einem kristallklaren Fall von Femme Invisibility. Die Frage »Stehst du etwa auf Frauen?!« war keine Seltenheit. Normalerweise war man als feminine Lesbe nämlich so gut wie unsichtbar, absolut heterosexuell codiert. Mit dem Unterschied, dass ich einen Mann noch nicht mal mit der Kneifzange anfassen würde.

Daher kam es mir entgegen, dass in dieser Gemeinde jeder alles über jeden wusste. Das ersparte mir so manche Diskussion – aber leider nicht jede.

Nachdem ich Sandra meine Nummer gegeben hatte, versuchte ich, möglichst elegant von dannen zu schweben. Ich hatte keine Ahnung, was Sandra mit ihrem Immobilienerbe anstellen wollte – weil ich kalte Füße bekommen hatte, sie danach zu fragen. Aber so wirkte ich wenigstens nicht noch unsensibler, weil ich sie nach so einem schlimmen Verlust nicht nur anflirtete, sondern auch noch ausquetschte. Wenngleich ich sie am liebsten gefragt hätte, ob ich sie in meinem Fitnessstudio anmelden sollte und ob wir fortan die Abende miteinander verbringen wollten.

Wenn es nach mir gegangen wäre, hätte ihre Antwort auf all das »ja, okay« gelautet.

Auf meinem Weg zurück zu unserem Tisch, die wandelnde Eleganz, die ich war, hätte ich fast Bri umgerannt. *Verdammt*, hoffentlich hatte Sandra mir dann doch nicht hinterhergeschaut!

»Du lässt wohl nichts anbrennen. Nicht mal auf einer Trauerfeier.«

Ich konnte ihre Stimmung nicht deuten, weil Bri ein perfektes »Pokerface« trug und ihr Tonfall nichts verriet. Sollte das ein Witz sein? Egal, ich reagierte ein wenig angesäuert.

»Als Singlelesbe in Blumenbad muss man sehen, wo man bleibt. Ich weiß, davon verstehst du nichts. Du hast ja vermutlich schon das Standesamt für dich und Linda gebucht!«

Bri zögerte keine Sekunde und kam direkt auf den Punkt: »Wir sind nicht mehr zusammen.«

Was?! Warum zur Hölle hatte ich keine Pushmitteilung dazu erhalten? Das grenzte ja fast an *Homofeindlichkeit*!

Erschrocken schlug ich die Hand vor den Mund. »Oh mein Gott, das tut mir leid!«

Erst danach überdachte ich meine Worte: Was genau tat mir eigentlich leid? Dass ich mit meiner Aussage möglicherweise einen wunden Punkt getroffen hatte? Dass Bri und Linda getrennt waren? Dass ich gerade eine junge Frau in Trauer angebaggert hatte, statt mich auf Bri zu konzentrieren?

Anstatt großer Worte machte Bri eine wegwischende Geste und setzte sich wieder zu ihren Kollegen. Da ich schlecht untätig in der Gegend rumstehen konnte, machte ich es ihr nach und fand den Weg zurück zu meinem Platz. Meine Mutter war nach dem Abräumen der Suppe verschwunden – vermutlich, um in der beige gefliesten Damentoilette zu meditieren.

»Fredi, spinnst du jetzt? Das finde ich wirklich nicht schön, die arme Grünwald Sandra, so zu belästigen, wenn sie in Trauer ist!«

Ich versuchte, meine Oma zu ignorieren. Wäre ich nicht hingegangen, hätte sie mich ganz sicher zu ihr geschickt, denn man konnte es meiner Oma grundsätzlich nicht recht machen. Stattdessen fragte ich: »Oma, hast du gehört, ob die Pfaffensteiner Linda, noch mit der Polizistin zusammen ist?«

Meine Oma hatte nämlich keine Ahnung, wie Bri hieß, zumindest tat sie so. Dafür wusste sie umso genauer, wie ihre Kollegen »sich schrieben«, wie man hier nachfragte, wie jemand hieß.

»Ja, mei, die arme Linda! In ihrem Alter Single!«

Was?! Sie hatte das gewusst und mir nichts erzählt? Sie erzählte mir sonst von jedem Schluckauf, den irgendein Supermarktkassierer hatte!

Aber was hätte ich mit der Information angefangen, gleich einen ersten Versuch bei Bri gemacht? Das wäre doch lächerlich gewesen, absolut unangebracht. Es war sicher vernünftiger, eine Trauernde anzuflirten als eine Frischgetrennte. Die mich noch dazu mit furchtbaren roten Blocksträhnen zu Teenagerzeiten kannte! Damit würde ich meiner Karriere als Lückenbüßerin bloß eine weitere Station hinzufügen. Wenn überhaupt. Versuchte ich mir jedenfalls einzureden.

Ich hob eine Augenbraue. »Linda ist jünger als ich.«

»Ja, sag ich doch!«

In dieser Nacht lauschte ich dem Hundeschnarchen dicht neben meinem Ohr. Die Worte meiner Oma hallten gruselig in meinem Kopf nach: *»… ein Kind von fast dreißig Jahren«, »In ihrem Alter Single!«* Okay, ich hatte bis zu meinem dreißigsten Geburtstag noch zwei Jahre. Aber sollte man dann nicht auch schon total erwachsen sein?

Ich hatte eine Waschmaschine. Und ein Lebewesen, um das ich mich kümmern musste. Und trotzdem fühlte ich mich wie frisch von der Uni, denn viel mehr hatte ich bislang im Leben nicht erreicht.

Vielleicht war es ein Problem, wie ich »Erwachsensein« definierte. Nämlich mit einem Ring am Finger. Okay, meine Eltern trugen keinen. Dennoch waren sie das glücklichste, langlebigste Paar, das ich kannte. Sie teilten so viele Dinge, ohne gleich ein und dieselbe Person zu sein. Irgendwie hatten sie von allem etwas – unzählige Gemeinsamkeiten, aber auch sich perfekt ergänzende Gegensätzlichkeiten. Ich hatte sie nie streiten gesehen oder gehört.

Das war, was ich mir auch für mich wünschte.

Warum hatte ich bloß nie Glück? Also, nicht dass ich prinzipiell ein unglücklicher Mensch gewesen wäre. Ich wollte mich nicht beschweren, schließlich kam der Spaß in meinem Leben nicht zu kurz. Trotzdem war ich Single. Und zwar nicht, weil ich eine große Karriere meinem Liebesleben vorgezogen hätte. Am Schluss hatte es einfach nicht gepasst oder für mehr gereicht, was entweder mich oder die andere frustriert hatte.

Blickte ich nun darauf zurück, schien ich irgendwie für jede meiner Ex-Freundinnen nur eine Zwischenstation gewesen zu sein. So ungefähr der letzte Stopp vor der ganz, ganz großen Liebe. Sie waren zum größten Teil mit meiner Nachfolge verheiratet, hatten Häuser gebaut, Wohnungen gekauft, Kinder gezeugt oder zusammengenommen ganze Zoos adoptiert.

Und ich? Nicht mal den Brautstrauß auf Vronis Regenbogenhochzeit – so das farbenfrohe Motto der Feierlichkeiten meiner Lieblingswirtin Vroni, die wie eine Tante für mich war – hatte ich gefangen. Vermutlich war das ein Wink des Schicksals mit dem Zaunpfahl gewesen. Okay, mit ziemlicher Sicherheit war mir die Richtige schlichtweg noch nicht begegnet. Die Hälfte der potenziell in Frage kommenden Frauenfußballerinnen des Städtchens hatte ich allerdings schon durch. Auch beim Schützenverein brauchte ich nicht mehr aufzutauchen, sofern ich nicht unbedingt scharf darauf war, meiner Ex dabei zuzusehen, wie sie meine andere Ex abknutschte. Ja, die beiden waren sehr glücklich miteinander, seit Jahren, und inzwischen besaßen sie drei Katzen. Ganz zu schweigen von den Ex-Freundinnen, die tatsächlich so taten, als wäre ihre Zeit mit mir nur eine Phase gewesen.

Üblicherweise endeten meine Beziehungen mit einer Trennung im Guten – den Anblick total verliebter Pärchen wollte ich mir trotzdem ersparen.

Was also tun? Mein Glück bei der anderen Hälfte des Frauenfußballvereins versuchen, auch bei den Heteras?

In dieser Nacht sah ich genau darin das Problem.

Frustriert setzte ich mich auf, was Akiko nicht aus dem Reich der Träume reißen konnte – eigentlich konnte das nichts außer dem Quietschen ihres Lieblingsspielzeugs. Ich angelte nach meinen flauschigen Socken und zog sie im Dunkeln umständlich an.

Möglicherweise hatte das Thema schon eine Weile in mir gegoren. Aber meine letzten Kennenlernphasen waren alle einfach Mist gewesen. Und ich konnte es einfach nicht benennen: Waren meine Ansprüche zu hoch oder zu niedrig?

Während ich aufstand, losschlurfte und dabei fast über meinen Flauschteppich gestolpert wäre, war es mir zum ersten Mal vollends klar: Ich suchte falsch. Und vor allem suchte ich den Fehler bei mir.

Ich suchte in der falschen Stadt.

Es musste ganz eindeutig am Blumenbader Datingmarkt liegen! Beinahe wäre ich gegen den Türstock der Küchentür gelaufen, der mich fast genauso hart getroffen hätte wie diese Erkenntnis.

Ich taumelte in meine Küche, die Augen zusammengekniffen wegen der plötzlichen Helligkeit durch meine angeknipste Küchenlampe. Auch die Küchenmöbel schienen mitten in der Nacht zu viel zu sein, hatte ich sie ja in einem Anfall von Kreativität komplett fliederfarben angestrichen.

Auf der Suche nach einem Mitternachtssnack überkam mich vor dem offenen Kühlschrank eine weitere Erleuchtung: Sandra war nicht von hier. Die Neue mit diesen krassen Wangenknochen, die mir das Schicksal direkt vor die Füße geworfen hatte, war mein Ticket für den Expresszug Richtung Zufriedenheit.

Ich fischte eine Essiggurke aus dem nur halb zugeschraubten Glas und aß sie mit kräftigem Appetit. Danach schnappte ich mir einen Blaubeerjoghurt.

Meine Oma in meinem Kopf war nun still, dafür kam ein neues Echo hinzu.

»Wir sind nicht mehr zusammen.«

Ich erstarrte über der offenen Besteckschublade. Eigentlich wäre das meine Chance. Bri war Single. Hatte ich mir das nicht so oft gewünscht?

Mit einem *Ratsch* riss ich den Deckel vom Joghurtbecher ab und verkleckerte dabei ein wenig. Während ich mir den Joghurt vom Finger schleckte, erinnerte ich mich an meine Eingebung von vor zwei Minuten.

Sollte ich nicht besser darauf verzichten, in meinem Heimatlandkreis zu daten?

Unruhig rührte ich in meinem Joghurt. Abgesehen davon hatte ich nicht das Gefühl, dass Bri mich auch nur im Entferntesten attraktiv fand. Klar, in Beziehungen machte man anderen keine Komplimente, aber vorher hatte ich sie auch nicht gerade in Verzückung versetzt. Sie sah selbst ihr Schnitzel mit mehr Ausdruck an als mich.

Zum Dating brauchte es immer noch zwei.

Und das mit Sandra erschien mir so aufregend.

Genießerisch nahm ich einen übervollen Löffel Joghurt.

Endlich mal jemand, der nicht jede Person in dieser Stadt mitsamt Vergangenheit, Gegenwart und Zukunft kannte! Das war viel verlockender als jemand, der genau mitbekommen hatte, dass ich beim Sportfest nicht mal eine Teilnehmerurkunde erhalten hatte, weil ich mich geweigert hatte, mit meiner nagelneuen Turnhose in einen Sandkasten zu springen.

Ich stellte den halb leer gegessenen Joghurt zurück in den Kühlschrank und legte mich wieder ins Bett, versöhnt mit der Welt. Mein Gedankenkarussell verlangsamte sich und ich schlief endlich ein. In meinem Traum tanzte ich mit Sandra, die als Essiggurke verkleidet war, und mit Bri – die mit Joghurt überschüttet worden war. Ein Glück, dass das nichts bedeuten konnte …

Supergirltage

»Findest du nicht, dass die Aktion ziemlich abgedreht ist?« Ich betrachtete verwirrt das Blatt Papier vor mir.

Kati runzelte die Stirn. »Wieso denn?«

»Du arbeitest in einer Apotheke. Warum braucht ihr eine Aktion zum Schulanfang?«

»Der Friseur macht das auch! Der Supermarkt sowieso!« Kati fuchtelte wild mit ihren Händen herum, als hielte sie eine Rede bei einer Bundestagsdebatte.

»Ja, aber was kauft ein Kind in der Apotheke?«, fragte ich skeptisch. Zugegeben, ich kannte mich nicht besonders mit Kindern aus, eigene wollte ich ohnehin nicht. Mir reichten Akikos Hundeschulbesuche und die gelegentlichen Grundschultermine vor Weihnachten, wenn ich den Bürgermeister dort abladen musste. In manchen Jahren wollte er, dass wir zusammen hingingen. Und dann erwartete er, dass ich die Weihnachtslieder mitsang. Reine Schikane.

Gut, vielleicht tat er manche Dinge nicht in der Absicht, mich bloßzustellen. Er war halt einfach exzentrisch und ich frustriert, für ihn zu arbeiten. Aber dass er mich manchmal Schnupftabak holen ließ und diesen dann nie benutzte, das war ganz sicher Kalkül!

»Wir haben diese tollen Lutschpastillen, die schmecken nicht nur nach Kirschen, sondern sind auch gut …« Kati gestikulierte aufgeregt, was ihren brünetten Pferdeschwanz zum Wippen brachte.

»Warte, vielleicht formuliere ich meine Frage anders. Warum Supergirl in einer Apotheke?« Ich strich das Blatt Papier auf dem klebrigen Holztisch glatt.

»Kannst du bitte einfach nur die Rechtschreibfehler korrigieren und still sein?«, bat Kati mich und nahm einen Schluck von ihrem Apfelsaft.

Wir hatten uns wie immer im *Samba* getroffen. Eigentlich war das *Samba* eine typische Boaz'n, eine geringfügig beleuchtete Kneipe. Dekoriert mit Blumenkränzen und jeder Menge Siebziger-Jahre-Charme. Ein Flipper blinkte emsig in der Ecke. Vroni hatte diese Boaz'n schon immer gehört. Zuerst hatte sie sie zusammen mit ihrem Ex-Mann geführt, nun mit ihrer Frau, die seit eh und je in der Küche zugange war. Dort waren die beiden auch zusammengekommen …

Vroni stand gerade hinter dem Tresen und füllte schwungvoll ein Weizenglas auf. Der blonde Knödel, zu dem sie täglich ihr Haar auf ihrem Kopf auftürmte, schwankte gefährlich. Sie war viel zu braun gebrannt für diesen Frühling.

Akiko schlief zu meinen Füßen, weil sie sich an den Wienern von Vroni schon vor langer Zeit satt gegessen hatte. Im Traum jagte sie wohl gerade etwas Besseres, denn sie machte Geräusche, die wir ignorierten.

Wie immer spielte am Stammtisch die Schafkopfrunde, bestehend aus einigen Kollegen aus dem Rathaus. Und die lechzten nach ihrem Feierabendbier. Dabei saßen sie unter einem riesigen Gemälde, das aussah, als wäre es der Romantikphase des 19. Jahrhunderts entsprungen. Das Bild hatte schon immer hier gehangen und die anderen Bilder drum herum hatten einen ähnlichen Stil, aber bei der Auswahl dieses speziellen hätte Vroni eigentlich schon viel früher erkennen können, dass sie auf Frauen stand: In einer üppigen Waldszenerie badeten drei nackte Frauen mit knackigen Pos, elfenbeinweißer Haut und geröteten Backen.

Also, die im Gesicht.

Kati beobachtete mich, während ich weiterhin Supergirl auf dem Flyer musterte. Ich hatte keine Lust, jetzt die Deutschlehrerin raushängen zu lassen, weil ich mit Kati eigentlich über etwas anderes reden wollte.

»Das hat doch Zeit, oder? Es ist noch nicht einmal richtig Sommer.«

»Ja, aber schau bitte bald drauf. Du weißt, wie das mit Onlinedruckaufträgen ist«, grummelte Kati.

Ich nickte wohlwissentlich wegen der letzten Infobroschüre, die ich zum siebzigjährigen Stadtjubiläum hatte drucken lassen. Auf keinen Fall wollte ich Kati die Hilfe verweigern, aber gerade gingen mir einfach andere Sachen im Kopf herum.

Katrin »Kati« Springer und ich hatten uns vor über zwanzig Jahren am ersten Schultag kennengelernt. Und das zelebrierten wir jedes Jahr Mitte September. In diesem Jahr wollte Kati allerdings lieber im Supergirl-Kostüm in der Apotheke, in der sie arbeitete, den Schulanfang feiern. Eigentlich wollte Kati immer im Supergirl-Kostüm feiern. Zu Vronis Hochzeit war sie verdammt noch mal in einem blauroten Kleid erschienen.

Heute Abend trug sie eines ihrer unzähligen Shirts von DC Comics. Ich hatte Marvel schon immer besser gefunden, daher konnte ich ihre Faszination nicht so recht teilen. Aber natürlich unterstützte ich sie in allem. Wenn Supergirl ihr Kraft gab, dann sollte es so sein.

In einem kleinen Ort wie diesem, aus dem man selten herauskam, war es eigentlich schon fast selbstverständlich, dass wir mal etwas miteinander gehabt hatten.

Es war nicht die erfolgreichste Beziehung aller Zeiten gewesen, sagen wir es so.

Weil Kati sehr eigen war. Nicht nur wegen ihrer eingeschränkten Shirtauswahl.

Sie aß ausschließlich bei Vroni, wenn es auswärts sein musste. Ich war mir nicht mal sicher, ob Kati überhaupt ein anderes »Restaurant« kannte.

Auch heute gab es für sie zum Abendessen Wiener, Kartoffelsalat und eine Brezel. Wie jedes Mal musste sie alle Komponenten in der für sie sinnigen Reihenfolge anordnen, weil Vronis Frau den Senf bis zum heutigen Tag nicht an der für sie richtigen Stelle auf den Teller kleckste. Kati war in dieser Hinsicht ähnlich zwanghaft veranlagt wie die Hauptfigur der Serie *Monk*.

Dennoch war Kati die großartigste Freundin, die ich mir wünschen konnte, und ich war froh, dass wir unser Beziehungsexperiment überlebt hatten.

Außerdem stellte sie die Ausnahme einer meiner Theorien dar. Nämlich, dass ich für alle meine Ex die letzte Haltestelle vor dem Ziel »große Liebe« war. Bei Kati hatte der metaphorische Bus zwei Meter nach der Haltestelle eine Panne gehabt.

»Sag mal ... Hast du schon von der Grünwald Resi, gehört, die gestorben ist?«

»Die mit dem riesigen Haus bei der Zahnarztpraxis?«

»Ja, genau. Sie hat es vererbt. Ihrer sehr attraktiven Nichte«, erzählte ich ihr.

»Oh Gott, Fredi, du hast dich doch nicht etwa bei einer Beerdigung verknallt?!«

»Nein, beim Trauermahl«, entgegnete ich.

Kati rollte die Augen, als wollte sie sagen: »Klar, so was passiert mir auch ständig!«

»Sandra Grünwald ist eine solche Erscheinung! Weißt du, es ist, als wäre Resis Tod ein Zeichen des Schicksals ...« Plötzlich war ich ganz aufgeregt.

Eine Aufregung, die Kati nicht teilen konnte. »Fredi ...«

»Nein, hör zu. Ich wäre Sandra ja sonst nie begegnet und außerdem ist mir in diesem Moment klar geworden …«, setzte ich an, um Kati in meine neue, lebensverändernde Theorie einzuweihen. Natürlich glaubte ich nicht, dass Sandras Tante für mein persönliches Glück gestorben war, aber vielleicht hatte das Universum schon länger versucht, mir etwas zu sagen, und dieser schicksalhafte Tag hatte es mir endlich verdeutlich.

Okay, ich war wirklich die Tochter meiner viel zu esoterisch angehauchten Mutter.

In dem Moment, in dem ich fortfahren wollte, erhaschte etwas Katis Aufmerksamkeit. Oder besser: jemand.

»Hey, Bri!«

Hätte ich gerade von meiner Cola getrunken, ich hätte mich spontan daran verschluckt.

»Hey. Na.«

Oh, verdammt. Ich hatte Kati noch gar nicht die Neuigkeit erzählt!

Und dann stand Bri schon vor unserem Tisch.

»Magst mit uns essen?«, fragte Kati ganz unbedarft.

Sie hatte die Wichtigkeit meiner Erkenntnis über Sandra eindeutig nicht begriffen. Und sie hatte keine Ahnung, wie mein Körper in Bris Gegenwart verrücktspielte, dafür hätte sie ja auch wie eine richtige Superheldin Gedanken lesen müssen. Ich schluckte. War gerade der Hochsommer ausgebrochen? Mir war von jetzt auf gleich so heiß, als müsste ich in eine Eistonne springen, um mich abzukühlen.

Bri zögerte. Etwa meinetwegen?

»Noch mal Entschuldigung, gell?«, sagte ich schnell. Ich wollte mich von ihr fernhalten, aber gleichzeitig wollte ich auf keinen Fall, dass sie sich von mir fernhielt!

Leider sah sie wie immer zum Anbeißen aus. Sie wirkte frisch geduscht, mit perfekt liegenden Haaren und einem umwerfenden Duft, der sie umgab. Ihre Muskeln zeichneten sich unter ihrem weißen Polohemd ab. Im Grunde war sie das komplette Gegenteil von Sandra – wenn ich High Heels trug, waren wir auf Augenhöhe.

Kati warf mir einen fragenden Blick zu, aber die Zusammenhänge konnte ich ihr unmöglich auf nonverbaler Ebene aufdröseln. Also musste das warten.

Bri aß ebenfalls regelmäßig nach ihrer Schicht bei Vroni. Manchmal setzte sie sich dabei zu uns, aber in der Regel trank sie mit Kollegen ein Feierabendbier oder saß schon allein am Tresen und war in ihr Handy versunken. Sicher hatte ich mir schon hunderte Male Gedanken darüber gemacht, warum sie nicht einfach mit Linda aß. Ob die Trennung irgendetwas damit zu tun hatte?

»Passt schon.« Bri schien nicht vorzuhaben, vor Kati Einzelheiten ihres Beziehungsaus auszubreiten, obwohl die beiden sich mochten. Zumindest führten sie gerne ausführliche Gespräche über die verschiedensten Varianten des *Joker*. Bei denen, zugegeben, Kati so viel sprach wie sonst tagelang nicht.

»Worüber unterhaltet ihr euch?« Bri zog sich einen Stuhl heran.

»Über die Nichte von der Grünwald Resi«, plauderte Kati frei von der Leber weg.

Kati war die schlechteste Wingwoman aller Zeiten. Gut, dass ich ohnehin nicht vorhatte, etwas mit Bri anzufangen.

»Ihre Haare sahen gefärbt aus, hmm?«

»Ihre Haare sind überhaupt nicht gefärbt!«, ergriff ich sofort Sandras Partei. Klar hatte ich keinen Grund dafür, aber hatte sie einen, Sandra so schlecht zu machen?

Bri rümpfte die Nase, als wäre sie alles andere als glücklich über meine Reaktion.

Während ich sie so betrachtete, kam mir in den Sinn, dass es vielleicht Schicksal gewesen war, Sandra zu begegnen, aber ganz sicher nicht, dass Bri mir erzählt hatte, jetzt Single zu sein. So kurz nach einer Trennung fand man sein wahres Liebesglück schlicht nicht. Außer meine Ex-Freundinnen. Aber das lag ja eher an mir. Es bei Bri zu versuchen, wäre einfach kein schlauer Zug.

Keine Ahnung, ob mein plötzliches Aufbrausen schuld daran war, dass der schnarchende Fellball zu meinen Füßen wach wurde – jedenfalls erschnupperte sie Bris unwiderstehlichen Duft. Auf einmal ging unter unserem Tisch die Post ab, als Akiko irgendwie versuchte, sich zwischen all unseren Beinen hindurchzuschlängeln, um Bri zu begrüßen und mit ihr zu spielen.

»Akiko! Sitz!« Bri zeigte auf die süße Schnute der Hündin, die sich sofort wie hypnotisiert neben sie setzte.

Warum war Bris natürlicher, weil berufsgewohnter Tonfall eigentlich so sexy? Kein Wunder, dass sie Akiko fast so gut im Griff hatte wie ich!

»Du solltest auf sie aufpassen, Fredi«, meinte Bri und winkte Vroni heran.

Ich neigte fragend den Kopf. »Wieso?«

»Könnt ihr euch noch an unsere Geschichtslehrerin erinnern, Frau Wurzelhuber?«

»Ich kann mich in erster Linie daran erinnern, dass sie meinen Klotz von damaligem Handy konfiszieren wollte, es aber die ganze Zeit ‚Gameboy' nannte«, erwiderte ich.

»Ihr Chihuahua Brutus wurde tot aufgefunden. Irgendetwas geht hier in Blumenbad vor sich und ich wäre an deiner Stelle sehr besorgt um Akiko.«

Ich fand es immer sehr bewundernswert, wie souverän sich Bri als Polizistin verhielt. Das konnte sie nicht auf der

Polizeischule gelernt haben, denn ihr Kollege Giovanni war beispielsweise das komplette Gegenteil davon. Er plauderte am laufenden Band Geheimnisse aus. Na ja, oder es lag einfach daran, dass Bri keine Frau großer Worte war.

Ich dankte ihr, uns davon erzählt zu haben. Akiko war mein Ein und Alles! Ich würde ganz sicher nicht zulassen, dass ihr irgendetwas passierte!

Vroni stieß zu uns, allerdings ohne Block, weil sie sich Bris Bestellung nicht zu notieren brauchte. »Vier? Semmel?«

»Zwei lieber«, gab Bri zurück. Kati und ich sahen uns verwirrt an.

Vroni runzelte die Stirn. »Wieso, Diät?«

Bri zuckte mit den Schultern. »So halt.«

Vroni nahm das nickend zur Kenntnis und verschwand in der Küche.

Jetzt verstand ich. Bri verzichtete auf zwei extra Wiener. Auf Kartoffelsalat und Brezel sowieso, daher die Ersatzsemmel, aber zwei Wiener weniger als offenbar üblich? Litt sie so sehr wegen Linda, dass sie keinen Hunger hatte?

Eine Frage, die ich zweifellos nicht stellen konnte. Stattdessen hakte ich nach: »Was meinst du mit ‚tot aufgefunden'? Der Hund ist ja nicht allein in eine dunkle Gasse gegangen und hat es sich mit den falschen Leuten verscherzt.«

»Ich darf eigentlich nicht mehr sagen. Die Untersuchung ist noch nicht abgeschlossen.«

Eine Untersuchung gleich … ich nickte. Zwar wusste ich nicht, worauf ich nun spezifisch achten sollte, aber ich würde so was von auf Akiko achten!

Kati beschloss, das Thema zu wechseln. »Also, wie geht es Linda?«

Das war also, was ihr einfiel, wenn sie und Bri hauptsächlich über Filme sprachen? Unauffällig trat ich unter dem

Tisch nach ihr, was meine beste Freundin mit absolutem Unverständnis quittierte.

»Fredi, alles gut bei dir?« Kati sah mich irritiert an, als hätte ich sie wegen einer krankheitsbedingten Körperzuckung getreten und nicht, um sie zum Schweigen zu bringen.

Bri warf mir einen kurzen Blick zu, der fast schon Anerkennung zeigte, weil ich ihren Beziehungsstatus nicht weitergetratscht hatte. Was ja hauptsächlich daran lag, dass ich nicht dazu gekommen war.

»Linda und ich haben uns getrennt.«

Jetzt ging Kati ein Licht auf, eins und eins zusammenzählend.

»Ja, also, wir waren schon länger kein richtiges Paar mehr. Ich weiß nicht, wie ich es sagen soll.« Auf einmal fand Bri das kleine Blumengesteck aus Tulpen in der Tischmitte sehr interessant. Während sie jedes Blatt des bunten Straußes einzeln musterte, meinte sie: »Wir wollten unterschiedliche Dinge.«

»Was für Dinge?«, fragte Kati taktlos, aber ehrlich interessiert.

»Kati!«, entfuhr es mir.

»Schon gut.« Bri sah mich an, dieses Mal mit einem Blick, der mir durch und durch ging. Ich konnte ihn nicht richtig deuten, weil ich ihm nicht standhalten konnte.

»Heiraten, zum Beispiel. Ich fand es langsam Zeit und etwas merkwürdig, dass sie sich so gar nicht für das Thema interessierte. Und ich fand es komisch, dass sie bei einem Streit nie traurig schien. Sie wirkte nie so, als würde sie mich brauchen. Und irgendwann habe ich festgestellt, dass ich sie auch nicht mehr brauche.«

»Was ja total gut und gesund ist. Die wichtigste Person im eigenen Leben ist man immer selbst«, meinte Kati salbungsvoll.

»Na ja, aber dann braucht man auch nicht länger als nötig wie in einer WG zusammenzuleben.« Bris Blick lag wieder auf den Blumen. Auf einmal wirkte sie unruhig, unbehaglich.

»Und wie geht es dir?« Kati lehnte sich vor, als wäre sie plötzlich eine erfahrene Therapeutin. Nun war ich es, die auf das verdammte Blumengesteck starrte.

»Es ist okay, wirklich. Wie gesagt, es hat sich lange angebahnt. Die Trennung war so vorhersehbar, dass ich schon meilenweit darüber hinweg bin. Ist ja auch egal.« Bri atmete tief durch. »Ich wollte mir eigentlich nur etwas mitnehmen, ich habe zu Hause noch Reste … ich glaube, das mache ich auch … Vroni!«

Sie stand so schnell auf, dass ich darauf nichts mehr erwidern konnte.

»Also, Fredi, denk dran, aufpassen!«, wandte sie sich ein letztes Mal an mich, bevor sie regelrecht zum Tresen stürmte, wo Vroni eigentlich gerade angesetzt hätte, ihr ihren Teller zu bringen.

»Was war das denn?«, fragte ich Kati mit gedämpfter Stimme und gerunzelter Stirn.

Kati zuckte unbeeindruckt mit den Achseln. »Bri halt.«

Heute Nacht würde ich von Kerstin Ott träumen, wenn das so weiterging. Seit Stunden wurde ich im Bierzelt auf dem Blumenbader Stadtfest mit Schlagern beschallt, während ich hinter dem Bürgermeister herdackelte. Ich hatte eine große Flasche Wasser in meinem kleinen Rucksack, damit der Bürgermeister genügend hydriert und nicht allzu schnell voll wie eine Haubitze war. Außerdem schleppte ich verschiedene Briefings in Papierform für ihn mit mir herum, weil er sehr am Waldsterben und weniger an digitalen Lösungen interessiert war. In der einen Hand hielt ich mein Handy, in der anderen seins.

Das Janker tragende Oberhaupt dieser Stadt brauchte stets freie Hände, um die von anderen zu schütteln. Oder mit ihnen anzustoßen. Deswegen hatte ich außerdem eine Kamera in meinen stylischen Rucksack gepackt, der sich stilistisch ziemlich mit meinem dunkelblauen Dirndl und der feinen Spitzenbluse biss. Man konnte seinen Freitagabend definitiv gechillter verbringen. Und mit deutlich weniger Bayernflaggen, die über einem baumelten.

Meine Stimmung wurde auch nicht dadurch besser, dass ich gehört hatte, wie Frau Maier vom Postamt beim Anstoßen geschrien hatte: »In die Augen schauen, sonst gibt's schwule Kinder!« Danach ihr furchtbares, geierndes Lachen, das mir immer durch Mark und Bein fuhr.

Als mein Diensthandy plötzlich mit dem Sound des *Star-Wars*-Droiden BB-8 durch die Partymusik an mein Ohr drang, hatte ich also im wahrsten Sinne des Wortes alle Hände voll zu tun.

Eine WhatsApp mit dem Absender … Sandra Grünwald.

Vorsichtig warf ich meinem Chef einen Blick zu, doch dieser unterhielt sich seelenruhig mit dem Trainer der Fußball-Herrenmannschaft. Im Zeitplan waren wir auch. Darum suchte ich mir einen freien Platz auf einer Bierbank in der Nähe und legte sein Handy neben mir ab. Mein Herz klopfte schneller.

Hey, hier ist Sandra Grünwald. Erinnerst du dich? Das ist jetzt vielleicht eine etwas freche Frage, aber … hättest du Zeit und Lust, mir morgen dabei zu helfen, meine Umzugskartons aus dem Auto zu holen?

Ich riss meine Augen unwillkürlich auf. Damit hatte ich jetzt in der Tat nicht gerechnet.

Wie? Kennst du hier keine starken Männer?

Wie immer tippte ich schneller, als ich denken konnte. So waren meine besten Reden für den Bürgermeister entstanden.

Fünf Minuten vergingen, die sich wie eine Stunde anfühlten. *Och, Fredi …* Ich warf den Kopf in den Nacken. Warum war ich manchmal bloß so bescheuert? Ich starrte auf die Bildschirmtastatur meines Smartphones. Es war noch nicht zu spät, eine Nachricht hinterherzuschicken … nur was für eine?

Da ploppte zum Glück eine Antwort auf, die ich mit rasendem Herzen las.

Leider nein. Und die Frauen, mit denen meine Tante immer ihre Kaffeekränzchen abgehalten hat, werden mir sicherlich nicht beim Schleppen helfen können. Ich lade dich danach auch zum Essen ein!

Puh. Das war noch mal gut gegangen. Ich warf meinem Chef einen schnellen Kontrollblick zu, als wäre ich nicht seine Redenschreiberin, sondern seine Babysitterin – und vermutlich war es auch genau so –, dann tippte ich: *Klingt gut.*

Akiko war versorgt und verbrachte ohnehin viel Zeit bei meiner Mutter. Während diese für ihren Onlineshop bastelte, vergaß sie oft, dass meine Hündin überhaupt bei ihr war, bis sie nach ihren unzähligen Schläfchen wie aus dem Nichts anfing, die Nachbarschaft mit ihrem Gekläffe zu nerven. Was bei meiner Mutter ebenso oft einen halben Herzinfarkt auslöste. Ansonsten kam sie mit Akiko gut zurecht und freute sich über ein wenig Gesellschaft, während sie Armbänder knüpfte und Perlen annähte.

Mein Vater war von Hunden im Haus nicht allzu begeistert, aber er war häufig einfach nicht da. Entweder hielt er sich in der Gärtnerei auf oder im Vereinsheim. Er trainierte die Fußball-Damenmannschaften, weswegen ich früher regelmäßig nach den Spielen meine Dates in der Kabine klarmachen konnte. Als Trainer war er stets enttäuscht davon, dass mein einziges sportliches Talent darin bestand, die anderen anzufeuern. Und, wie er es nannte, »den sterbenden Schwan« beim Yoga zu machen. Dennoch war er froh über meine anderen Talente, zum Beispiel wenn es darum ging, seine Preislisten Korrektur zu lesen.

Es folgte eine Reihe Smileys von Sandra in ihrer eingehenden Nachricht, die Art von gelben Kugeln, die immer so dünnlippig lächeln ohne direkten Hinweis darauf, ob sie glücklich sind oder passiv-aggressiv. Aber immerhin: ein Lächeln.

Fast hätte ich mein Handy an meine Brust gepresst und ebenso gelächelt, nur dümmlich. Das war doch auch ein Zeichen! Sie bekam bestimmt regelmäßig Handynummern zugesteckt. Ich musste ihr Interesse geweckt haben, denn ich war sicherlich die letzte Person, die man um Hilfe beim Schleppen schwerer Kisten bat. Schließlich war ich klein und zierlich, nicht so muskulös wie Bri.

Bris Muskeln …

Ich zuckte zusammen. *Nein, aus!* Konnte man seinen Kopf trainieren wie einen Hund oder war er genauso störrisch wie meine Shiba Inu?

Auf keinen Fall wollte ich mir einen so besonderen, schönen Moment durch den Gedanken an eine andere zerstören. *Sandra hatte Interesse.* Das war, was zählte!

Ich bemerkte, wie der Bürgermeister aufstand. Also musste ich mit ihm ziehen. Und schon wieder lief *Atemlos* – aaargh.

»Wow, ich hatte irgendwie damit gerechnet, dass du mehr Kisten hast … also entschuldige meine initiale Reaktion«, meinte ich, während ich mich verlegen am Kopf kratzte. Selten hatte ich einen Umzug erlebt, bei dem der komplette Hausstand in einen normalen Fünftürer passte. Eigentlich überhaupt noch nie. Dabei war ihr mindestens aus dritter Hand stammender Jeep noch nicht einmal ganz vollgepackt.

»Kein Ding. Du konntest ja nicht wissen, dass ich Minimalistin bin.« Ihre Schneidezähne blitzten beim Lächeln auf.

Wir sahen uns an, einen schönen Moment lang. Dann packten wir gemeinsam an. Es fühlte sich beinahe vertraut an. Ich musste nur meine natürliche Neugier zügeln, in alle Kisten gucken zu wollen. Oder ständig Sandra zu mustern, die in ihrem schwarz-weißen Karohemd unwiderstehlich aussah.

Was war ich froh, dass ich mich gegen ein Flanellhemd zu meinen Jeanshotpants entschieden hatte. Partnerlook war dann doch ein bisschen zu früh für uns.

Das Haus von Theresia Grünwald zu betreten, war ebenfalls eine ungewöhnliche Erfahrung für mich. Alles sah noch so aus, wie sie es vor ihrem Ableben verlassen hatte. Ein paar umgeworfene Damenschuhe und halb von den Haken gerissene Jacken zeugten davon, dass sie sich beeilt hatte, zum Arzt zu gehen, und nie wieder nach Hause zurückgekehrt war.

Ich schluckte und merkte, dass Sandra es mir gleichtat.

»Ich war hier nicht mehr, seit … sie noch am Leben war.« Sandra rieb Ober- und Unterlippen gegeneinander, wenn sie gerade nicht sprach. Sie war plötzlich aschfahl im Gesicht.

»Ich habe noch nie jemanden verloren, der mir nahestand. Es tut mir wirklich sehr leid«, murmelte ich in die Umzugskiste hinein, die ich auf dem Arm trug. An den Tod aller Großeltern außer meiner viel zu fidelen Oma konnte ich mich nicht erinnern, weil ich noch sehr klein gewesen war. Es musste ein schrecklicher Schmerz in der Brust sein.

»Danke. Auch für deine Unterstützung.« Sandra seufzte schwer. »Am besten, wir stellen einfach alle Kisten erst einmal ins Wohnzimmer. Meine Mutter hat mir natürlich angeboten, mir beim Aussortieren ihrer Sachen zu helfen … aber ich will das noch nicht, weißt du?«

Ich nickte zustimmend wegen der Sammelstelle für die Kisten. Was jedoch das Aussortieren anging, wollte ich ihr nicht reinreden.

»Ich vermisse sie so sehr«, fügte sie tonlos hinzu. Dabei stand sie weiterhin wie eingefroren im Türbogen. Ich richtete mich auf, nachdem ich den Karton im Wohnzimmer abgestellt hatte. Mein Mitgefühl überschwemmte mich und so beschloss ich, ihr mit schnellen Bewegungen den Karton abzunehmen und sie zu umarmen. Ich hatte allerdings vergessen, dass bei einer ersten Umarmung noch nicht klar austariert war, welcher Körperteil wohin gehörte. So streifte mein Gesicht unabsichtlich die nackte Haut in ihrem Nacken und mir wurde gleichzeitig heiß und kalt.

Ihr Haar fühlte sich genauso seidig an wie erwartet. Die Umarmung dauerte etwas länger als nötig – wenn es dafür überhaupt so etwas wie eine angemessene Zeitspanne gab. Kam es nur mir so vor, als läge noch etwas anderes als Trost in der Luft?

Wir kehrten wortlos zu unserer Tätigkeit zurück, wie ein eingespieltes Team. Kisten aus dem Auto, ins Wohnzimmer, aus dem Auto, ins Wohnzimmer. Auf dem Weg durch den Flur blieb mein Blick stets an dem einen oder anderen Familienfoto hängen, Sandra durch die Jahre. Ein Tomboy, wie sie im Buche stand.

Und wie bei jeder körperlichen Tätigkeit, die länger als eine halbe Stunde dauerte, fragte ich bald: »Hast du mir nicht was zu essen versprochen?«

»Natürlich, eine Gentlewoman hält ihr Wort.« Um ihre Aussage zu bekräftigen, zog sie eine braune Papiereinkaufstüte voller Lebensmittel aus dem Kofferraum, der danach so gut wie leer war. Ich schnappte mir noch eine letzte Sporttasche und ließ die Kofferraumklappe zufallen.

Nachdem ich die große Tasche abgestellt hatte, fand ich Sandra in der Küche. Zielsicher manövrierte sie sich durch die Küchenschubladen im Haus ihrer Tante. In *ihrem* Haus. Auch wenn Sandras Vorstellung von Minimalismus sicher keine Bauernschränke, Holzstühle mit Herzschnitzereien und Häkeldeckchen vorsah.

»Das mag jetzt nach einem sehr altmodischen Gericht klingen, aber glaub mir, meine Kartoffelsuppe ist einzigartig.«

Ich verzog für eine Millisekunde das Gesicht, beschloss aber, der Kartoffelsuppe definitiv eine Chance zu geben. *Ich* war ja nicht meine beste Freundin Kati. Die wäre jetzt schon längst über alle Berge respektive bei Vroni.

»Wenn du den Tisch in der Zwischenzeit decken möchtest, die Weingläser sind in der Vitrine.« Das ließ ich mir nicht zweimal sagen.

Ich war beeindruckt, als ich die Weinflasche in die Hand nahm. Sandra kannte sich scheinbar mit alkoholhaltigen Traubensäften aus. Ich war wirklich sehr gespannt auf diese große, strahlend hübsche, junge Frau, die mir eine Kartoffelsuppe mit allerlei Zutaten anrührte, die meiner Oma ganz sicher nicht in den Topf gekommen wären.

Während Sandra kochte und sich langsam ein verführerischer Duft in der Küche ausbreitete, erzählte sie mir von ihren kurzen Abstechern nach Blumenbad, die immer nur in dieses Haus geführt hatten. Ich fand es bemerkenswert, dass sie mehr vom Nachbarort gesehen hatte als von meiner Heimatstadt. Wurde Zeit, das zu ändern!

Sandra hatte nicht zu viel versprochen – das Abendessen schmeckte hervorragend.

»Erzähl mir von deinem Hund«, forderte sie mich zwischen zwei Löffelbissen auf. Im Kerzenschein wirkte sie schon viel weniger fahl und unglücklich. Ich genoss die romantische Stimmung, die flackerndes Kerzenlicht stets verbreitet. Ob Sandra es ebenso empfand? Oder ob sie sich über die angezündeten Kerzen wunderte, nach einer Umzugsaktion wie dieser, wo wir uns ohnehin kaum kannten?

»Für diese Geschichte musst du wissen, dass ich bei der Stadtverwaltung arbeite, als Redenschreiberin und Pressesprecherin für den Bürgermeister …«

»Cool!« Sandra nickte mir beeindruckt zu.

Ich lächelte sie strahlend an und fuhr fort: »… und wir hatten ein Event im Tierheim. Also Tag der offenen Tür, Hände schütteln, eine Spende dalassen, Fotos mit den hübscheren Exemplaren des Tierheims schießen. Traurig, ist aber so. Und dann habe ich gefragt, warum wir nicht den süßen Shiba Inu mit aufs Bild nehmen können. Sie sah mich so traurig an. Und war so flauschig. Die Tierheimleitung meinte, dass sie davon abraten würde, weil die Hündin sehr zickig sei. Generell sind Shibas … etwas anders zu handhaben als andere Hunde. Aber da war es bereits um mich geschehen. Die Tierheimleitung behielt allerdings recht. Es war die ersten Wochen wirklich alles andere als einfach. Aber ich liebe Akiko, auch wenn ich Nerd sie vermutlich eher Sailor Shibi Moon genannt hätte. Dennoch wollte ich nichts an ihrem Namen ändern. Ihre vorherige Besitzerin wird sich sicher etwas dabei gedacht haben … andererseits hat sie Akiko abgegeben. So traurig das auch ist – ich bin froh, dass es so gekommen ist. Nun passt sie auf mich auf und ich auf sie.«

Ich erntete keinen Lacher auf meine Animeanspielung, aber das war schon okay – so richtig hatte ich das von Sandra auch nicht erwartet.

»Das klingt schön, dass ihr gegenseitig auf euch aufpasst. Ich hatte nie ein Haustier.«

Am liebsten hätte ich geschrien: »Wenn wir heiraten, dann schon!«

»Und wie bist du zu diesem Job gekommen?«, fragte Sandra und ich realisierte, dass auch sie neugierig auf mich war. Es war kein bedeutungsloser Smalltalk, wie man ihn mit vielen hier im Ort hatte. Es war wirklich schön, sich so zu unterhalten und dabei zu essen, mit einer flackernden Flamme zwischen uns.

»Auf Umwegen.« Ich lächelte schief. »Ich war eigentlich Praktikantin bei unserer Tageszeitung, kurz vor Abgabe meiner Bachelorarbeit für Kommunikationswissenschaften. Auf der Position wirst du zu allen Veranstaltungen geschickt, während der Chefredakteur die Beine hochlegt und ‚Farmville' spielt. Ich war bei jedem Faschingsumzug im Umkreis.«

Bei den meisten hatte Kati das Supergirl gegeben. Und irgendwann war Bri immer völlig genervt dazugestoßen, weil irgendjemand eine Schlägerei angezettelt hatte. Vermutlich hatte es sie dann noch zusätzlich genervt, dass ich sie mit Fragen gelöchert hatte, aber nur, weil man bei einem

Käseblatt arbeitete, konnte man doch trotzdem vom Pulitzer-Preis träumen.

»Und ich hatte immer sehr viel mit seiner damaligen PR-Referentin zu tun. Als die dann in den Ruhestand ging, schlug sie mich vor. Sie mochte meine Art zu schreiben und dachte, ich würde mich gut als seine Redenschreiberin eignen. Es war eine leichte Entscheidung für mich. Eine faule.« Ich zuckte unbeholfen mit den Schultern.

Ich hatte das Gefühl, mit Sandra so ehrlich reden zu können. Einfach durch die vertraute Atmosphäre beim Abendessen. Die Art, wie sie mich ansah. Und mit diesem wohligen Gefühl im Bauch fühlte ich mich frei genug, zuzugeben: »Den Traum von der rasenden Reporterin habe ich aufgegeben – weil ich so gar nicht erst nach einer Stelle habe suchen müssen.«

Sandra nickte. Was ich ihr nicht verriet, war, dass ich mir so meinen Frust ziemlich sicher selbst eingebrockt hatte. Der Bürgermeister hatte von Anfang an wenig mit meinen Ideen anfangen können. Weder verstand noch wertschätzte er mich.

»Und wie kann man sich als Künstlerin München leisten?«

»Kaum«, gab Sandra zu. Wir lächelten uns gleichzeitig an – ein Moment so magisch, dass er mein Herz zum Rasen brachte.

»Aber jetzt bin ich ja hier.«

Ja, jetzt war sie ja hier. Mein Herz machte einen Purzelbaum.

»Du wirst dich hier schon eingewöhnen. Sicher, wir leben in einer Kleinstadt. Hier geht es anders zu als an der Isar. Aber bald kennst du so ziemlich alle.« Ich grinste schief. »Jeder kennt hier jeden. Deswegen gelten bei uns auch andere Regeln.«

»Oh. Das klingt nach einer Drohung.« Sandra sah mich amüsiert an. »Muss deswegen dein Hund auf dich aufpassen?«

Zum Dahinschmelzen, diese Lippen ... diese braunen Augen ... Spürte sie auch, wie besonders dieser Augenblick war? Oder bildete ich mir nur ein, dass sie sich vorbeugte und mich mit ihrem Blick fixierte? Ihr betörender Duft hüllte mich ein und dann ... meldete sich mein Handy zu Wort.

»Entschuldige, das ist ...« Ich sah widerwillig auf mein Smartphone. »... meine Oma.«

Andere hätten sofort mit einem Notfall gerechnet – ich runzelte nur die Stirn und atmete tief durch, bevor ich den Anruf annahm. Sofort schallte es mir entgegen: »Ich habe nachgedacht. Es geht ja alles so schnell, wie man an der Resi gesehen hat. Selbst wenn ich im Winter sterbe, möchte ich, dass der Sommer-Inder meine Beerdigung durchführt.«

Dafür rief sie mich an?! Kam ihr keine Sekunde lang in den Sinn, dass ich ein Date haben könnte, war es gar so abwegig?

»Erstens, hör auf ihn so zu nennen! Zweitens, wir werden den indischen Pfarrer nicht einfliegen lassen, solltest du außerhalb seiner Vertretungszeit sterben. Der ist ohnehin immer ganz erschöpft nach seiner Sommervertretung hier in Blumenbad, weil die Kirchengemeinschaft so anstrengend ist.«

Oh Gott, war mir das unangenehm. Ich hoffte inständig, dass Sandra vorgeben würde, das Gespräch einfach zu überhören – so obskur wie der Wunsch meiner Oma war. Zum Glück war Sandra inzwischen aufgestanden, um unsere Teller abzuräumen, sodass ich beim Telefonieren ihrem Blick nicht begegnen musste. Dennoch machte es keinen Sinn, meiner Oma zu erklären, warum sie den indischen Pfarrer nicht so nennen sollte. Ich hatte es schon eine Million Mal versucht, es gab kein Durchkommen bei ihr.

»Ja, aber bis meine Urne fertig ist, habt ihr doch Zeit. Der findet viel gütigere Worte als unser Herr Pfarrer!«

Ich nahm einen großen Schluck Wein, nachdem ich meine Oma abgewürgt hatte. Dann sah ich Sandra an, lächelte mutig und sagte: »Soll ich dir morgen die Stadt zeigen?«

Es fühlte sich ein bisschen an, wie bei einem Gesellschaftsspiel zu gewinnen, als sie zustimmte.

»Hast du schon einmal mit Erkältung masturbiert?«, sinnierte ich am nächsten Abend. Kati kaute unbeeindruckt weiter, immerhin gab es Fleischpflanzerl, wie man Buletten in Bayern liebevoll nannte. »Ich habe das einmal versucht und als ich kam, war endlich meine Nase frei. Ich glaube, ich habe sogar dabei durch die Nase gepfiffen«, erzählte ich, um die Zeit zu überbrücken.

Ich war ein wenig nervös und fragte mich, ob Sandra es sich nach unserem gemeinsamen Abendessen doch noch anders überlegt und ohnehin alles nur in meinem Kopf stattgefunden hatte. Selbst das hart umkämpfte Fußballspiel an diesem Nachmittag hatte es nicht geschafft, mich von diesen Gedanken abzulenken.

»Also, wenn du mir damit sagen willst, dass du eine Erkältung hast, ich hätte da andere Mittel, die vielleicht hilfreicher bei einer verstopften Nase wären.« Kati tupfte sich den Mund mit einer der dünnen weißen Servietten trocken.

In diesem Moment betrat Sandra die Boaz'n. Endlich. Interessierte Blicke lagen auf ihr, musterten sie ausgiebig. Wie sie so dastand, verkörperte sie die pure Sexyness.

»Oh, da ist sie! Sandra!« Ich winkte sie zu uns an unseren Stammtisch. Ihr Blick fiel sofort auf das Tulpengesteck, das schon bessere Tage erlebt hatte.

Nun kam auch in Kati Bewegung. Sie fuhr hoch und schüttelte Sandra einen Tick zu lange die Hand.

»Das ist Kati, meine beste Freundin«, stellte ich sie vor. »Und das ist die Vroni.«

Die Besitzerin des *Samba* näherte sich mit ihrem Bestellblock, das blondierte Haar auf dem Kopf wie immer zu einem Knödel geformt.

»Ach, du bist die Nichte von der Resi! Mein Beileid. Was willst du trinken?«

»Wir bleiben nicht. Ich führe Sandra durch den Ort, solange es noch hell ist«, erklärte ich und schnappte mir meine Handtasche.

»Schade«, meinte Vroni vielsagend und klickte mit ihrem Kugelschreiber.

»Bis morgen!«, rief ich schnell und zog Sandra aus der Wirtsstube. Sie warf den beiden anderen Frauen noch schnell ein »Nett, euch kennengelernt zu haben!« zu.

»Hier geht ihr also hin, um euch zu amüsieren?«, fragte sie mich draußen vor der Tür. Sie musste ihre Augen zusammenkneifen, weil die Sonne schien und das *Samba* nicht wirklich für seine gute Beleuchtung bekannt war.

»Na ja, kann man das nicht überall? Außer im Rathaus vermutlich?« Ich zwinkerte ihr zu. »Wir haben ein bisschen mehr als diese Kneipe zu bieten. Aber der Reihe nach. Du hast hergefunden. Das ist schon mal gut.«

»War nicht so schwer. Blumenbad ist nicht extrem groß.«

»Stimmt auch wieder. So, da drüben ist das Ärztehaus. Ich würde aber nicht zur Dr. Neuer gehen – deren Lösung für *alles* ist eine Vitamin-B-Brausetablette.«

Ich wies auf das Gebäude daneben. »Lass dich nicht von den Kinoplakaten täuschen – die sind offensichtlich jahrhundertealt. Das Kino hat schon eine Ewigkeit zu. Sie wollen ein neues, moderneres bauen. Leider ist es aber bisher weder dazu gekommen, noch hat man die alten Kinoplakate abgerissen.«

»Warum ist das so?«

»Weil mein Chef gerne labert und wortwörtlich fünfzig Baustellen gleichzeitig hat.« Ich verdrehte die Augen. »Darum gibt es auch noch immer kein Freibad. Dafür aber den Blumenbadener See. Momentan würde ich da allerdings nicht reingehen, wir haben derzeit eine Entenplage.«

Inzwischen hatten wir den Ortskern verlassen und passierten die Grundschule. Der Weg führte einen kleinen Berg hinunter. Wie immer waren die Straßenränder akkurat von herrlich blühenden Blumen gesäumt. Noch. Denn bald würde die Sommersonne mit erbarmungsloser Hitze vom Himmel auf die farbenfrohe Pracht hinunterbrennen. Ich hätte fast so etwas wie Heimatgefühle entwickelt, wäre mir das nicht zu peinlich gewesen, wenn man bedachte, dass das hier einfach nur das beschauliche Blumenbad war.

Vor uns erstreckte sich nun eine große Grünfläche mit zwei marode aussehenden Tribünen. Überquellende Mülltonnen und vereinzelte Bierleichen zeugten von dem vorherigen Match, das viele fassungslos zurückgelassen hatte. Diese Saison würden wir nie gewinnen, wenn wir so bolzten wie heute. »Hier ist der Fußballplatz. Vermutlich habe ich meine halbe Jugend hier verbracht. Also, äh, mein Vater ist einer der Trainer.«

»Ach ja?«, kommentierte Sandra spitzbübisch. Dann brach sie in Gelächter aus.

»Was lachst du?«, fragte ich mit gehobener Augenbraue. Hatte ich etwas Falsches gesagt? Ich wollte ihr doch bloß ihren neuen Wohnort zeigen.

»Du redest viel. Das finde ich sympathisch.«

Ich war mir nicht sicher, ob das ein Kompliment war, daher zeigte ich schnell auf die andere Straßenseite. »Dort ist unsere Disco, *Delirious*. Die Ein-Euro-Partys sind legendär. Legendär schlecht.«

Wie immer lagen ein paar zerbrochene Bierflaschen vor dem Etablissement, das bei Tag völlig unscheinbar wirkte. Ein paar Poster, die bereits von den Jahreszeiten gezeichnet waren, hingen schon unendlich lange an der Tür. Aber da das Angebot stets das gleiche blieb, bestand keine Notwendigkeit, die Poster durch neue zu ersetzen. Hier und da waren die Termine mit neueren Datumsangaben überklebt.

Ich schüttelte den Kopf. »Ich versuche dort schon seit Jahren, eine Queer-Party zu etablieren, aber der Besitzer ist extrem engstirnig.« Ich unterbrach mich selbst. »Ich rede schon wieder zu viel, oder?«

»Ich sagte doch, ich finde das sympathisch.«

Also war es tatsächlich ein Kompliment gewesen. Ich schluckte und versuchte zu ignorieren, dass mir der Schweiß ausbrach.

»Hast du es nicht bereut, keine Journalistin geworden zu sein? Ich meine, du kannst gut … informieren«, bemerkte Sandra.

Ich seufzte. »Ich bin mir nicht mal sicher, ob das mein Ding gewesen wäre. Ich meine, woher wusstest du, dass du davon leben möchtest, Kunst zu machen?«

Richtig viel hatte ich nicht über sie oder ihre Werke im Internet herausfinden können, darum war ich sehr neugierig auf ihre Arbeit. Aber bestimmt hatte ich nur deswegen nichts gefunden, weil ich bloß oberflächlich gegoogelt hatte, ich war ja keine besessene Stalkerin oder so.

»Ich wüsste nicht, was ich sonst tun sollte. Ein Bürojob würde mich einengen. Ich muss mein eigener Chef sein, alles andere würde mich zermürben. Natürlich hatte ich allerlei Nebenjobs in der Gastro … und jede Schicht hat mich total gestresst.« Sandra seufzte – und blieb auf einmal stehen. Es schien, als würde sie in die Ferne blicken, am Horizont etwas Wunderschönes entdecken. Beim genaueren Hinsehen fiel mir jedoch auf, dass sie nur eine von der Stadt in Auftrag gegebene Installation betrachtete. Vor vielen Jahren hatte ein Künstler Glasscherben gesammelt und bemalt, manche verformt. Damit hatte er einen unechten Baum zwischen die echten schönen gebaut, die diese Straße säumten.

»Das war lange vor meiner Zeit im Rathaus, darum kann ich nicht sagen, was der Künstler damit ausdrücken wollte«, meinte ich schnell, um meine eigene Unsicherheit zu überspielen. Ich wollte neben ihr nicht wie eine Landpomeranze wirken, die keine Ahnung von Kunst hatte – auch wenn ich in diesem Fall tatsächlich ahnungslos war.

»Siehst du, das ist das Spannende an Kunst. Sie begegnet uns an so vielen Orten.« Ihre angenehme Stimme klang richtig schwärmerisch.

Es ging nun bergauf und ich war froh, mich für ein bequemes Paar Stiefeletten entschieden zu haben. Auch wenn ich lange mit mir gehadert hatte, nicht doch scharfe Stöckelschuhe anzuziehen.

Sandra fuhr damit fort, meine Knie weich werden zu lassen. »Weißt du, ich liebe jede Art von Kunst, wenn sie etwas aussagt. Sei es diese expressive Mischung aus Pop-Art und Realismus von Neo Rauch. Oder die Arbeiten von Damien Hirst. Aber irgendwann habe ich für mich entdeckt, dass ich Dinge am besten durch meinen Körper ausdrücken kann.«

Ich schluckte hart. Sie setzte also ihren Körper ein.

Als ich merkte, dass sie nicht weitersprach und nur für sich in Gedanken hinter ihrer schönen Stirn weiterschwärmte, erzählte ich drauflos: »Ich bin ja ganz beeindruckt davon, was die Tate Modern auf dem Gebiet der Performancekunst macht! Letztes Jahr war ich mit meiner Mutter in London, aber ich musste sie zwingen, mit mir ins Museum zu gehen. Sie konnte an nichts anderes als den Camden Market denken!«

Ich verschwieg ihr, wie enttäuscht ich wirklich von diesem Trip gewesen war. Eigentlich wollte ich viel mehr von der Welt sehen – und London ist malerisch schön, einer Filmkulisse gleich. Trotzdem war ich froh gewesen, wieder zu Hause zu sein. Und Vronis Weißwürste mit süßem Senf zu essen. Warum beschwerte ich mich immer über Kati, wenn ich selbst nicht besser war und nur in heimatlichen Gefilden kulinarisch beglückt werden konnte?

Auch wenn ich das Gefühl hatte, Sandra alles sagen zu können, so hielt ich das lieber zurück.

Wir gingen an meinem Arbeitsplatz vorbei. Obwohl Sonntag war, schien mein Chef in seinem Büro zu sein – sein grauer, teurer Wagen stand auf jeden Fall in der Feuerwehrzufahrt. Unmerklich schüttelte ich den Kopf. *Die Niete in Nadelstreifen,* dachte ich.

Das Gebäude, in dem ich täglich ein und aus ging, war mit reichlich Blumen verziert. Ich wäre beinahe stolz darauf gewesen, hier zu arbeiten, würde es mich nicht oftmals so viele Nerven kosten.

»Im Winter findet hier ringsum der Weihnachtsmarkt statt«, erklärte ich. »Dann wird das alles mit der roten Amaryllis dekoriert. Mein Chef lacht mich dann immer aus, weil ich mit Gummistiefeln durch den meterhohen Schnee zur Arbeit stapfen muss. Er fährt, na klar, schön mit seinem Wagen vor und unsereins, der die paar Meter gern zu Fuß läuft, verspottet er dann, weil er das einfach nicht nachvollziehen kann – oder will.«

»Du klingst so unzufrieden. Warum tust du dir das dann an?«

»Vielleicht weil ich glaube, dass er sich eines Tages ändert? Was meinst du, wie lange ich ihm schon sage, dass die Website aktualisiert werden müsste, weil die letzten angekündigten Baupläne sechs Jahre alt sind? Ihm sind halt gerade andere Dinge wichtiger. Vor allem im Wahlkampf.« Ich zuckte mit den Schultern.

Sandra sah mich skeptisch an, verbiss sich aber jeden weiteren Kommentar.

»Wahlkampf ist immer, Fredi«, hörte ich in diesem Moment jemanden hinter mir.

Ich fuhr herum. »Bri!«

»Kannst du bitte mit deinem Chef reden, dass er nicht dauernd die Feuerwehrzufahrt blockieren kann? Es reicht langsam.« Sie missbilligte das Verhalten des Bürgermeisters, aber sie schien auch alles andere als erfreut darüber, mich mit Sandra zu sehen.

Warum genau begegnete ich Bri manchmal wochenlang nicht, nur um ihr jetzt ständig über den Weg zu laufen? Wollte das Schicksal mir irgendetwas sagen?

Nein, ganz sicher nicht. Es war eine Prüfung. Auf meinem Weg, mit Sandra glücklich zu werden, musste ich diese Treffen irgendwie meistern. So konnte ich Sandra zeigen, wie schlagfertig ich war. Beliebt! Weise! Überhaupt nicht genervt – okay, das war zu viel verlangt.

»Entgegen der weit verbreiteten Annahme bin ich seine Pressereferentin, nicht seine Mutter«, gab ich zurück, versuchte aber gleich darauf freundlich zu lächeln. »Bri, Sandra, ihr kennt euch von der Beerdigung?«

»Eigentlich nicht«, sagten beide gleichzeitig.

Ich lächelte gequält. »Na dann …«

Sie nahmen meine Worte zum Anlass, sich ordentlich vorzustellen.

»Sandra Grünwald.«

»Bri Wallerschenk.«

Sie schüttelten sich die Hände, als wären sie Cowboys, die gleich zum Duell antraten. Bri war jedenfalls der Sheriff hier, denn sie trug die volle Montur zu bunten Sneakern.

Und sie spielte ihre Rolle perfekt, als sie im Tonfall eines Detectives aus dem Fernsehen sagte: »Kaum ist eine Fremde in der Stadt, kommen Hunde auf mysteriöse Art und Weise ums Leben. Zufall?«

»Wie kommst du denn darauf?« Sandra lachte. »Ich habe vielleicht kein Rudel zu Hause, aber auch ganz sicher nichts gegen Hunde.«

Ein Glück!

»Hast du ein Alib…«

»Okay, jetzt reicht's. Sandra hat ganz sicher noch nie auch nur einer Fliege was zuleide getan. Und wofür soll sie überhaupt ein Alibi haben?«

»Brutus wurde vergiftet.« Bri wirkte, als hätte sie etwas gesagt, was sie lieber für sich behalten hätte.

»Das ist ja schrecklich!« Ich drückte eine Hand gegen meine Brust, als hätte ich Angst, mein Herz spränge gleich heraus. Bri hatte recht, ich musste auf Akiko aufpassen! Und meine Mutter ebenfalls! Ich machte mir eine gedankliche Notiz, ihr bei nächster Gelegenheit sämtliche Sicherheitsmaßnahmen einzubläuen – und dass sie im Ernstfall keine Globuli geben sollte!

»Brutus wurde doch nicht vergiftet«, sagte Sandra im Gedanken an das Römische Reich, an das laut einer TikTok-Theorie so ziemlich jeder Heteromann täglich dachte.

»Brutus ist der Hund unserer ehemaligen Geschichtslehrerin.« Sah ich Bri gerade die Augen verdrehen?

»Also hat sich ein Schüler für seine Note gerächt«, mutmaßte Sandra. Sie wirkte amüsiert über die Gesprächssituation, in der sie sich befand. Wenigstens eine von uns.

»Ach, du bist auch Polizistin?«, fragte Bri.

»Bri, auf ein Wort«, beschloss ich, den Schlagabtausch zu unterbrechen und Bri zur Seite zu nehmen. Ich zog sie hinter den Dienstwagen meines Chefs. »Bri, bist du sicher, dass es dir gut geht?« Langsam machte ich mir wirklich Sorgen um Bri. Die Trennung mit Linda schien ihr extrem zuzusetzen.

»Wieso, mir geht es blendend!«

»So siehst du aus.« Meine Stimme triefte vor Ironie. Ich bemerkte, so nah bei ihr, ihre Augenringe.

»Hör mal, wenn du auf Linda anspielst, bist du auf dem Holzweg.«

Ich sah sie skeptisch an. Die Sekunden vergingen wie Stunden, doch Bri fügte nichts weiter an.

»Ich geh dann mal rein und sag's ihm selbst, das mit der Feuerwehrzufahrt.« Bri schüttelte den Kopf. Über wen, war unklar, aber ich schob es auf meinen Chef.

»Bis dann!«, rief ich ihr noch hinterher. Sandra legte Zeige- und Mittelfinger an ihre Stirn und hob sie leicht zum Gruße.

»Wow, das war gerade wie aus dem Lehrbuch über *grantige* Menschen aus Bayern«, meinte Sandra, sobald Bri im Rathaus verschwunden war.

»Tut mir leid, Bri ist etwas griesgrämig.« Ich trieb uns mit großen Schritten an, bevor Bri es sich anders überlegte und weitere falsche Verdächtigungen aussprach.

»Vielleicht kriegt sie hier in diesem verschlafenen Städtchen zu wenig Spaß.«

»Wie, die Brausetabletten konnten deine Meinung zur Blumenbadener Partyszene nicht ändern?«, witzelte ich. In mir drin fühlte sich alles verkrampft an. Ich konnte gar nicht sagen, warum. Weil es Sandra hier nicht gefiel? Weil wir Bri getroffen hatten? Wie Bri drauf gewesen war? Und was war überhaupt mit dieser ganzen Hundesache?

Schneller, als mir lieb war, waren wir bei Sandras Haus angekommen. Meine Nervosität stieg wieder merklich.

»Ich danke dir für diese tolle Stadtführung, wenngleich sie etwas kurz war.« Sandra zwinkerte mir zu.

»Nun ja, es ist eine kleine Stadt«, antwortete ich zerknirscht. *Hätte ich mich doch bloß nicht auf den Ortskern beschränkt*, schoss es mir durch den Kopf. *Vielleicht hätten wir dann auch die Begegnung mit Bri vermeiden können!*

Sandra lächelte mich souverän an, winkte ab und meinte: »Ist völlig in Ordnung, ich habe ohnehin gleich noch einen Call. Vielleicht schaffen es meine Performancevideos in eine Ausstellung.«

Einen Call also. Bewundernswert, wie sie in ihrer Arbeit aufging und sich reinhängte.

Sie schien mein Zögern einordnen zu können, denn sie schob hinterher: »Hey, was ist hier am Wochenende noch so los, außer diesen komischen Partys?«

»Nun, wir hatten letzten Freitag Stadtfest, also ist am nächsten Freitag traditionell das Kinderfest. Aber keine Sorge, eigentlich ist es genau wie das Stadtfest, nur mit ein paar mehr Aktivitäten für die Kleinen«, hörte ich mich selbst sagen und dachte: *Wow, den Stempel Provinzkaff drücke ich Blumenbad schon selbst ziemlich gut auf.*

Erstaunlicherweise strahlte Sandra mich an. »Super, holst du mich ab?«

Ich grinste breit. »Sehr gerne!«

Jetzt konnte ich nur hoffen, dass Bri frei hatte und das Wochenende über die Stadt verließ ... sonst endete die nächste Begegnung vielleicht noch mit einem blauen Auge und Kinderschminke hätte damit sicher nichts zu tun!

»Frederike, machst du dich gerade warm, weil du dich jetzt doch noch nach dreißig Jahren dazu entschlossen hast, der Mannschaft beizutreten? Oder warum läufst du wie ein Waschbär im Zoogehege hin und her?«

Ich blieb vor der halb geöffneten Bürotür meines Vaters stehen und starrte ihn an. »Ich bin noch nicht dreißig! Wie hätte ich bitte Tore schießen können, als ich noch euer sehnlichster Wunsch war?«

»Ach, die zwei Jahre ...«, brummte er und winkte ab. Er war wohl mit einer umfangreichen Bestellung beschäftigt, die seine volle Aufmerksamkeit erforderte. So murmelte er über seine Papiere gebeugt nur: »Der Blumenstrauß für deinen Chef ist vorne bei der Gitti, gell?!«

Das Büro meines Vaters wirkte auf mich so gemütlich wie die Küche oder das Wohnzimmer meines Elternhauses. Vielleicht weil ich meinen Vater in allem erkannte: Seine Lieblingstasse, die ich ihm einmal zum Geburtstag mit ganz vielen schiefgeratenen bunten Blumen bemalt hatte. Der Tassenuntersetzer, den meine Mutter gehäkelt hatte. Neben seinem dunkelgrünen Metallschreibtisch sein Lieblingssprudelwasser in einer Kiste, wie sie sich bei uns zu Hause im Dutzend stapelten.

»Ja, ich weiß. Deswegen bin ich nicht hier.« Ich schob die Tür auf und lehnte mich in den Türrahmen. »Du als erfahrener Familienvater kannst mir bestimmt sagen ... Wann genau, denkst du, wird aus Freundschaft Liebe?«

Wobei ich mir nicht mal sicher war, ob ich überhaupt schon mit Sandra befreundet war. War ich überhaupt mit Bri befreundet? Was hieß das schon, »Freundschaft« – im Grunde konnte ich nur Kati ohne Bedenken als meine beste Freundin bezeichnen.

Ich hatte keinen Schimmer, warum ich meinem Vater überhaupt diese Frage stellte. Allerdings war er seit Ewigkeiten mit meiner Mutter zusammen und hielt alles aus – vor allem ihre Einstellung zur Ehe. Dass er sie hätte heiraten wollen, war klar wie Grießnockerlbrühe. Schon allein wegen der Blumenarrangements, die er für die Fete hätte zusammenstellen können. Vermutlich sahen viele Menschen in der intakten Beziehung ihrer Eltern ein Vorbild. Ich für meinen Teil tat das extrem, schon allein durch die Art, wie er sie ansah. Das war es, wonach ich mich so sehr sehnte.

Nun sah er wieder zu mir hoch. »Ich denke, das braucht Zeit. Wieso fragst du?«

Wenn man ihn mit den Bildern von früher verglich, die überall in meinem Elternhaus hingen, war es schon lustig: Seine lange Hippielockenpracht war einem schütteren Haupthaar gewichen. Die Buttons von früher zierten aber noch immer seinen grünen Arbeitsoverall.

»Ach, weil ich so aus der Übung bin … und überhaupt, ich kannte alle meine Partnerinnen meistens schon Jahre, bevor wir zusammengekommen sind. Sandra und ich haben jetzt unser drittes Date … Ich weiß nicht mal, ob es ein Date ist … Wenn ja, sollte dann nicht langsam etwas passieren? Ich weiß nicht, wie ich mich verhalten soll«, gab ich zu.

Mein Vater nahm sich einen kurzen Augenblick, um zu überlegen. Schließlich meinte er: »Wenn Wintertage wärmer als üblich sind, denken Krokusse, es sei bereits Frühling. Sie sprießen dann und sind wunderschön, aber sie erfrieren ganz leicht.«

»Okay? Es braucht also Zeit?« Ich runzelte die Stirn. »Und … Ruhe? Sorgfalt?«

Mein Vater hatte seinen Blick mittlerweile wieder auf den Auftrag vor sich gerichtet und schwieg.

Gedankenverloren nickte ich und ging zu Gitti, um den bestellten Blumenstrauß abzuholen. Ich freute mich jetzt schon darauf, wenn der Bürgermeister vergaß, ihn mitzunehmen.

»Warum lassen Eltern ihre Kinder nur so rumlaufen?«

Ich war mir nicht sicher, ob die Frage wirklich an mich gerichtet war oder ob Sandra nur laut nachdachte. Wir saßen auf einer der Bierbänke vor einer der Fressbuden, die auf der gesperrten Hauptstraße aufgebaut waren. Egal, ob Sandra mit mir oder sich selbst sprach, sie tat es etwas zu laut, denn besagte Eltern gingen sehr nah an uns vorbei und ich kannte die Mutter aus meinem Yogakurs. Na, das würde ja beim nächsten Mal peinlich werden, wenn wir uns sahen und sie sich über meine freche »Bekannte« beschwerte …

»Was soll das überhaupt sein? Ein Bär? Ein Tiger? Ich finde, das kann man überhaupt nicht erkennen.«

»Hast du denn Ahnung vom Schminken?«, fragte ich grinsend mit hochgezogener Augenbraue.

»Nein, aber vom Malen«, konterte sie.

»Klar«, stimmte ich zu. Wir hatten uns gegen das Festzelt und für diesen improvisierten Biergarten entschieden, was den Vorteil hatte, einem Tinnitus zu entgehen, aber den Nachteil der schlechteren Getränke hatte. Mein Radler schmeckte wie schon einmal getrunken und wieder ausgespuckt. Auch sonst bereute ich es, diese Aktivität vorgeschlagen zu haben.

»Passiert hier sonst noch etwas?«, fragte Sandra in meine Gedanken hinein.

»Wenn du ausgetrunken hast, kann ich dich nach Hause bringen«, bot ich ihr an.

»Okay.« Sandra setzte zum letzten Zug an.

Stürzte sie ihr Getränk hinunter, weil es so überaus schal schmeckte oder weil sie ihr erster Eindruck, den sie von mir gewonnen hatte, getäuscht hatte und sie froh auf die Chance war, von mir wegzukommen?

Wir hatten noch nicht über eine Folgeverabredung gesprochen, aber bei dem Reinfall des heutigen Dates war das auch kein Wunder. Im Hintergrund spielte irgendeine sehr schlechte Cover-Band aus dem Umkreis Blumenbads, die trotz fehlenden Taktgefühls frenetisch von den Jugendlichen der Stadt abgefeiert wurde. Jeder falsch gespielte Gitarrenakkord bereitete mir körperliche Schmerzen. In der Luft lag eine Mischung aus Frittierfett, Bratenfett und bestimmt noch einer anderen Art von Fett.

Sandra erhob sich und ich tat es ihr gleich. Unsicher ging ich neben ihr her, während sie darüber zu philosophieren begann, dass man sie in Blumenbad grundsätzlich mit Argwohn betrachtete. Als wäre sie ein Eindringling.

»Es tut mir leid, dass du dich so fühlst, aber Blumenbad ist eben ein wenig wie Stars Hollow«, sagte ich und wich einer Gruppe Kindern aus, die auf Zuckerflash Fangen spielten, wackelnde Zuckerwattestangen in der Hand.

»Stars Hollow?« Sandra sah den Kindern hinterher und checkte direkt ihren schwarzen Rollkragenpulli, ob er Flecken abbekommen hatte.

»Sag nicht, du kennst die *Gilmore Girls* nicht?« Vor lauter Schreck legte ich eine Hand auf meine Brust. Meine liebste Serie überhaupt!

»Nein, ich kenne mich nicht so mit Serien aus.« Sandra schüttelte den Kopf. Ich war schockiert, aber eigentlich hätte es mich nicht wundern dürfen.

»Wir sollten unbedingt eine Bildungslücke bei dir schließen!«

Im Geiste hatte ich schon meine DVD-Sammlung am Start und ein weiteres Treffen mit ihr geplant. Nichts wünschte ich mir sehnlicher. Das Gefühl, in Sandras Nähe zu sein, war unbeschreiblich – es kam fast schon einem Nervenkitzel gleich. Sie war so anders als alle Frauen, mit denen ich bislang zu tun gehabt hatte. Es war ein Balancieren auf dem Drahtseil – jedes Lächeln eine Belohnung.

»Gerne, aber nicht mehr heute. Ich habe noch eine Zoomsession.« Sandra sah auf ihre Uhr und nickte zufrieden, als hätten wir zufällig eine Punktlandung hingelegt. Stimmt, sie hatte gar nicht erwähnt, wie es mit ihrer Chance für die Ausstellung aussah. Ich war unschlüssig, ob ich nachbohren sollte.

Wir passierten das Rathaus und hatten nun wirklich keinen weiten Weg mehr, um Sandra bei sich zu Hause abzuliefern. Trotzdem und ungeachtet ihres anstehenden Termins blieb sie plötzlich stehen. Ihre schlanken Finger umfassten meine Schulter.

»Ich habe mich noch nicht richtig dafür bedankt, wie herzlich du mich hier aufnimmst.« Sandra grinste.

Ich runzelte die Stirn. »Doch, ha…«

Sie schnitt mir das Wort ab – mit ihrem Mund. Ich erschrak zunächst. Es war wie im Film. Und ich konnte mich vor Aufregung kaum auf den Kuss konzentrieren.

Damit hätte ich am wenigsten gerechnet. So aus dem Nichts.

Sie mag mich. Heißt es das? Dass sie mich mag? Zumindest wollte sie mich küssen. Und sie küsste so gut. Ihre Zunge in meinem Mund war so fordernd und gleichzeitig so zärtlich. Ihre Hand auf meiner Hüfte sorgte dafür, dass ich mich fühlte, als würde ich jeden Moment explodieren. Ihre Hand gab meine Schulter erst frei, als sie den Kuss löste.

Schelmisch grinsend wandte sie sich zum Weitergehen. »Kommst du, Fredi?«

Völlig außer Atem folgte ich ihr. »Aber hallo!«

Wir kamen gerade beim Ponyreiten vorbei, für das man meine Lieblingshundewiese umfunktioniert hatte, als einer unserer Kleinstadtsheriffs meine Aufmerksamkeit auf sich zog. Giovanni Ciani war Bris Partner, doch von ihr war weit und breit keine Spur zu sehen. Ich wusste nicht, ob mich das erleichterte oder enttäuschte.

Er war im Gespräch mit Edith Schafleitner, der das kleine Gestüt am Stadtrand gehörte. Sie organisierte zu den sommerlichen Feierlichkeiten stets das Ponyreiten, das ich noch aus meiner Kindheit kannte. Zwar war jedes Mal ein Kampf nötig gewesen, damit meine Mutter mich mitreiten ließ, aber an so manches zottelige Pony hatte ich doch mein Herz verlieren dürfen.

Seit dreißig Jahren schien Edith dasselbe Ensemble zu tragen – braune Reiterhosen, ein weinrotes Halstuch und ein graues Polohemd, das irgendwann einmal weiß gewesen war. Ungewöhnlich heute jedoch war, dass sie weinte, wie ich bei genauerer Betrachtung feststellte.

Ich war sofort alarmiert. Natürlich ging ich nicht davon aus, dass ausgerechnet Giovanni seine Macht missbrauchte. Andererseits wusste man nie. Es gab ja durchaus schwarze Schafe bei der Polizei. Setzte er sie mit irgendetwas unter Druck? Bezichtigte er sie irgendeines Tatbestands? Ich kannte

Edith quasi mein ganzes Leben lang – sie weinen zu sehen, versetzte mich in Aufruhr.

Bevor ich wusste, was ich tat, stellte ich mich dazu und sagte: »Darf ich fragen, worum es geht? Also, in meiner … beruflichen Funktion.«

Klar, in meiner Funktion als neugierige Schaulustige würde man mir meine Frage sicher nicht beantworten.

»Ciao, Fredi«, grüßte mich Giovanni, sah allerdings dabei nicht mich, sondern nur Sandra an. Nachvollziehbar, schließlich war sie wahnsinnig anziehend. Selbst wenn sie gelangweilt hinter mir stand und ihr Handy checkte.

»Die Else ist mir davongelaufen!«, jammerte Edith mit tränenüberströmtem Gesicht.

»Ein kleiner Schimmel«, präzisierte Giovanni, während er nun Edith eindringlich ansah. »Oder?!«

»Nicht dass sie jemand geklaut hat!« Bestürzt griff Edith sich an die Brust.

»Weiß ist es, gell? Ein weißes Pony«, hakte Giovanni weiter nach.

»Ich war doch nur fünf Minuten unaufmerksam … wie konnte mir das denn passieren?« Edith schluchzte so heftig, dass wir die nächsten Worte nicht mehr verstanden.

»Ich glaube, sie hat gesagt, Else ist ein Schimmel.« Giovanni sah in die Runde, bekam jedoch keine Antwort, woraufhin er den Kopf schüttelte und sich irgendetwas notierte.

»Sollen wir dir helfen, die Else zu finden?«, fragte ich, bevor ich darüber nachgedacht hatte, dass ich nicht mit Kati unterwegs war, sondern mit Sandra. Sandra, die ich viel zu wenig kannte, als dass ich ihre Reaktion darauf einschätzen könnte. Sandra, die mich gerade geküsst hatte.

»Oh, das wäre lieb! Else hat schneeweißes Fell!«

»Fredi, also, ich würde ja wirklich gerne helfen, aber mein Zoomcall beginnt gleich«, sagte Sandra, nachdem mich Edith überschwänglich umarmt hatte.

Es war verständlich, dass Sandra nicht sofort ihren Zoomcall sausen ließ, um mit mir das Pony suchen zu gehen. Sie kannte Edith nicht und es ging um ihre Karriere. Trotzdem fand ich es schade, dass sich unsere Wege jetzt so abrupt trennten ... bis sie mir zum Abschied einen kurzen Kuss auf die Lippen drückte.

Bevor ich antworten konnte, stieß Bri zu unserer illustren Runde.

»Es gibt leider keine eindeutigen Hinweise darauf, wohin Else gelaufen ist. Die Zeugen widersprechen sich. Vor allem die Kinder.« Sie bedachte uns zur Begrüßung mit einem knappen Nicken. »Fredi! Sandra.«

»Fredi hat sich gerade freiwillig gemeldet, bei der Suche zu helfen«, erzählte Giovanni ihr, als hätte er einen Schatz ausgegraben.

»Gut. Dann kommt Fredi mit mir mit«, sagte Bri in einem Tonfall, der keinen Widerspruch zuließ.

Nicht dass ich widersprechen wollte. Oder hätte ich widersprechen sollen?

Vielleicht hätte Sandra das getan, wenn sie sich zwischenzeitlich nicht einfach davongestohlen hätte.

Eigentlich war ich ein bisschen froh über Elses Verschwinden – so musste ich nicht allein mit meinen Gedanken über den Kuss von vorhin bleiben. Mit Bri die Gegend abzusuchen, trug aber nicht unbedingt zu absoluter Seelenruhe bei.

»Entschuldigung, gell?«, sagte sie auf einmal aus dem Nichts. Wir trotteten gerade um den von den Enten gekaperten See. Uns kamen erstaunlich wenige Menschen entgegen, vermutlich, weil sie alle am Kinderfest teilnahmen.

»Wofür?« Ich lenkte meine Aufmerksamkeit von der Umgebung weg und auf Bri.

»Für mein Verhalten vor dem Rathaus. Es war irgendwie kindisch, dieser Münchnerin etwas vorzuwerfen. Da ist etwas mit mir durchgegangen. Aber das Thema beschäftigt mich einfach.«

»Das ist doch logisch.« Ich lächelte, während mir ganz warm wurde. Wie lieb! Auch wenn sie Sandra *die Münchnerin* nannte. Sandra hatte ihr nichts getan, aber Bri schien sie wirklich nicht zu mögen.

»Hat sie noch was vor? Weil sie uns nicht bei der Suche hilft, meine ich.«

»Ach, sie ist eben freiberuflich tätig. Hat noch einen Termin oder so.« Ich zuckte mit den Schultern und stellte mir ganz kurz vor, wie es wäre, mit Bri und Sandra nach dem Pony zu suchen. Nein danke! Ich stand so schon kurz vor einem Herzinfarkt.

»Seid ihr …«

»… was?« Meinte sie, ob wir zusammen waren? Hatte sie uns vielleicht sogar gesehen? Ohne meinen Anwalt sagte ich nichts! Wir hatten uns ja schließlich gerade erst geküsst, nach einem nicht mal mittelmäßig guten Date!

Mir war die ganze Situation ein wenig zu viel. Als hätte der Kuss mit Sandra mich aus der Zeit gerissen und seitdem war ich nicht fähig, kontrolliert durchs Leben zu gehen.

»Dir ist aber noch nichts Merkwürdiges auf den Hundewiesen aufgefallen, oder?«, wechselte Bri unvermittelt das Thema.

Ich brauchte einen Moment, um ihrem Gedankengang zu folgen, bis mir der Hundevergiftungsfall wieder einfiel, der ihr sehr am Herzen lag. »Nein, zum Glück nicht!«

Nicht dass ich mir nicht auch meine Gedanken machte, wie sicher meine Hündin war – aber hatten wir nicht gerade eine Zehenspitze in so etwas wie Deep Talk getaucht?

Aber ich war ohnehin zu sehr durch den Wind und Bri hatte sich auch vorher nicht für meinen Beziehungsstatus interessiert. Dass sie es jetzt immer noch nicht tat, war also normal. Irgendwie.

Auch nach zwei Stunden intensiver Suche fehlte von Else jegliche Spur. Zwar fühlte ich mich inzwischen in Bris Gesellschaft deutlich entspannter, aber langsam verzweifelte ich. Wie konnte so ein Pony bloß unbeobachtet ausbüxen? Ich fragte mich, ob die Stadtbewohner so abgelenkt von dieser dilettantischen Dorfband gewesen waren, dass niemand bemerkt hatte, wie ein kalkweißes Pony sein Gehege verlassen hatte und seelenruhig davongetrottet war.

Sollten wir nach Else rufen? Sie mit Karotten locken? Aber konnte Else die überhaupt wittern? Ich würde ja auch nur für ein Stück Tiramisu aus meinem Versteck kommen. Mit tiefem Seufzen stellte ich fest: Ich wollte Edith wirklich gerne unterstützen, aber langsam gingen mir die Ideen aus.

»Was treibt ein Pony an, sein wohlbehütetes Zuhause zu verlassen? Hat es keine Angst davor, nicht mehr versorgt zu werden?«

»Na ja, sind Ponys nicht … Selbstversorger?« Bri machte Anstalten, schnellen Schrittes weiterzugehen, in Richtung eines Torbogens.

Ich blieb stehen und griff nach Bri. Diese Berührung fuhr mir direkt in den Magen und erzeugte dort ein Gefühl wie betrunkene Schmetterlinge, die wild durcheinanderfliegen. Als hätte ich mich selbst damit überrumpelt.

»Warum willst du denn da entlang?«

»Warum nicht?« Bri runzelte die Stirn.

»Das ist die alte *Waldschänke*, die verfällt schon seit Jahren.«

»Mag sein, aber vielleicht ist das Pony da entlang?«

»Unmöglich. Auf dem Schild steht ‚Betreten verboten'.« Ich zeigte auf den Hinweis, der am Torbogen befestigt war.

»Das weiß das Pony doch nicht.« Bri musste lachen. Ein Geräusch, das mich jedes Mal wieder überraschte. »Komm, bleib einfach hinter mir. Ich passe auf dich auf!«

Ich zögerte, folgte ihr aber. Was sollte schon passieren? Bri war wirklich sehr stark! Ihre Worte beruhigten mich vielleicht nicht vollständig, aber genug, und es gefiel mir, dass sie so eine beschützende Aura ausstrahlte. Es würden sich hier schon keine Verbrecherbanden versteckt halten. Oder doch? Vielleicht präparierten hier ja die gefährlichen Hundekiller ihre Leckerlis? Das Restaurant war seit Jahren verlassen und die Grünfläche drum herum verwilderte dementsprechend. Das Gras war hochgewachsen, seit hier kein Biergarten mehr vor dem Restaurant existierte. Ich seufzte innerlich. Ach, da hatte es nie abgestandenes Bier gegeben!

»Vorsicht!« Bri deutete auf meinen fliederfarbenen Pliseerock, der in einer sehr hochgewachsenen Distel hängen zu bleiben drohte. Gerade noch so konnte ich meinen Rockzipfel unbeschadet befreien.

Niemand wusste, was mit den Besitzern der *Waldschänke* passiert war, und das fanden die meisten Einwohner Blumenbads – und auch die in der Nachbarstadt Rapshöh – gruselig. Okay, vermutlich waren sie einfach nur Steuersünder und getürmt. Meine blühende Fantasie fand jedoch auch die Variante *Oder sie sind jetzt Zombies!* plausibel. Um nicht wie ein noch größerer Schisser dazustehen, geschädigt von zu viel Hollywood, sprach ich das aber nicht aus. Doch Bri schien meine vermeintlich mutige Miene problemlos zu durchschauen.

»Falls hier jemand ist, hat er größere Angst vor uns, Fredi. Du kannst mir glauben, ich wüsste, damit umzugehen«, versicherte Bri mir, was mich tatsächlich ein wenig beruhigte. Als Polizistin hatte sie bestimmt genug Situationen wie diese erlebt.

Wir fanden in der Wildnis um das ehemals sehr schöne Restaurant am Waldrand jedoch keine Zombies. Bri ging mit einer starken Präsenz und Haltung voran, sah sich aber immer wieder zu mir um, ob ich auch ganz sicher hinter ihr war und nicht bereits in den Fängen eines Schurken.

Dennoch konnte ich meine Angst vor dem verfallenen Gebäude nicht komplett ablegen. Sah ich da einen Schatten hinter dem gesprungenen Glas? Als ein Knacken im Unterholz erklang, stieß ich einen spitzen Schrei aus.

Bri schnellte herum und packte mich an den Schultern. »Fredi, was ist?«

Ihre Berührung war so anders als die von Sandra, sie war im wahrsten Sinne »packend«. Ich spürte, wie mir die Hitze in die Wangen stieg, und schämte mich. »Ich dachte, ich hätte etwas bemerkt …«

Bri folgte meinem Blick, aber registrierte nichts Ungewöhnliches.

»Alles gut.« Sie rieb ganz leicht über meine Schulter und drückte noch einmal meinen Oberarm. »Wir können auch wieder gehen. Ich kann Giovanni bitten, tiefer in den Wald zu gehen.«

»Passt schon«, wiegelte ich ab.

»Du musst dir wirklich keine Sorgen machen, alles ist gut.« Bri lächelte mich an. Und ich glaubte es ihr. Ich durfte mich nur selbst nicht so verrückt machen!

Wir streiften umher, bis wir schließlich in einer Ecke hinter einem riesigen Apfelbaum ein friedlich grasendes Pony entdeckten. Verblüffend! Da stand es einfach, als wäre überhaupt nichts dabei.

Bri sah mich begeistert an. Ich strahlte zurück. Durch Bris furchtloses Verhalten hatten wir tatsächlich die entflohene Else gefunden!

»Ich hätte mir das Fell irgendwie heller vorgestellt«, murmelte ich.

Bri lachte. Überschwänglich umarmte sie mich – eine Gefühlsregung, die ich nie im Leben von ihr erwartet hätte.

Während ich ebenfalls die Arme um sie legte, begann in mir alles zu kribbeln. Sie hielt mich einfach zu lange fest, länger als für ein Dankeschön oder eine Beglückwünschung üblich. Und dann dieser Blick. Dieses Lachen, das verklang; Lippen, die sich öffneten ...

Wie zu einem Kuss?!

Und dann *auf einmal schnaubte dieses Pony.*

In dem Moment, in dem Bris Mund auf meinen treffen sollte, machte sich Else so laut bemerkbar, dass wir uns *erschraken.*

Und *auseinanderwichen.*

»Wir sollten Else schnell nach Hause bringen, nicht dass sie sich verletzt hat.« Bri suchte nach ihrem Handy. Im nächsten Augenblick rief sie bereits Giovanni an. Irgendwie schaffte sie es, Else dazu zu bringen, mit uns mitzugehen, und gleichzeitig Giovanni professionell die Situation zu schildern.

Sie sparte natürlich aus, dass wir uns fast geküsst hätten.

Das war doch eben wirklich passiert, oder?

Was zur Hölle war hier los? Hatte sie sich gedacht *Ach, wo sie schon mal so nah ist, kann man ja mal küssen*?

Wie konnte ich gerade erst Sandra geküsst haben und mich dann bereitwillig einer anderen hingeben?

Ich sah mich noch einmal zur *Waldschänke* um. Vielleicht wohnten hier keine Zombies, sondern verdammte Hexen, die mich verarschen wollten!

Eins war sicher: Ich konnte mich nicht darüber beklagen, dass in meinem Leben nichts passierte. Aber warum nur wurde ich das Gefühl nicht los, dass in meinem Leben *andere Dinge* als bei anderen passierten?

Andere Menschen in meinem Alter schlugen sich mit erwachsenen Dingen herum, wie eine Familie zu gründen oder mit Handwerkern über Kostenvoranschläge zu streiten.

Meine Probleme hingegen befanden sich auf dem Niveau eines Teenagers: Ich fand Gefallen an einer Münchnerin, die ihren Wohnsitz in meine Kleinstadt verlegte, mich küsste, sich dann aber erst einmal verzog, nur um mich dann fast von einer Jugendfreundin küssen zu lassen, die sich danach ebenfalls erst einmal verzog. Außerdem hatte ich ein Pony gesucht und gefunden!

Mit diesem Gedankensalat lieferte ich Akiko bei meiner Mutter ab mit der Bitte, auf sie aufzupassen, und ging ins Fitnessstudio. Eigentlich wäre dies die perfekte Situation für Yoga gewesen, doch ich hatte zu große Angst, die Mutter des Kindes zu treffen, dessen Kinderschminke Sandra kritisiert hatte. Ich hatte schon genug Probleme!

Und ja, es war dasselbe Fitnessstudio, in das auch Bri ging, seit sie gefühlt auf der Welt war, aber wir trafen uns hier so gut wie nie. Bri befand sich immer in der Ecke, wo die Gewichte ohrenbetäubend laut auf den Boden geknallt wurden, weil es gar so schön war. Ich hingegen wollte mich auf den Crosstrainer stellen.

Das moderne Fitnessstudio zierte eine breite Glasfront mit Blick auf den Parkplatz, weswegen ich mich bei jedem Besuch fragte, ob man sich die Verglasung nicht hätte sparen können. Zumal es durch die Deckenbeleuchtung ohnehin ultrahell war, als befände man sich in einem Raumschiff. Die Geräte waren allesamt modern, ausgestattet mit eigenen Fernsehern und hunderten von Einstellungen.

Normalerweise musste man Schlange stehen, um daran zu arbeiten, einem von den Medien vorgegebenen Schönheitsideal zu entsprechen, aber heute war es im Fitnessstudio erfreulich leer. Draußen war schönes Wetter und die Leute betätigten sich lieber an der frischen Luft. Umso besser! Ich hatte nämlich keine Lust auf Gesellschaft.

Vor Aufregung hatte ich kaum geschlafen. Das ganze Wochenende nicht. Stetig wiederholte mein Kopf, was an nur einem Tag passiert war. Mehrere Küsse – intensiv, kurz, fast. Was hatte all das zu bedeuten? Wollte Sandra unsere Beziehung auf die nächste Stufe heben? Aber warum hatte sie sich nach dem Kuss dann zurückgezogen? Und Bri war … um es mit Katis Worten zu sagen, einfach … »Bri«? Aus nichts davon wurde ich schlau.

Aus der Studioanlage dröhnte ein kämpferischer Song von Taylor Swift und ich merkte, wie ich mich dem Takt anpasste und immer schneller auf meinem Crosstrainer hampelte. Mit meinen Händen umklammerte ich fest die Griffe, während ich über die Armatur hinaus auf den Parkplatz stierte.

Doch auf einmal verlor ich die Balance. Meine Hände waren immer noch an Ort und Stelle, aber der Boden unter meinen Füßen weg. Vielmehr: die Schaufeln, in denen meine Füße gesteckt hatten. Durch die Schnelligkeit meiner Bewegungen war ich nicht nur am Herausrutschen, sondern drohte, den Unfall meines Lebens zu bauen!

Mein Herz sank mir in die Hose. Während ich noch panisch die Augen aufriss und mir selbst bei meinem Sturz zusah, hörte ich meinen Namen. »Fredi!«

Ich registrierte erst, wer nach mir gerufen hatte, als sie mich festhielt. In der Luft schwebend, bewegten sich die Schaufeln noch kurz weiter und somit auch meine Arme, doch dann kam die ganze Gerätschaft endlich zum Stillstand.

Es war Bri, die mich festhielt und vor einem üblen Sturz bewahrt hatte, ehe sie mich vorsichtig wieder auf dem Boden absetzte.

»Oh, wow!«, stieß ich hervor. Mir war schwindelig. Ausnahmsweise nicht nur ihretwegen.

»Hast du rutschige Sohlen? So einen Stunt habe ich ja noch nie gesehen!« Bri schien nicht minder erschrocken.

»Ich bin eben eine Performancekünstlerin.« Ein lahmer Witz. Zu mehr war ich gerade nicht fähig.

»Wie deine Freundin«, sagte Bri.

Da mir noch immer ziemlich die Pumpe ging, schwieg ich. Selbstverständlich war Sandra nicht meine Freundin – ebenso wenig, wie Bri es war.

»Hey, Fredi, hör mal, es tut mir leid, falls du das bei der *Waldschänke* irgendwie nicht cool fandest. Ich weiß auch nicht, aber ich hatte das Gefühl, dass es passen würde …«

Das Gefühl, dass es passen würde? Obwohl sie scheinbar nicht aufhören konnte, darüber nachzudenken, dass ich mit Sandra zusammen sein könnte?

Ich hatte mir unsere erste Begegnung nach dem Beinahe-Kuss sicher anders vorgestellt. Weniger schwitzig, weniger lebensgefährlich. Und ich hatte nicht damit gerechnet, wütend zu werden. Was war das denn für ein Timing? Hatte sie gerochen, dass ich auf dem Weg in eine Beziehung, in eine glückliche Zukunft mit Sandra war?

»Und was hast du gefühlt, Eifersucht?« Wer kannte es nicht: Kaum war jemand vergeben, steigerte sich die Begehrlichkeit ins Unendliche. Aber nicht mit mir. Ich war kein Spielzeug für Bri Wallerschenk! Bri war so lange weg vom Datingmarkt, dass sie scheinbar wirklich nicht checkte, dass man so etwas nicht machte. Zwar hatten Sandra und sie ganz sicher keinen Bro-Code, aber darauf, dass Bri ihr Revier markieren wollte, hatte ich ebenso wenig Bock.

»Was meinst du mit Eifersucht?« Bri sah mich verwirrt an.

In diesem Moment meldete sich BB-8 zu Wort. Sowohl mein als auch ihr Blick schnellten zu meinem Handy, das in der Halterung neben der Armatur des Crosstrainers eingespannt war. Auf dem Display stand deutlich »Sandra Grünwald«. Erneut begann mein Herz, in den Turbogang zu schalten. Was wollte sie, mich sehen? Mich hören? Mich zum Teufel jagen?

»Grüße.« Bri nickte mir knapp zu und machte sich dann auf zu den Gewichten.

Ich starrte ihr noch einen Moment hinterher, bevor ich tief durchatmete und den Anruf entgegennahm. Es war, als hätte sich das Schicksal gemeldet. Auf Sandra wollte ich mich konzentrieren – nicht auf Bri und ihre wirren Gefühle!

Zudem beschloss ich, in nächster Zeit nicht den Crosstrainer zu benutzen. Auch wenn ich mich des warmen Gefühls, das mich bei dem Gedanken durchströmte, wie ich in Bris Arme geflogen war, kaum erwehren konnte.

Aber der Crosstrainer war zu gefährlich. Und Bri auch.

Sandra hingegen wollte tatsächlich einfach nur hören, wie es mir ging, um sich danach in Beschreibungen über ihr mögliches Projekt – das immer noch nicht zugesagt war – zu ergehen. Ich wanderte, ihr zuhörend, ein bisschen durch das Studio, fühlte mich aber dann doch zu sehr von Bri durch den Spiegel in ihrer Ecke beobachtet und trat den Heimweg an.

Vermutlich war es besser, mich auf so viele Schrecken erstmal hinzulegen.

Am Montagmorgen auf der Arbeit schrieb Sandra mir in einer Nachricht, dass sie gerade an einem Spontanprojekt dran war. Dieser Begriff machte mich nervös und eine Frage rückte unangenehm in den Fokus meiner Gedanken: War vielleicht auch ich bloß ein Spontanprojekt für sie? Hatten wir uns deshalb seit dem Kuss nicht mehr gesehen?

Mit schwirrendem Kopf ging ich ins Büro des Bürgermeisters, der mich zum Gespräch zitiert hatte. Statt einer Begrüßung kam er gleich zum Punkt.

»Frau Gröblehner, was denken Sie denn, wer Sie sind? Sie können doch nicht einfach Jochen Huber in der Infobroschüre unserer Stadt abdrucken, ohne ihn vorher zu fragen!« Er saß in seinem viel zu wuchtigen Schreibtischstuhl aus braunem Leder hinter einem nicht minder massiven braunen Schreibtisch voller herumfliegender Akten. Hinter ihm an der Wand hing ein Hirschgeweih über seinem Kopf, ziemlich genau so platziert, als wäre es sein eigenes. Zufall? Absicht? Beim Bürgermeister wusste man nie, immerhin hatte er auch Bilder mit wichtigen bayerischen Politikern aufgehängt – und mit seiner Mutter.

»Sprechen Sie von dem Gruppenbild der Blumenbadener Imker?« Ich runzelte die Stirn. Ja, zugegeben, ich hatte die zehn auf dem Foto abgebildeten Herrschaften nicht explizit einzeln um ihr Einverständnis gebeten. Wenn ich von einem Verein ein Foto bekam, ging ich davon aus, dass sie die Bildrechte bereits eingeholt und das Foto freigegeben hatten. Und außerdem hatte Jockel auf dem Bild ein verdammtes Imkernetz vor seinem Gesicht!

»Von was denn sonst? Jetzt können wir die Infobroschüre nicht ausgeben!«

»Sie ist bereits ausgegeben«, wagte ich anzumerken.

Der Bürgermeister war besonders furchtbar, wenn er sich aufregte. Da er scheinbar keinen Unterkiefer besaß und sein Hals direkt in sein Gesicht überging, wirkte er im Wutstadium wie eine Comicfigur. Woran man nicht denken sollte, wenn er sich gerade aufregte.

»Was ist denn so schlimm daran? Reicht es nicht, wenn ich ihm ein Entschuldigungsschreiben schicke und ... einen Fresskorb?« Ich rutschte unbehaglich auf meinem Stuhl hin und her.

Diese Infobroschüre hatte mich ohnehin schon unzählige Nerven gekostet und jetzt sollte auch noch alles umsonst gewesen sein?

In diesen Momenten hinterfragte ich meine Entscheidung, im Rathaus zu arbeiten, sehr. Andererseits – andere Chefs mochten vielleicht ein Kinn haben, bekamen aber sicher genauso schnell fiese Laune.

»Seine Frau hat herausgefunden, dass er Imker ist!« Der Bürgermeister schrie so sehr, dass er spuckte. Ich tupfte mir die Wange trocken.

»Und das ist suboptimal, weil sie gegen Honig allergisch ist ...?« Ich verstand es immer noch nicht. Ob es ihr lieber gewesen wäre, er hätte sie in der Zeit, in der er Bienen gestreichelt hatte, betrogen?

»Sie haben jetzt eine Ehekrise!«

»Wegen der Infobroschüre? Wissen Sie, schuld ist er selbst, wenn er nicht richtig mit ihr kommuniziert. Aber ich kümmere mich darum.«

Der Bürgermeister hatte offensichtlich nichts anderes erwartet, denn er drehte sich bereits zum Fenster.

Ich machte mir eine Notiz: »Entschuldigungsschreiben und einen sehr großen Fresskorb. Kein Honig.«

Bei so viel Unerwartetem freute ich mich über eine Konstante: das Spiel gegen Rapshöh am Sonntag, Anpfiff wie eh und je um 15 Uhr 15. Niemand in Blumenbad versäumte diese Matches. Sogar während meines Studiums hatte ich stets auf der Tribüne gesessen und war abends noch zurück nach Passau gefahren, um am nächsten Tag wieder in die Uni zu trotten.

Die Männermannschaft mühte sich ab, als ginge es um den Weltmeistertitel. Blumenbad pflegte seit jeher eine Rivalität mit Rapshöh, die ihresgleichen suchte. Heute war quasi Derby. Man stelle sich nur vor, ich, Tochter einer der Fußballtrainer des Vereins, hätte jemals eine Freundin aus dem Nachbarort gehabt. Romeo und Julia wären dagegen das langweiligste Paar *ever*.

Zumindest konnte keiner der Spieler, wie immer ganz in Grün, den eigenen Misserfolg auf das Wetter schieben. Es war weder zu warm noch zu kalt. Geregnet hatte es auch nicht, insofern war der Fußballplatz perfekt präpariert. Und doch wollte es nicht klappen. Der Blumenbader Block war unruhig, jede anwesende Person fähig, die deutsche Nationalmannschaft zu trainieren. Es roch nach Zigaretten, Bier und süßlichen Parfüms, aufgelegt von den Spielerfrauen vor uns. Sogar mein Yogalehrer Fabio schwenkte fleißig ein grünes Fähnchen, trug allerdings Gelb. Als einziger Mensch weit und breit.

»Du siehst so komisch aus.« Mein Zustand war Katis Aufmerksamkeit nicht entgangen. Im Sonnenlicht mussten meine Augenringe noch auffälliger sein. Ich zog meine grüne

Kappe in der Farbe unserer Mannschaft noch tiefer in mein Gesicht und atmete tief durch. Mein Puls war auch Vitamin-B-Brausetabletten-würdig.

»Ich habe die ganze Nacht mit Sandra telefoniert. Okay, die halbe Nacht.«

»Warum das denn, ihr hättet euch doch auch treffen können?« Kati nestelte an den oberen Knöpfen ihres grünen Polohemds, das sie zu ihrer Lieblingsjeans trug, was in Kombination ihre offizielle Fußballmontur war, ohne jegliche Comicsymbolik auskommend. In ihrer freien Hand hielt sie einen halbvollen Becher Bier.

Ich winkte ab. »Sie ist das Wochenende über in München und übernachtet bei einer ehemaligen Kommilitonin. Die beiden waren auf irgendeiner Vernissage, glaube ich. Darum auch nur die halbe Nacht, sie hat mich um zwei Uhr morgens angerufen.«

»Und du ... hast auf sie gewartet?« Kati ließ sich von mir den Becher aus der Hand nehmen. Ich nahm einen Schluck und stellte den Becher zu unseren Füßen ab.

»Natürlich nicht, ich habe geschlafen.« Ich sah Kati verständnislos an. So gut musste sie mich inzwischen kennen, um zu wissen, dass ich bei einer Folge *Hawaii Five-0* eingeschlafen war. Wie immer. Sandra hatte mich geweckt. Darum war ich heute Morgen – oder eher heute Mittag – auch nicht wirklich in die Gänge gekommen.

»Schade, dass sie nicht hier ist. Du hättest sie mitbringen müssen«, meinte Kati und zeigte mit einer ausladenden Bewegung auf das Spektakel auf dem Bolzplatz.

»Sie interessiert sich nicht für Fußball.«

Wir schüttelten beide gleichzeitig den Kopf als Zeichen des Unverständnisses darüber, wie man als Münchnerin kein Fußballfan sein konnte. Ließ man sie da überhaupt noch über die Stadtgrenze, wenn sie weder Fan der Bayern noch der Sechziger war?

»Außerdem habe ich keine Ahnung, was wir füreinander sind.«

Kati witzelte: »Also, normalerweise wären alle anderen queeren Frauen in eurer Situation schon längst damit beschäftigt, ihre gemeinsame Wohnung zu beziehen.«

»Mit ihr ist nichts normal«, sagte ich kopfschüttelnd. »Sie ist so anders als die Frauen, die ich sonst date.«

»Wenn du jetzt sagst, sie wäre intelligenter, boxe ich dich«, drohte Kati, immerhin auch meine Ex. Während ich noch lachte, fragte sie interessiert: »Wer ist denn ihr Lieblingscaptain der Enterprise?«

»Kati, ich habe doch nicht mit ihr über *Star Trek* geredet.« Ich hob eine Augenbraue.

»Nun, ich finde, das solltest du klären, bevor es mit euch ernster wird. Stell dir vor, sie steht auf *Battlestar Galactica* und du hörst den ganzen Tag nur das *Lülülü* der Zylonen.« Kati schauderte.

»Ehrlicherweise vermute ich, dass Sandra nur einen Fernseher besitzt, weil sie ihn geerbt hat. Und der von der Resi sieht nicht wirklich Netflix-kompatibel aus.«

»Ja, aber, Fredi, das bist nicht du.«

»Was meinst du damit? Ich bin nicht fernsehsüchtig.« Kati hatte es sicher auch gar nicht so gemeint, nichtsdestotrotz war ich genervt davon, dass sie sich nicht einfach für mich freuen konnte, ohne alles zu zerdenken. Das war schließlich meine Aufgabe!

»Du wirst ihr nicht verheimlichen können, dass du so ziemlich jede Sci-Fi-Serie gesehen hast, egal, ob *Deep Space 9* oder *Stargate*«, fuhr Kati fort. Dabei gestikulierte sie, als wäre sie im Bundestag.

»Du hast mich zu beidem gezwungen.«

»Ich möchte damit nur sagen, dass ihr Gemeinsamkeiten braucht. Bislang sehe ich da nicht so viele, außer eurer sexuellen Orientierung.«

Und unserem Alter, richtig. Das musste aber deshalb nicht gleich das Ende bedeuten, bevor es überhaupt richtig angefangen hatte.

»Sorry, Kati, aber du bist echt nicht die Expertin für Beziehungen.«

In diesem Moment schoss Blumenbad ein Eigentor. Während der knallrote Rapshöher Fanblock aufsprang, verzog Kati das Gesicht. »Autsch.«

»Herrje, so meinte ich das nicht. Es tut mir leid. Es ist nur so, dass wir beide keine Meisterinnen in Sachen Beziehung sind. Weder in unserer gemeinsamen, noch jede für sich.«

Kati erwiderte meinen Blick niedergeschlagen und meinte: »Ich weiß. Aber was soll ich machen? Ich werde nicht so oft zu Trauermahlen eingeladen wie du.«

Ich nahm Kati liebevoll in den Arm, um sie fest zu drücken. »Du würdest da doch eh nichts essen wollen, Süße.«

So eng beieinander, ungehört von der Außenwelt, flüsterte ich Kati aus einem Impuls heraus ins Ohr: »Bri wollte mich küssen.«

»Was?!« Kati fuhr aus meiner Umarmung. »Das sagst du mir erst jetzt?!«

»Du hast zuerst nach Sandra gefragt!«

»Wie hätte ich denn zuerst nach …« Kati sah sich um und zischte dann: »*Bri* fragen können!«

Sie starrte nach vorne. »Oh mein Gott, Bri.«

»Also, so schlimm ist das jetzt auch wieder nicht.« Ich hob den Becher vom Boden und trank einen kräftigen Schluck.

»Nein, ich meine – Bri! Sie steht auf der gegnerischen Tribüne?«

Ich schob mein Basecap etwas höher und folgte Katis Blick. Kati hatte recht! Da stand Bri, in einem neutralen, schwarzen Outfit, einen Becher in der Hand.

»Für Rapshöh? Was zum Teufel?« Ich war, milde gesagt, schockiert.

War sie hier, weil *ich* kein Spiel ausließ? Aber sie stand ja bei den anderen Fans. Oder war das die ausgeflippte Single-Bri, die vielleicht einfach ungewöhnliche Dinge tat, wie eine richtige Cola zu trinken statt einer Coke Zero?

»Sie war noch nie bei einem Fußballspiel!«, sprach Kati meine Gedanken aus.

»Na ja, scheinbar lebt sie sich als Single jetzt total aus. Und läuft rum und küsst mich und feuert dann die Gegner an.«

»Und konntet ihr schon darüber reden ...?« Katis Blick fixierte mich.

»Es ist Bri, natürlich konnten wir nicht darüber reden. Sie geht davon aus, dass ich mit Sandra zusammen bin.«

»Seid ihr ja auch. Oder nicht?«

»Ja. Nein. Vielleicht? Jedenfalls hat Sandra mich zuerst geküsst. Und jetzt ist Bri eifersüchtig, weil jemand schneller war.« Inzwischen gestikulierte ich genauso wild wie Kati vorhin.

»Aber Eifersucht würde bedeuten, dass sie ernsthaft an dir interessiert ist«, gab Kati zu bedenken.

»Oder dass sie es einfach nicht haben kann, dass mich jemand wie Sandra interessant findet, während ihre langjährige Beziehung gerade erst in die Brüche gegangen ist.«

In diesem Moment wurde die erste Halbzeit abgepfiffen. Was für ein Hagel an Aluschüssen! Noch einen Pfosten konnte ich nicht ertragen und damit meinte ich sowohl Lattenschüsse als auch die Spieler.

Wir standen langsam auf und schlenderten zur Imbissbude. Zeit für eine schöne Stadionwurst – auch wenn das hier kein Stadion war und die Bratwurst mehr nach Glut schmeckte. Den Gedanken hatten auch viele andere in Grün oder Rot, die vor und hinter uns durch den Kies stapften und schließlich in einer schiefen Schlange zum Stehen kamen.

Kati und ich standen eine Weile schweigend an. Kati schien erst einmal alles verarbeiten zu müssen, was ich ihr erzählt hatte – und ich auch. Im Schneckentempo bewegte sich die Schlange voran und ich wurde langsam nervös, dass wir vor Beginn der zweiten Halbzeit nichts mehr zu essen bekamen. War heute nicht das ganze Personal da? Es war das wichtigste Spiel der Saison!

»Aber angenommen, Bri ist wirklich eifersüchtig: Denkst du nicht, sie wäre die bessere Partie?«, beendete Kati die Stille zwischen uns.

»Wieso?«

Kati begann mit Hilfe ihrer Finger aufzuzählen: »Sandra hat keinen festen Job; Bri einen, in dem sie sehr gut ist. Sandra ist nicht von hier; Bri musst du nicht erklären, wer in dieser Stadt mit wem verwandt ist. Sandra wirkt wie vom anderen Stern und Bri kennt, egal, ob du das jetzt hören möchtest oder nicht, jede Serie, jeden Film, jede Band, von der du sprichst.«

»Ja, ich verstehe schon, Sandra ist das komplette Gegenteil von allen Frauen, mit denen ich bisher zusammen war. Aber genau das hat eben nicht funktioniert. Heißt es nicht immer, Gegensätze ziehen sich an? Und es ist so aufregend mit Sandra!«

Kati hob eine Augenbraue. »Was genau ist aufregend? Soweit ich weiß, ist zwischen euch noch nichts …«

Ein Räuspern hinter uns ließ Kati verstummen. Und dann diese sexy Stimme: »Hey, hi!«

»Hi, Bri!«, entgegneten Kati und ich beinahe gleichzeitig. Wie ertappte Schülerinnen, die gerade über ihre Lehrerin gelästert hatten. Was genau hatte Bri gehört? Wie immer war sie unlesbar. Nervös glättete ich meinen grauen Faltenrock. Warum schlich sie sich auch immer von hinten an!

»Kann ich mich euch für eine Bratwurstsemmel anschließen?«, fragte Bri, ihren Becher in Händen.

»Klar! Was trinkst du?«, fragte ich schnell, um allen Nachfragen zu Sandra und mir zuvorzukommen.

»Spezi.«

Okay, damit hätte ich wirklich nicht gerechnet!

»Und, *Bri* … warum bist du hier?« Kati gab sich redlich Mühe, den Satz so unauffällig wie möglich und doch ziemlich auffällig zu betonen.

»Och, Willi liegt mir schon ewig in den Ohren, mal mit zum Fußball zu gehen. Er ist immer noch am Boden zerstört, dass die Resi nicht mehr da ist. Und dann dachte ich, tue ich ihm den Gefallen.«

»Ist der Willi aus Rapshöh?«, fragte ich und Kati stimmte in meine Verwirrung mit ein, indem sie hinterherschob: »Und er darf trotzdem als Polizist in Blumenbad arbeiten?«

Bri zuckte die Schultern. »Er lebt schon lange nicht mehr in Rapshöh. Ist aber immer noch sein Verein.«

Eine etwas unangenehme Stille machte sich zwischen uns breit, in der Bris scharfer Verstand viel zu viel Zeit bekam, über Katis und mein möglicherweise belauschtes Gespräch nachzudenken. Schnell sagte ich das Erste, was mir in den Sinn kam, um sie abzulenken.

»Soll ich dir eigentlich eine Liste von Hundeplätzen zusammenschreiben? Würde dir das bei deinem Fall helfen?«

Ich suchte in Bris Gesicht nach einer Gefühlsregung; der Regung eines Gefühls wie das, das sie hatte, als sie mich fast geküsst hätte. Doch ich fand nur aufrichtige Dankbarkeit.

»Ja, das wäre super hilfreich!«

Nichts weiter.

Unschlüssig nickte ich. Zum Glück waren wir endlich dran und konnten unsere Bratwurst bestellen.

Als wir wieder auseinandergingen, jeder mit seiner Bratwurstsemmel bewaffnet und mit dem Anpfiff zur zweiten Halbzeit im Ohr, machte sich ein merkwürdiges Gefühl in mir breit. Klar, wir hatten die Sache mit dem Beinahe-Kuss geklärt, Bri hatte sich entschuldigt und ich hatte mich für Sandra entschieden. Wir waren wieder auf demselben Stand wie vor ein paar Wochen. Freunde. Alte Bekannte.

Aber warum enttäuschte mich das?

Blumenbad verlor an diesem Tag. Irgendwie passte das zu meiner Gemütslage.

Die Tür zu meinem Büro stand immer offen. Nicht weil ich den Anschein erwecken wollte, man könne mich stets ansprechen. Im Gegenteil, eigentlich wollte ich die Tür zumachen und in Ruhe arbeiten. Aber den ganzen Tag rannten so viele Personen hier rein und raus, dass es keinen Sinn ergab, jedes Mal aufzustehen und das für sie zu erledigen.

Meine Abneigung Smalltalk gegenüber hatte bislang noch niemand wahrgenommen. Ständig hieß es: »Soll ich dir die Post holen, Fredi?« Oder: »Magst du auch einen Kaffee, Fredi?« Und beim Kaffee wurde dann natürlich getratscht, klar. Zum Glück war der Trubel um das »Honeygate« langsam am Abebben, denn noch einmal konnte ich die ganze Geschichte wirklich nicht erzählen.

Ich war sehr froh, dass die alte Sekretärin des Bürgermeisters vor kurzem aufgegeben hatte. Also, natürlich tat sie mir auch irgendwo leid, immerhin hatte sie eines Tages markerschütternd geschrien: »Ich kündige!!«, aber wir waren nicht gerade beste Freundinnen geworden.

Mit seiner neuen Sekretärin Marleen verstand ich mich hingegen blendend, schon allein weil sie in meinem Alter war und jeden Tag ein anderes Crop-Top in einer satten Farbe trug. Mit ihr trank ich am liebsten Kaffee und hörte mir an, was der Bürgermeister schon wieder für einen Vogel abgeschossen hatte.

Ihr Lieblingskleidungsstück tragen zu dürfen, war zunächst ein Kampf gewesen, denn viele Damen im Haus waren der Meinung, Marleens Oberteile wären eingegangen oder sie hätte vergessen, sich fertig anzuziehen. Andererseits lief im Rathaus jeder rum, wie er wollte, und es gab keinen festen Dresscode, auf den man sich berufen konnte. Was Marleen bei jeder Diskussion so souverän betonte, dass sich bald keine mehr traute, etwas zu sagen. Dem Bürgermeister war es zudem herzlich egal, weil er zu sehr mit sich selbst beschäftigt war.

Dank meiner offenen Bürotür bekam ich also alles mit. Auch, wer zum Bürgermeister marschierte. Es war Donnerstag, also war er vormittags für ein paar Stunden im Haus und der Publikumsverkehr zu dieser Zeit am emsigsten.

Dass aber die Polizei auftauchte, war ungewöhnlich.

Bri bemerkte, dass ich ihr von meinem Schreibtisch aus, so gut es ging, hinterherstarrte, weshalb sie ein paar Schritte zurückmachte und sich zur Tür hereinlehnte. »Hey!«

»Hi.« Jepp. Alte Bekannte vom Feinsten.

Ihr Partner Giovanni hingegen ging direkt auf mich zu. »Ciao, Fredi! Wir haben einen Termin beim Bürgermeister!«

»Soll er mal wieder irgendeinen tugendhaften Polizisten auszeichnen?«, fragte ich und ließ von der Tastatur meines Computers ab.

»Zum Wünschen wär's ja, aber nein. Wichtige Ermittlungen. Ach, Glückwunsch noch, dass ihr die Else gefunden habt! Dieses weiße Pony. Vom Stadtfest. Apropos, bist du eigentlich mit dieser Münchnerin zusammen?«, ergoss sich Giovannis Wortschwall über mich.

»Ja, ich bin auch sehr froh, dass Else zurück ist«, meinte ich übertrieben verbindlich.

Hatte Bris Augenbraue eben gezuckt?

Manchmal war es echt anstrengend, in einer Kleinstadt zu wohnen, in der jeder jedem irgendetwas nachsagte. Dass mein Coming-out nicht in der Zeitung gestanden hatte, grenzte schon fast an ein Wunder ... Es passierte ja sonst nichts Nennenswertes hier, über das man sich unterhalten konnte, also ran ans Privatleben!

»Giovanni, lass die Frau in Ruhe arbeiten«, brummte Bri. »Das geht uns nichts an.«

Bri stierte Giovanni so lange an, bis er zurück an ihre Seite trat. Dann machte sie eine Kopfbewegung in meine Richtung, die man als ein »Komm mit!« deuten konnte.

Mein Herz schlug automatisch höher, weil es ihr wichtig war, mich mitzunehmen, obwohl ich offiziell wohl nichts bei diesem Termin zu suchen hatte. Oder war es ihr nur wichtig, dass ich alles mitbekam, falls es irgendwie relevant für die Presse oder die Reden des Bürgermeisters war?

Wie auch immer – ich sprang auf, schnappte mir mein Handy, um mir schnell Notizen machen zu können, und schlenderte den beiden unauffällig hinterher.

»Gut, dass Sie endlich da sind! Was hat denn so lange gedauert? Hier geht es um Leben und Tod!« Der Bürgermeister sprang von seinem Chefsessel aus glänzendem Leder auf und schüttelte sich trotz Lodenjacke, als wäre mit uns eine kalte Brise zu ihm ins Büro geweht.

Obwohl ich mich hinter Bri am Türrahmen herumdrückte, spürte ich förmlich, wie sie in diesem Moment die Augenbraue hob. »Am Telefon haben Sie doch zu unserem Chef gesagt, Sie hätten den Bubi gerettet?«

Den Bubi? Der Dackel des Bürgermeisters?, dachte ich, lehnte mich unauffällig an die Wand neben der Bürotür und scrollte zur Tarnung auf meinem Handy herum.

»Ja, ohne mich wäre der Bubi nicht mehr am Leben! Ich habe ihn gerettet! Er wäre ja fast an dem vergifteten Leckerli erstickt.« Der Bürgermeister tigerte aufgeregt hinter seinem Mahagonischreibtisch auf und ab. »Ich habe alles Mögliche versucht, damit er es nicht herunterschluckt! Heimlich-Manöver, Sie verstehen …«

Es folgte eine detaillierte Beschreibung des Bürgermeisters, wie er besagtes vergiftetes Leckerli selbstlos aus Bubis Rachen herausgeholt hatte. Es war sein persönlicher TED Talk. Als würde er nicht ohnehin jede Chance nutzen, um im Mittelpunkt zu stehen.

»Es hat höchste Priorität, dass Sie diesen Hundehasser finden! Schließlich hat er schon einige Tiere auf dem Gewissen. Aber beim Bubi hört der Spaß auf, ist das klar? Ich gebe Ihnen jetzt den Namen des Tierarztes bezüglich der Indizien …«

»Wir haben doch nur den einen Tierarzt hier im Ort«, warf Giovanni ein, was den Bürgermeister nicht im Geringsten bremste. Dessen Gezeter wurde in meinen Ohren jedoch leiser, als ich bemerkte, dass mein Handy vibrierte.

Sandra war noch immer in München, weil sie ihren Wochenendaufenthalt spontan verlängert hatte. Zwar meldete sie sich gelegentlich, aber immer dann, wenn es ihr gut passte. Das waren oft abstruse Tages- und Nachtzeiten, an die ich mich erst noch gewöhnen musste.

Die Nachricht, die sie mir jetzt schrieb, ließ meinen Puls hochgehen.

Sehen wir uns Freitagabend? Ich bringe Edamame aus München mit.

Ich wusste nicht genau, was sie damit meinte, aber es musste Schicksal sein. Das Zeichen, auf das ich gewartet hatte. Und meine Chance, die Sache mit Sandra endlich richtig anzugehen.

Ich sah noch einmal durch die offene Tür, um mich zu vergewissern, dass Bri ganz in ihre Arbeit versunken war und sowieso keinen Blick für mich übrig hatte. Genau so, wie ich es wollte. Wie es vernünftig war.

Also zögerte ich nicht lange und sagte Sandra zu. Ein Date in der Hand war schließlich besser als ein Halbkuss auf dem Volksfest.

»Bürgermeister rettet Bubi (Dackel)«, »Friseur fordert mehr Fashion«, »Blumenbader Bungalow nicht *baurechtsgerecht*« – mir wurde beim Anblick der vielen Alliterationen ganz schwindelig. Sandra bemerkte meine rollenden Augen sofort.

»Oh ja, die muss ich noch abbestellen … es ist noch so viel zu erledigen.« Sie seufzte. »Ich schaffe es nicht mal selbst zum Friseur für mehr *Fashion*!«

Modisch war sie trotzdem, wie ich fand: Sie trug eine weiße Bluse ohne Ärmel, die sich perfekt um ihre Brüste schmiegte, und mich ganz unruhig machte.

»Ich habe früher fürs *Blumenbader Blatt* gearbeitet«, sagte ich, nicht sicher, ob ich die schlecht betitelte Aufmacherseite aus alter Verbundenheit heraus verteidigen wollte. »Ich frage mich, welcher arme Praktikant sich all das mitten in der Nacht aus den Fingern saugen musste.«

Als ich mich abwandte, fiel mein Blick auf Akiko. Sie futterte Lachs und Reis. Wir bekamen auch etwas ab, allerdings in Sushi-Form, und ich war froh, dass Akiko bei uns in Sicherheit war.

Trotz des luxuriösen Essens war Akiko reichlich skeptisch in Sandras Nähe. Dass sie nicht die geselligste Hündin war, lag in ihrer Natur. Shiba Inus wurden auch die »Katzen unter den Hunden« genannt und das nicht ohne Grund. Aber um Sandra machte Akiko einen weiteren Bogen, als erwartet. Immerhin blieb größerer Terz aus, was mich glücklich stimmte, denn ich wollte mein Date nicht wegen meiner Hündin unterbrechen.

»Wie war es in München?«, fragte ich und drängte alle meine Sorgen fürs Erste zurück.

Sandra ließ ihre Stäbchen sinken und leckte sich ein bisschen Sojasoße aus dem Mundwinkel, bevor sie erneut seufzte und sagte: »Ach, es ist wirklich so, wie unsere fiebrig geleiteten Professoren immer gesagt haben. Sobald man den Kokon der Kunstakademie verlässt, ist das alles nicht mehr so leicht. Ich brauche eine Galerie. Aber wir alle brauchen eine Galerie.«

Wie immer hörte ich ihr fasziniert zu. Alles in ihrer Welt klang so anders, so verheißungsvoll. Ich nickte mitfühlend. Selbst hätte ich auch wenig Lust dazu, ständig Eigenwerbung betreiben zu müssen. Dank meiner Stelle im Rathaus blieb mir das erspart.

Unsere Knie berührten sich, da wir über Eck am Tisch saßen. Sie nahm meine freie Hand und jagte mir mit der Berührung Elektrostöße durch den Körper.

Ich angelte nach den Edamame, den leckeren, gesalzenen Sojabohnen, in der Tischmitte, um mir nicht anmerken zu lassen, wie sehr mich dieser Körperkontakt positiv aufwühlte. »Wenn ich noch schreiben würde, würde ich einen Artikel über dich verfassen. Das würde dir helfen, oder?«

»Jede Presse würde mir helfen.« Sie lächelte verschmitzt. »Das ist eine wirklich liebe Idee von dir.«

Ich wurde rot wie die Tischdecke.

»Ich habe von klein auf Enthüllungsstorys über meine Mutter an meine Oma verkauft«, sagte ich und begann zu lachen, als mir diese Anekdote wieder einfiel. »Die sind beide ausgetickt. Meine Mutter, weil ich ihr so in den Rücken gefallen bin, und meine Oma, weil meine Mutter wirklich keine Heilige ist.«

Sandra musste ebenfalls laut auflachen. Im Eifer des Gefechts musste ich mir ein Lachtränchen aus dem Augenwinkel wischen, ohne dass dabei mein Eyelinerschwung aus der Form geriet.

»Alles und jeden habe ich interviewt. Und im Studium war es toll, weil ich Themen genommen habe, die natürlich sonst niemand gewählt hat. Ich habe super viel über LGBTQIA+ in Japan und Russland geschrieben, zum Beispiel. Und richtig viel recherchiert.« Ich erinnerte mich zufrieden daran zurück, auch wenn ich so manche Nacht mit brennenden Augen vor dem Bildschirm verbracht hatte.

»Aber nie da gewesen?«

Ich schüttelte den Kopf. »Nie da gewesen. Und jetzt hat inzwischen jeder einen Blog. Oder einen Podcast. Das ist natürlich klasse, weil so die Sichtbarkeit für diese Themen wächst. Aber wo wäre da mein Platz in dieser Medienwelt? Ich habe keinen Blog, dafür aber eine reiseunlustige Hündin.«

»Auch wenn ich dich das schon mal gefragt habe – bereust du es wirklich nicht, nicht in den Journalismus gegangen zu sein?« Sandras Daumen rieb mittlerweile über meine Hand, was es schwierig machte, ihren Worten zu folgen.

Seit wann saß sie eigentlich so nah bei mir?

Wir hatten uns zwar zur Begrüßung umarmt und kurz geküsst, aber eigentlich lechzte ich nach viel mehr. Sicher auch, um mich von allem abzulenken. Aber vor allem auch, um mir zu beweisen, dass zwischen Sandra und mir mehr war. Dass es das Schicksal wirklich so wollte.

Ich ignorierte ihre Frage, was sonst nicht meine Art war, schon gar nicht bei Sandra – doch jetzt lehnte ich mich vor, um die Lücke zwischen uns zu schließen und Sandra sanft zu küssen. Sie erwiderte den Kuss so leidenschaftlich, dass ich das Gefühl hatte, gleich ohnmächtig werden zu müssen. Mit meiner freien Hand griff ich in ihr kurzes, seidiges Haar und intensivierte den Kuss. Es fühlte sich fast an, als küsste ich um mein Leben.

Wir trennten uns kurz, um Luft zu holen. Meine Stirn lehnte an ihrer und ich flüsterte: »Apropos bereuen, willst du das hier wirklich?«

Immerhin befanden wir uns im Haus ihrer kürzlich verstorbenen Tante.

»Ich möchte nicht nachdenken.« Und damit zog sie meinen Kopf wieder zu sich. Dieses wilde Rumgeknutsche machte mich so unwahrscheinlich an, dass ich mich fragte, ob das ausschließlich daran lag, dass ich sexuell völlig ausgehungert war. Oder war Sandra einfach wie eine Droge?

Ich fuhr mit zittrigen Fingern ihren Rücken ab, ihre erkundeten meinen Ausschnitt. Schließlich stand Sandra auf und küsste meinen Hals. Dabei schob sie mich gleichzeitig mitsamt Stuhl ein Stück vom Tisch weg. Sie löste sich von mir und sank auf den gerade geschaffenen Platz.

Überrascht sah ich zu ihr hinunter, wie sie vor mir kniete, und begriff erst ziemlich spät ihren Plan – nämlich genau in dem Moment, als sie den Rock meines dunkelblauen Kleids hochschob.

So sah das also aus, wenn sie nicht nachdachte. Auf diese schnelle, stürmische Art und Weise hatte ich bisher noch nie mein Höschen verloren. Noch während sie den Fetzen Stoff von mir löste, küsste sie die Innenseite meines Oberschenkels.

Ich bemerkte, dass ich den Atem anhielt. Der erlösende Seufzer kam mir erst über die Lippen, als Sandra sich weiter vorgearbeitet hatte. Sie beobachtete mich genau, während sie einen Finger um meinen Intimbereich kreisen ließ – mich hier und dort berührte und doch nicht so richtig zum Punkt kam. Die Spannung baute sich in mir auf, wie ich es lange nicht mehr erlebt hatte. So eigentlich noch nie.

Ich rutschte ein Stückchen auf dem Stuhl vor, um es ihr einfacher zu machen, aber sie ergriff die Chance nicht. Frech, wie sie war, machte sie einfach weiter, ohne mich zu erlösen. Alles drehte sich in meinem Kopf. So surreal. Gerade hatten wir doch noch Avocado-Lachs-Maki gegessen … gut, dass Akiko im Wohnzimmer schlief … was würde Kati dazu sagen … *Bri* … ging das nicht alles viel zu schne-hell …

Meine Gedanken wurden jäh unterbrochen, als Sandras Zunge endlich meine Klitoris berührte.

Mit einer Hand fuhr sie mir über die nackte Haut, dann über die Hüfte, wo sie mich schließlich fest packte und hielt. Ihr Atem traf mein Intimstes und verursachte bei mir fast einen Herzinfarkt. Meine Finger wiederum fanden den Weg in ihre Haare. Ich konnte nur noch stöhnen, ohne dabei auf meine Lautstärke zu achten. Mein Gehirn war nun offiziell offline.

Zur zweiten Runde hatten wir es irgendwie ins Bett geschafft, wo wir später dann auch völlig zufrieden eingeschlafen waren, ineinander verhakt wie eine Brezel. Als ich langsam aufwachte, dauerte es allerdings etwas, bis ich mich erinnerte, wo ich war.

Da war diese Matratze, die etwas härter war als meine eigene. Licht durchflutete den Raum. Anders als bei meinen Vorhängen, die die morgendlichen Sonnenstrahlen draußen hielten. Und jemand streichelte mir durchs Haar …

Ich öffnete meine Augen und stellte benommen fest, dass ich auf Sandras Brust lag. Auf Sandras *nackter* Brust.

Vorsichtig rollte ich von ihr herunter, fast beschämt täuschte ich ein Gähnen vor. »Guten Morgen.«

Oh Gott, hoffentlich habe ich sie im Schlaf nicht angesabbert! Während ich das dachte, starb ich vorsichtshalber bereits tausend Tode.

»Guten Morgen.« Sandra lächelte. »Ich dachte schon, du wachst gar nicht mehr auf.«

»Ich war wohl etwas … erschöpft.« Ich zwinkerte ihr zu. Auch wenn es mir noch peinlich war, dass ich Sandra möglicherweise angeschnarcht hatte, beugte ich mich selbstsicher vor, um sie liebevoll zu küssen.

»Soll ich dir Kaffee holen?«, fragte Sandra mit einem Augenaufschlag, der mich noch tiefer im Braun ihrer Augen versinken ließ. Sie war so auffallend schön, dass man ihr die unzähligen Kerben am Bettpfosten gar nicht verübeln konnte. Denn mit Sicherheit gab es die. Immerhin hatte sie mir letzte Nacht so einiges gezeigt, was Sexgöttinnen von Normalsterblichen unterschied. Sie wusste genau, was sie tat – als wäre es eine weitere Kunst, die sie beherrschte. Weshalb ich mir schon wieder den Kopf zerbrach.

Hatten wir zu schnell Sex? Ist das ein gutes oder ein schlechtes Zeichen? Vielleicht ist es besser, einfach zu leben und zu fühlen, so wie Sandra?

»Sehr gerne.« Ich versuchte, zu lächeln.

Sie rutschte über mich rüber und mir wurde ganz anders. Ohne sich etwas überzuziehen, machte Sandra sich auf den Weg in die Küche. Ich atmete tief durch und kuschelte mich in das Bett, das so unfassbar gut nach ihr roch. Dennoch blieb die Matratze zu hart, die geblümte Bettwäsche zu rau. Keine Ahnung, warum Sandra weiterhin die Bettwäsche ihrer Tante verwendete. Irgendwie hatte ich coole Details erwartet; irgendetwas, das darauf hindeutete, dass hier nicht länger die ältere Leitung des ortsansässigen Chors lebte, sondern ihre junge Nichte, die als Künstlerin arbeitete.

Staubkörner tanzten in der Luft, während die Minuten vergingen und ich Sandra im unteren Geschoss werkeln hörte.

Dann fiel mein Blick auf ein Kruzifix an der Wand und mein Blut gefror. Neben dem Holzkreuz nebst Jesusfigur war der freie Teil der Wand gegenüber dem Bett übersät mit Familienfotos. Die hatten uns alle beobachtet beim Sex?! Und war das auf dem Foto wirklich Sandra mit einem Irokesen?

Zum Glück kam endlich Sandra mit zwei dampfenden Tassen Kaffee und ihrem Tablet unter dem Arm zurück.

»Schläft Akiko noch?«, wollte ich wissen und bekam direkt Herzklopfen. Nicht dass ich wirklich glaubte, jemand hätte Akiko gekidnappt, aber es war schon verdächtig ruhig.

»Ja, wie ein Stein.« Sandra bemerkte meinen Blick und fügte schnell an: »Aber sie atmet noch!«

Bildete ich mir ein, dass sie mich nicht für ganz voll nahm? Aber die Regung in ihrem Gesicht war so schnell verschwunden, wie sie gekommen war. Und sie musste ja nicht damit klarkommen, dass jemand gerade Tiere wie ihr eigenes vergiftete.

»Du hattest gestern beim Abendessen erwähnt, dass du gerne mal meine Kunst sehen würdest«, sagte Sandra mit einem Wink auf das Tablet. Zunächst aber überreichte sie mir eine Tasse mit kitschigem Muster und machte es sich dann neben mir im Bett gemütlich.

Ich nahm einen Schluck und nickte.

Der Kaffee schmeckte viel zu bitter für meinen Geschmack, aber ich wollte nicht umständlich nach Zucker fragen. Immerhin war Sandra süß genug.

»Das Tablet hat mir meine Tante geschenkt.« Seufzend schaltete Sandra es ein. »Ein weiterer Gegenstand, der mich hier *in ihrem Haus* an sie erinnert.«

»Warum bist du hergezogen, wenn es dir so wehtut?«, fragte ich, obwohl ich natürlich nichts dagegen hatte, dass sie es getan hatte.

»Ich hatte ohnehin schon seit Wochen das Gefühl, mich als Künstlerin neu erfinden zu müssen. Zugegeben, ich hatte an einen exotischeren Ort dafür gedacht. Aber vielleicht verarbeite ich diese kleinbürgerliche Spießigkeit in einer Fotoserie.« Sie grinste und küsste mich über die »kleinbürgerliche Spießigkeit« hinweg.

Trotzdem guckte ich sie verdattert an. »Findest du es hier echt so schlimm?«

»Na ja, wie gesagt, meine Pläne sahen anders aus. Aber Geld ist auch immer so ein Thema …« Verspätet fiel Sandra auf, warum ich so komisch guckte. »Ich bin froh, dich kennengelernt zu haben, Frederike Gröblehner. Dich und deine wunderschönen braunen Locken …«

Mir schoss sofort durch den Kopf: *Moment, die sind dunkelblond!* Jedoch blieb keine Zeit, etwas zu entgegnen, denn sie fuhr fort: »… deine herrlichen blauen Augen …«

Und damit schoss mir das Blut in die Wangen.

»… deine Lippen …« Damit küsste sie mich und jede Irritation weg. Neugierig ließ ich mir dann ihre zum Teil sehr absurden Werke zeigen.

»Guck, das ist am Richard-Strauß-Tunnel. Ich hätte so Lust, für diesen Ort eine Performance zu konzipieren. Hunderte Socken aufhängen. Oder daran hochklettern.« Die Fotografien auf dem Tablet zeigten ein sanduhrförmiges Gerüst.

»Ach, und ich hatte insgeheim gehofft, dich bitten zu können, dass du mich wie eines deiner französischen Mädchen malst«, witzelte ich in Anspielung auf *Titanic*.

Sandra legte das Tablet auf den Nachttisch und beugte sich über mich. »Das kriegen wir auch noch hin.«

Und damit küsste sie mich tief. Mein Herz war zum Zerbersten erfüllt. Ich hatte den Drang, mich über sie zu schieben, sie einzuhüllen mit meinen Locken und überall zu berühren.

Ich wollte mich hochdrücken, um genau das zu tun, doch Sandra stemmte ihre Hände neben mir in die Matratze. Wir küssten uns noch immer wild, aber egal, wie sehr ich mich hin und her bewegte, Sandra ließ nicht zu, dass ich uns herumrollte. Sandra löste sich von meinen Lippen und griff nach meinen Handgelenken.

»Keine Bewegung!«, befahl sie mit einem so attraktiven Lächeln, dass ich nicht anders konnte, als perplex liegen zu bleiben. Und an die Polizei zu denken … an eine ganz spezifische Polizistin … ich schluckte, bekam aber keinen richtigen Gedanken zu fassen.

Sie fixierte mich noch immer, als sie begann, meinen Hals zu küssen. Behutsam saugte sie an meiner Haut über dem Schlüsselbein und näherte sich mit federleichten Küssen meiner linken Brust.

Stöhnend bäumte ich mich auf, als sie meinen Nippel in den Mund nahm und spielerisch daran zog.

Nun ließ sie meinen Arm los, um auch die rechte Brust zu liebkosen, was mir erlaubte, in ihr schwarzes Haar zu greifen. Schließlich ließ sie auch meinen anderen Arm los und ich kratzte über ihren Rücken als Ausdruck dessen, was ich fühlte, wenn sie mich so berührte.

Ich kam nicht umhin, mich zu fragen, ob es für sie nicht komisch war, es im Bett ihrer Tante zu tun. Scheinbar nicht, denn ihre Hand ließ nun meine Brust los, um sich den Weg zwischen meine Beine zu bahnen.

Obwohl ich ahnte, was als Nächstes kam, riss ich dennoch überrascht die Augen auf, als sie zwei Finger behutsam, aber zielsicher in mich hineinschob. Japsend hielt ich mich an ihr fest. Mit ihrem Daumen spielte sie an meiner sensibelsten Stelle. Ich wurde immer feuchter – bis sich eine deutlich spürbare Kälte ausbreitete, als sie sich von mir wegbewegte. Irritiert starrte ich sie an.

»Bleib so«, sagte sie zwinkernd und verschwand seelenruhig aus der Tür.

»Was …?« Die Frage blieb mir im Hals stecken. Sollte ich jetzt mit mir selbst vorliebnehmen? Nicht gerade die befriedigendste Vorstellung, so scharf wie ich auf Sandra war.

Endlose Sekunden vergingen, bis Sandra wiederkam. Mit einem Strap-on. Offenbar wusste sie ganz genau, was sie wollte.

»Das, äh, das ist mein erstes Mal.« Ich schluckte. Es hatte sich bisher einfach nicht ergeben, ein Toy auszuprobieren. Allein bekam ich es ziemlich gut hin und auch sonst waren meine Partnerinnen nie besonders experimentierfreudig gewesen. Jetzt war ich fast dreißig und starrte Sandra mit einer Mischung aus Sorge und Lust an. Ich schluckte erneut und dachte: *Jetzt oder nie! Oder?*

»Oh Baby, du bist so feucht, du schaffst das. Ich werde dir auch ganz sanft deine Jungfräulichkeit nehmen«, versicherte Sandra mir.

Ich vertraute ihr und überhörte den letzten Satz geflissentlich. Genau so, wie ich die Deko im Schlafzimmer auszublenden versuchte.

Sie kam zu mir, legte sich auf mich und küsste mich zart. Ich war Wachs in ihren Händen.

Ausflugsstimmung

»Giovanni! Na?«, begrüßte ich Bris Partner in Blau, der gerade vor dem Rathaus patrouillierte.

Da ich Bri normalerweise in einer wild zusammengewürfelten Montur aus privaten Klamotten und Dienstuniform sah, war ich fast überwältigt davon, ihn vorschriftsgemäß gekleidet zu sehen. Er roch zudem wie in Rasierwasser gebadet.

Das Auto des Bürgermeisters, zu dem ich einen nervösen Blick warf, stand wie immer in der Feuerwehreinfahrt. Ich wollte keinerlei Verantwortung dafür übernehmen, schließlich hatte ich die Karre da ja nicht geparkt.

Herrgott, ich war noch nicht mal im Dienst und schon auf 180!

»Was guckst du? Wo Brianna abgeblieben ist?« Giovanni feixte.

Ich zuckte zusammen. »Nein! Wieso? Äh … wo ist sie denn?«

Natürlich war mir nicht entgangen, dass von ihr jegliche Spur fehlte, aber trotzdem konnte ich nie sicher sein, dass sie nicht doch in der Nähe war.

Giovanni wurde ernst. »Sie ist an diesem Kläfferfall dran. Ich glaube ja, sie verschwendet ihre Zeit. Bri ist halt sehr idealistisch und lässt nichts auf sich beruhen.« Er zuckte mit den Schultern.

»Ich finde, man sollte an diesem *Kläfferfall* dranbleiben. Klar, ihr könnt auch warten, bis der nächste *Hund* getötet wird, aber ich für meinen Teil will nicht täglich Angst um meine *Hündin* haben.« Ich verschränkte streng die Arme vor der Brust.

»Schon gut, hab's verstanden.« Er zwinkerte mir zu. »Und, Frederike? Sag doch bitte dem Bürgermeister, dass er Hilfskräfte im Falle eines Einsatzes behindert, ja? Sonst werde ich sein Fahrzeug abschleppen lassen müssen.«

Innerlich schrie ich, äußerlich lächelte ich ihn an. »Na klar, mache ich!«

Obwohl er ja doch nicht auf mich hörte …

»Haben Sie das von Frau Maier mitbekommen?« Der Bürgermeister lockerte seine Krawatte. Der graue Anzug, den er heute trug, saß ein bisschen zu eng. Vor ihm auf dem Schreibtisch stand eine riesige blau-weiß karierte Tasse, umringt von unzähligen zusammengeknüllten goldenen Schokoladenverpackungen.

Ich musste alle Kraft zusammennehmen, um nicht mit den Augen zu rollen und schwer genervt aufzustöhnen. Mit versteinertem Gesichtsausdruck sah ich von meinem Notizbuch auf. Eigentlich war ich hier, um die Festtagsrede für den Burschenverein abzustimmen. Aber der Bürgermeister blieb selten beim Thema. Er liebte es, abzuschweifen. Aus PR-Sicht ein absolutes Desaster.

Nachdem Frau Maier schon einmal behauptet hatte: »Die Weichmacher im Essen machen die alle schwul!«, wollte ich prinzipiell gar nichts von der alten Schachtel erfahren. Ich würde ja hohe Geldbeträge verwetten, dass sie in ihrer Funktion in der Postfiliale der Stadt sicher den einen oder anderen Schriftverkehr mitlas.

Ohne auf eine Antwort von mir zu warten, fuhr der Bürgermeister fort: »Die haben ihren Wastl vergiftet.«

»Ihren Mann?« Mir klappte die Kinnlade runter.

»Ihren Mops! Bei meinem Bubi haben sie es versucht, aber beim Wastl haben sie es geschafft«, sagte der Bürgermeister.

»Sie?!« Das erste Mal hatte ich kein Problem damit, dass der Bürgermeister sich wie immer meilenweit vom eigentlichen Thema entfernte, denn an dieser Antwort hatte ich persönliches Interesse.

»Ich glaube inzwischen, dass es sich um eine kriminelle Bande handelt.« Er unterstrich seine Worte mit einem erhobenen Zeigefinger.

»Aber was soll denn eine kriminelle Bande davon haben, Hunde zu ermorden?«, gab ich zu bedenken. Und Giovanni hatte heute Morgen noch gesagt, Bri würde ihre Zeit verschwenden! Dabei hatten wir längst einen schaurigen Serienmörder in unseren Reihen …

Mein Chef stutzte. »Da haben Sie recht. Aber Fakt ist doch, dass das so nicht weitergehen kann! Die arme Frau Maier … Und ich habe der Polizei eine ganz klare Ansage gemacht.«

»Vielleicht findet die Polizei ja neue Anhaltspunkte in diesem Fall«, erwiderte ich und dachte: *Arme Bri. Bei der Maier zu ermitteln, ist sicher kein Vergnügen – da wäre sogar ein Zahnarzttermin spaßiger.*

Ich versuchte, mich zu konzentrieren. »Herr Bürgermeister, wir müssten wirklich langsam fertig werden, Sie haben doch nachher noch dieses Sommerfest und ich wollte gleich mit meiner Mutter zum Yog…«

»Ja, ja, das Wetter ist umgeschlagen, aber zurück zum Thema«, schnitt mir der Bürgermeister wie einem quengelnden Kleinkind das Wort ab, mit den Gedanken offenbar noch immer bei Frau Maier, denn er fuhr fort: »Wir sollten Frau Maier einen Blumenstrauß zukommen lassen. Überlegen Sie sich einen Satz dazu.«

Ich schluckte meine Wut über ihn und sein Verhalten hinunter, nickte und machte mir eine Notiz. Mein Job war letztlich schon immer gewesen, den Gedanken des Bürgermeisters Ausdruck zu verleihen, egal, ob in einer besonders gut formulierten E-Mail an die Landeshauptstadt, als Wandspruch für den Eingangsbereich des Rathauses oder Grußwort für den VHS-Katalog. All das fiel scheinbar in meinen Zuständigkeitsbereich. Ich war eine Schreibmaschine.

Anstatt auf die ausgedruckte Rede zu schauen, die ich ihm zum Beginn des Meetings vorgelegt hatte, guckte der Bürgermeister nun in seine Tasse. »Ist uns der Kaffee ausgegangen?«

»Das geht gar nicht, Frederike, so gestresst zum Yoga zu kommen!«, beschwerte sich meine Mutter bei mir, als wir schwer abgehetzt den Kursraum betraten.

»Was soll ich denn machen, Mama? Ich musste die Rede noch zur Abstimmung an den Burschenverein schicken, damit sie nicht alle dasselbe beim Fest sagen«, sagte ich und seufzte.

»Da hört doch sowieso niemand zu. Du weißt ja, wie schnell die dort besoffen sind.« Meine Mutter versuchte, alle im Raum entschuldigend anzulächeln und gleichzeitig ihre wild gemusterte Matte auszubreiten. Zum Glück waren unsere Stammplätze noch frei. Das Yogastudio war ein kleiner Kasten, den man neu gebaut hatte, nachdem ein extrem baufälliges, leerstehendes Haus endlich abgerissen worden war. Dafür hatte man sich große Mühe gegeben, mit reichlich Pampasgras eine sogenannte Atmosphäre zu schaffen. Wir rollten unsere Matten am liebsten bei der großen Fensterfront aus, auch wenn die Aussicht hier ähnlich inspirierend war wie der Parkplatz beim Fitnessstudio: Das Fenster zeigte zur Hauptstraße raus.

Aber irgendwie hatte es etwas Magisches, hier abends Yoga zu machen, vor allem an den kürzeren Tagen, wenn die Autos mit schon eingeschaltetem Licht durch die Dämmerung rasten und die Straßenlaternen langsam angingen.

Fabios Yogakurs war wie immer ausgebucht. Kein Gesicht unter den mit uns dreißig Frauen, das ich nicht kannte. Junge Frauen in extravaganten Sport-BHs und dünnen Beinchen in engen Yogahosen, ältere Frauen in langen T-Shirts und viel zu weiten Jogginghosen. Manchmal auch umgekehrt. Es roch nach Räucherstäbchen und bereits ein wenig nach Schweiß.

»Das ist alles so spießig, Frederike.« Meine Mutter sprach leise, als sie sich auf der Matte niederließ, was es schwierig machte, sie zu verstehen, da ich noch dabei war, meine rosafarbene Matte hinzulegen.

»Was ist spießig?«, fragte ich nach, während ich mich hastig hinsetzte.

Die meisten Teilnehmerinnen – unser kleiner, drahtiger Yogalehrer war der einzige Mann im Raum – hatten bereits die Augen geschlossen. Die Hände vor der Brust gefaltet, meditierten sie vor sich hin.

»Willkommen!«, sagte Fabio, ohne die Klangschalenmusik leiser zu stellen.

»Dein Job. Willst du nicht vielleicht doch noch einmal etwas anderes machen, etwas von der Welt sehen?«, fragte meine Mutter, die sich weder von Fabio noch der Klangschalenmusik stören ließ.

Ich verschränkte meine Beine umständlich im Schneidersitz und fragte mich, was ich eigentlich verbrochen hatte, nicht einmal beim Yoga zur Ruhe kommen zu dürfen. Meine Mutter war vermutlich die einzige Mutter der Welt, die ihrem

Kind riet, einen sicheren Job aufzugeben, um sich selbst zu verwirklichen. Okay, zumindest die einzige Mutter in Blumenbad.

»Magst du nicht vielleicht den Franz irgendwann noch heiraten?«, zitierte ich meine Oma, um zu sticheln.

»Fredi!« Sie war kurz davor, mit ihrem Augenkissen nach mir zu werfen, würde das nicht gegen ihre Erziehungsprinzipien sprechen.

»Mama, pssst!« Ich legte meinen Zeigefinger an die Lippen und nickte zu Fabio, der schon seit einer Weile seine Einführungsrede hielt, ohne sich von dem nicht gerade leisen Flüstern meiner Mutter stören zu lassen. Ganz der erleuchtete Yogalehrer, den nichts aus der Ruhe brachte.

Gerade sagte er: »Wie wäre es, wenn ihr euch für die nächste Stunde eine kleine Intention setzt oder euch überlegt, für jemanden Yoga zu praktizieren, der euch am Herzen liegt, und dabei ganz für euch seid …« Es war seine Art, zu sagen: »Klappe halten und entspannen!«

Ich atmete geräuschvoll durch die Nase aus und schloss die Augen. Meine Mutter dachte gerade zweifellos selig lächelnd an meinen Vater, der sich während unserer Yogastunde mit Akiko irgendeine Sportsendung ansah.

Anstatt darüber nachzudenken, was meine Intention sein könnte, wanderten mein Gedanken von Akiko zur Maier. Aber eigentlich wollte ich mich gar nicht von der Angst einnehmen lassen, meiner Hündin könnte es so ergehen wie ihrem Wastl oder wie Brutus, der immer so putzig vor meiner Geschichtslehrerin her gehüpft war, wenn ich sie beim Einkaufen gesehen hatte.

Das war mein großes Yogaproblem: Mein Gehirn war nicht zu beruhigen. Ständig fielen mir Dinge ein, die ich bei der Arbeit hätte besser machen können oder welche Lebensmittel in meinem Kühlschrank bald ablaufen würden und welches Kleidungsstück ich mal wieder tragen sollte, während meine Muskeln zogen und ich keuchte.

Also kehrte ich zu meiner derzeitigen Hauptintention zurück – gelassener zu werden. Nicht nur in Bezug auf den Bürgermeister. Auch machte es mir zu schaffen, Sandra nur unregelmäßig zu sehen oder zu hören. Sie war wirklich wie eine Droge. Und ich, die Süchtige, war kurzzeitig high, aber auf Cold Turkey schnell sehr verzweifelt. Dann führten mich meine Gedanken weiter zu Bri … Bis ich sie resolut aus meinem Kopf verbannte.

Morgen würde ich Sandra wiedersehen. Dann konnte sie mich auf andere Gedanken bringen. Ich versuchte, mich auf meine Vorfreude zu konzentrieren und alles andere auszublenden.

Bald zog meine Mutter die Yogastunde durch, als würde sie diese in einem indischen Ashram absolvieren, während ich stöhnte wie bei einer Nacht mit Kate Moennig. Dass es für mich sogar eine Herausforderung war, einfach nur gerade dazustehen, machte es nicht leichter, alles zu vergessen. Natürlich sollte man sich beim Yoga nicht mit anderen messen.

Und dennoch tat ich es ununterbrochen, wie in jeder anderen Lebenslage auch.

»Ich verstehe nicht recht, warum du das überhaupt so an dich ranlässt.«

»Na ja, die Maier ist mir völlig egal. Aber das mit ihrem Hund tut mir schon leid. Der hatte eh kein schönes Leben, weil er ihr gehört hat. Aber ich habe Angst um Akiko.« Das machte mich weniger mitfühlend denn selbstbezogen, aber so oder so beschäftigte mich das Thema, weswegen ich Sandra davon erzählte.

Ich hatte irgendwie das Gefühl, etwas tun zu müssen. Und das war nicht damit getan, die Kondolenzkarte für die homofeindliche Maier zu formulieren.

Wir saßen im Wohnzimmer meiner Wohnung, in der kleinen Essecke mit zwei Stühlen und einem winzigen Tisch. Für *Das perfekte Dinner* war meine Wohnung nicht ausgerichtet, aber wenn ich doch mal mehr Leute einlud, gab es immer noch das große, kuschelige Sofa in Grau mit unzähligen Kissen in verschiedenen Pastelltönen.

Eigentlich war ich davon ausgegangen, dass Sandra mich von der Arbeit abholte, damit wir bei Vroni einen Happen essen konnten, doch sie hatte nicht wirklich Lust auf »diese Kneipe mit der schlimm spießigen Schafkopfrunde«. Der nicht gerade dezente Hinweis darauf, dass sich ihre Meinung vom Blumenbader Lifestyle noch immer nicht gebessert hatte, traf mich unerwartet schmerzhaft.

Ich hatte trotzdem nachgegeben, allerdings mit dem Hinweis darauf, dass ich nicht viele Lebensmittel daheim hatte. So aßen wir Tiefkühlpizza.

Die Dessous, die ich ausgewählt hatte, saßen viel zu stramm unter meinem Jeanskleid. Unauffällig kratzte ich mich unter dem linken Träger meines schwarzen spitzenbesetzten BHs, während ich mit der anderen Hand ein Stück Pizza hielt. Ich hatte es zu lange im Ofen gelassen, weil Sandra mich von hinten umarmt und gegen die Küchenzeile gedrückt hatte. Sie nahm sich gerne, was sie wollte, und so sehr mir dieses Spiel mit der Lust gefiel, so sehr ärgerte ich mich darüber, ihr verbrannte Pizza servieren zu müssen.

Natürlich sollte ich mich in einer – sich anbahnenden – Beziehung nicht ständig fühlen, als müsste ich einen Test bestehen. Trotzdem hatte es sich irgendwie dahin entwickelt.

Als sie vorhin zum ersten Mal, seit wir uns … nun ja, trafen, meine Wohnung betreten hatte, war ich mir auch wie bei einer Inspektion vorgekommen. Ich hatte meine Wohnung durch ihre Augen betrachtet, die dabei nicht besonders gut weggekommen war.

Die Pflanzen, die mir mein Vater von Berufswegen aufgedrängt hatte und die traurig die Blätter hängen ließen, weil sie dringend mal wieder gegossen werden mussten. All der Klimbim, den mir Kati über die Jahre hinweg geschenkt hatte, angefangen beim Merchandise zu *Barbie – Der Film* bis hin zu den größten Absurditäten aus dem Taylor-Swift-Onlineshop, prominent platziert, um ihr eine Freude zu machen. Mein prall gefülltes Bücherregal, in dem sich auch DVDs, CDs und Platten drängten und das mit Fake-Efeu dekoriert war, weil man den wenigstens nicht gießen musste.

Sandra hatte über all das kaum verhohlen die Nase gerümpft. Auch wenn sie sich jeden Kommentar verkniffen hatte, hatte das Bände gesprochen.

Wo war unsere initiale Verbindung hin? Die, die ich immer mit Bri spürte?

Zu meinem Erstaunen schwärmte Sandra gerade regelrecht von der »einfachen Aufbackpizza mit *Crunch*«, die sie »ja ewig nicht mehr« gehabt hätte. Damit hatte sie ziemlich abrupt das Thema gewechselt, was mir eigentlich nicht recht passte. Ich hätte ihr gerne meine Ängste wegen Akiko anvertraut oder mir einen Rat erhofft, was ich tun könnte, um zu helfen. Aber Sandra verstand offensichtlich nicht, wie wichtig mir dieses Thema war.

Widerwillig ließ ich mich also auf den Themenwechsel ein. »Man sollte meinen, als Künstler lebt man von kostengünstigem Fast Food.«

Es war als Witz gemeint, doch das Ganze nagte an mir. *Bri würde es verstehen*, sagte mir mein Kopf. Aber Bri war nicht hier, aus guten Gründen!

»Ja, aber Nahrung für die Seele ist das nicht. Eigentlich macht Fast Food ja lethargisch und das ist das Letzte, was man in diesem Experimentierfeld gebrauchen kann.« Sandras feine Gesichtszüge, die seit unserer Fummelei an der Küchenzeile sehr desinteressiert wirkten, hellten sich nun auf. »Wir brauchen Energie, um uns mit Kunst auseinanderzusetzen. Sie fordert uns heraus und treibt uns manchmal an unsere Grenzen. Man braucht gutes Nervenfutter, um sich auf die Reise durch Raum und Zeit einzulassen.« Sie illustrierte ihre Worte mit erhobenem Zeigefinger wie eine Dirigentin, die ein EKG in die Luft malte. Warum auch immer eine Dirigentin das machen sollte.

»Apropos Reise durch Raum und Zeit.« Ich schluckte nicht nur mein knuspriges Stück Pizza hinunter, sondern auch die Frage, wohin sich das mit uns eigentlich entwickelte. Ob es sich überhaupt entwickelte. »Ich wollte mit dir über das Wochenende reden …«

Ich hatte Kati versprochen, Sandra zu fragen, obwohl ich die Vorstellung, ausgerechnet Sandra, *too cool for school*, zur Comic Convention einzuladen, absurd fand.

Das Ticket war vor Monaten mein Geschenk zu Katis Geburtstag gewesen, die nun vorgeschlagen hatte, doch mit Sandra und ihrem Jeep zu fahren. Eine erfreuliche Alternative dazu, die Deutsche Bahn Richtung München zu nehmen – und zur vorherigen Busfahrt zum nächsten Bahnhof, die man nur jede Stunde antreten konnte.

»So können wir uns auch besser kennenlernen!«, hatte Kati gesagt. Ich war nicht sicher, ob sie sich über diese Aussicht wirklich so gefreut hatte, wie sie vorgegeben hatte, aber sie bemühte sich zumindest, auch endlich Freundschaft mit Sandra zu schließen.

Und Sandra war wirklich immer für eine Überraschung gut: Nach einem kurzen Moment Bedenkzeit stimmte sie zu. »Wenn du den Eintritt übernimmst!«

Irritiert sah ich sie an. Ich konnte sie wirklich gar nicht einschätzen, ich hatte fest mit einer Absage gerechnet. Aber schnell verwandelte sich mein Stirnrunzeln in ein Strahlen. »Natürlich!«

Während unseres Trips in die Landeshauptstadt klang Sandras »Schlimm spießig«-Kommentar in mir nach. Was, wenn sie mich genauso schlimm spießig fand wie die Schafkopfrunde? Immerhin waren wir ständig bei Vroni. Und überhaupt, worin unterschied sich mein Leben von dem einer Frührentnerin?

Ein Drittel meines Lebens war schon um. Sandra hatte Ideen und ging Wagnisse mit ihrer Kunst ein. Sie war durch Südamerika gereist, hatte in kleinen Berliner Apartments auf dem Boden geschlafen. Das machte sie definitiv zu einer größeren Abenteurerin, als ich eine war.

Wir befanden uns zwar gerade auf dem Weg von einer Comic Convention. Aber nur, weil wir jedes Jahr dorthin fuhren, so, wie wir uns alle *Avengers*-Filme angesehen hatten. Das machte das gepflegte Abnerden zur unaufgeregten Routine. Und *Star Wars* war sowieso längst im Mainstream angekommen.

Kati hatte sich gegen ihr Supergirlkostüm entschieden, weil Sandra uns nach der Convention noch zu ihrem liebsten Japaner mitnehmen wollte. Ich freute mich sehr darauf, nicht nur weil sie mir versprochen hatte, dass Edamame auf der Speisekarte standen. Seit sie mir diesen Snack das erste Mal präsentiert hatte, war ich fast abhängig davon – und immer noch peinlich berührt, dass ich ihn vorher noch nicht gekannt hatte.

Meine beste Freundin war natürlich etwas skeptischer, was das Auswärtsessen anging, weswegen ich mich fragte, ob Kati sich schon mal Gedanken darüber gemacht hatte, dass die Zeit auf Erden nicht unendlich war und ob man diese überhaupt sinnvoll nutzte, wenn man nie etwas Neues erlebte oder ausprobierte.

»Ich habe heute so viel gelernt. Wusstest du, dass der Joker eine Tochter hat und es einen Batman of the Future gibt?« Sandra klang sowohl aufgeregt als auch ironisch. Dass sie aber ernsthaft beeindruckt von der Veranstaltung war, konnte sie auch nicht mit ihrer Künstlercoolness überspielen. Die Fotografen hatten sich wegen der vielen aufwendig verkleideten Cosplayer die Speicherkarten vollgeknipst. Das emsige Treiben aus Posieren, Freundetreffen und Ausgeben von Geld für Kram war speziell für Erstbesucher immer ein großes Spektakel.

Und außerdem sind Comics schließlich auch Kunst.

Während Kati in einen DC-Comics-Fachvortrag abzudriften drohte, betraten wir das *Ramenya,* wo wir von einer Kellnerin in Empfang genommen wurden. Direkt danach begrüßte uns eine sehr laute Frauenstimme: »Haben euch die ganzen pubertierenden Jungs wieder gehen lassen? Ihr wart sicher deren Highlight des Tages!«

Erst konnte ich gar nicht ausmachen, wer da so laut rief, denn im *Ramenya* war es extrem dunkel. Dunkle Wände und Möbel verschluckten das gedämpfte Licht, das herunterhängende goldene Lampen verströmten. Edle goldene Kunstwerke an den Wänden zeigten ein altes Japan, angestrahlt von winzigen goldenen Lämpchen. Im

Hintergrund lief loungiger Jazz. Wie luxuriös war es hier denn bitte? Aber es konnte ja nicht so teuer sein, sonst hätte Sandra es nicht vorgeschlagen. Die meisten Tische waren besetzt und die Gäste murmelten andächtig beim Essen ihrer Köstlichkeiten.

Fragend sah ich zu ihr – hatte sie die Frau etwa eingeladen, mit uns zu dinieren? Warum hatte sie nichts gesagt? Wenigstens stellte sie uns diese prompt vor.

»Frederike, Katrin, das ist Charlotte Kammermaier!«

»Nennt mich Chacha!«, sagte sie und strahlte wie tausend Watt.

Wir setzten uns zu ihr an den Holztisch, nachdem wir sie umständlich mit Küsschen links, Küsschen rechts begrüßt hatten. Das war ganz sicher nicht meine Idee gewesen, denn in Blumenbad tat das wirklich, und darauf schwor ich, *niemand*. Die Kellnerin verteilte währenddessen Speisekarten, die Kati argwöhnisch betrachtete. Ich bemerkte, wie sie anfing, ihre Hände zu kneten. Sicher nicht nur wegen der angebotenen Speisen, denn Chacha war voll ihr Typ: Ihr sinnlicher Körper wurde umhüllt von ihrem langen braunen Haar, auf dem wie eine Krone ein perlenbesetzter Haarreif thronte.

»Ich hoffe, das Restaurant ist nach eurem Geschmack?« Sie strahlte mich und Kati an, als wären wir Austauschschülerinnen, die man nett behandeln musste.

»Oh, ich liebe japanisches Essen, ich bin schon sehr gespannt auf die Ramen!«, erwiderte ich.

»Warst du schon mal in Japan?«, fragte Chacha mit umwerfendem Augenaufschlag.

Ich stockte. »Leider nein.«

»Ich auch nicht. Aber ein Freund von uns hat Abitur in Peking gemacht. Ich habe ihn dort besucht und er hat mich die landestypischen Tischmanieren gelehrt … bloß …« Die zierliche Chacha musste kichern. »… ich kann *safe* nicht mit Stäbchen essen, ohne etwas fallen zu lassen. Ich werde gleich nach einer Gabel für die Vorspeise fragen müssen.«

Ich linste unauffällig zu Kati, die sich aber weder über das Abitur in Peking noch über die Gabel zu wundern schien. Sie sah so verzaubert aus, als hätte sie eine limitierte Supergirl-puppe im Sale entdeckt.

Sandra fielen die Schwingungen offenbar ebenfalls auf, denn sie fragte beiläufig: »Stimmt es eigentlich, was man so hört, Chacha, du bist wieder mit Lisa zusammen?«

»Himmel, nein!« Chacha verdrehte die großen Augen. »Wieso, Interesse … an einer von uns?«

Meine Wangen begannen unweigerlich zu brennen. Hatte Chacha gerade meine … na ja … Freundin … vermutlich … angemacht? In meiner Anwesenheit?

Klar, wenn sie nicht wusste, dass Sandra und ich etwas miteinander hatten, konnte sie ja anflirten, wen sie wollte. Mit diesem lüsternen Unterton. Aus diesen vollen, perfekten Lippen.

»Wer weiß.« Sandra zwinkerte ihr zu, was mich noch nervöser machte.

Vielleicht war das ja so was wie ein Spiel unter Freundinnen, das ich als Außenstehende nicht verstehen konnte? Die beiden schienen sich schließlich schon ewig zu kennen, wenn sie zusammen zur Schule gegangen waren. Dennoch hatte ich so ein schamloses Geflirte unter guten Freundinnen noch nie erlebt.

»Lisa ist abgedreht, müsst ihr wissen.« Wieder verdrehte Chacha die Augen.

Mein Herz schlug wie wild. Hieß das, Sandras Typ war »abgedreht«? Denn ich war ja wohl eher der Typ »Land-pomeranze«!

»Wir waren damals zusammen auf Hawaii. Sie wollte das unbedingt. Am Strand zu sich finden und so. Ich denke, da ist mir so richtig aufgefallen, dass das mit uns nichts wird. Auf Hawaii sind ja eh alle frisch verheiratet und super verliebt. Am Strand war zum Teil die Hölle los und man kam nie so richtig zur Ruhe. Also war Lisa konstant genervt und deswegen wiederum ich. Ich konnte ja auch nicht wirklich mit ihr etwas erleben, weil sie wegen ihres Studiums nur dieses krass kleine Budget hat. Sie studiert ja schon seit Ewigkeiten … wir haben da gar nicht reingepasst«, erzählte Chacha drauf los.

Ich spürte Katis Blick auf mir brennen. Allerdings kannte ich Lisa genauso wenig wie sie. Und ich hatte noch ein anderes Problem: Die Art, wie Sandra ihr zuhörte, machte mich ziemlich eifersüchtig. Ich merkte, wie meine Knie zitterten. Ein ungewöhnliches Gefühl. Im Grunde war ich kein besonders besitzergreifender Mensch, vorausgesetzt, dass eine Vertrauensbasis existierte.

»Echt komisch, dass alle sich immer beschweren, wie super amerikanisch Hawaii ist. Natürlich, ist doch ein US-Bundesstaat! Klar sind da viele amerikanische Supermärkte! Die Strohdachhäuser gab's vielleicht vor hundertfünfzig Jahren …«

Wir hatten den Themenkomplex *Ex-Freundin* scheinbar verlassen, um über Hawaii zu diskutieren, und das noch vor der Bestellung. Ich schluckte.

»Merkwürdig, in Blumenbad beschwert sich keiner darüber«, meinte Sandra mit einem Schmunzeln. »Das weiteste Reiseziel scheint Mallorca zu sein, nicht wahr?« Auf der Suche nach Bestätigung sah sie uns an.

Kati und mir blieb nichts anderes übrig, als zu nicken – sie hatte recht. Vielleicht maximal noch Thailand.

»An der Supermarktkasse erzählen sie sich Witze, die sie am Morgen im Lokalradio gehört haben.« Sandra schüttelte den Kopf. Seit ihrem letzten Münchenbesuch waren ihre Haare wieder gestutzter und ich durfte mich nicht von ihrem perfekt ausrasierten Nacken ablenken lassen. Sie war sexy, aber ihre Worte taten weh.

Schon dass sie in München zum Unisexfriseur ging, stand für einen Lebensstil, den man in unserer Kleinstadt so gar nicht kannte. Mir war klar, warum sie sich in München die Haare hatte schneiden lassen und nicht bei unserem völlig überforderten Kleinstadtfriseur, der zwischen Damen- und Herrenhaarschnitten klar trennte.

»Kein Wunder. Die glauben ja auch noch, dass es bei *Germany's Next Topmodel* ums Modeln geht«, feixte Chacha.

Wir bestellten. Kati hatte einige Sonderwünsche und so kamen Sandra und Chacha endlich davon ab, sich über unsere Heimatstadt auszulassen. Ich wollte gar nicht wissen, wie viel Zeit die beiden generell mit Lästereien verbrachten.

»Und, was habt ihr in diesem Jahr für Reisen geplant?«, fragte Chacha und klopfte dabei auf den schwarzen Holztisch.

»Für dich geht es vermutlich wie jedes Jahr nach Australien?«, hakte Sandra nach. Mir schien, als wollte sie davon ablenken, dass sie sich gerade nicht mal einen Urlaub in Österreich leisten konnte.

»Ja, aber dieses Mal sparen wir uns Neuseeland. Das war letztes Jahr echt unnötig. Neuseeland ist einfach wie England.« Chacha stöhnte frustriert auf. »Nur mit super vielen Schafen. In Australien gibt es viel interessantere Tiere. Ich meine, man muss Neuseeland schon mal gesehen haben. Wir setzen uns ja immer so unter Druck, weil der Flug nach Australien so lange dauert, dass man *the most of it* haben möchte. War echt ganz nett, aber noch mal brauche ich das nicht, da weiter zu gondeln.«

Ich war fast froh, dass Chacha sich so in ihrem Wortfluss verlieren konnte, dass ihr gar nicht auffiel, dass weder Kati noch ich uns am Gespräch beteiligten. Obwohl wir uns auf jeden Fall wunderten, wer überhaupt »wir« war.

Leider wiederholte Chacha ihre Frage nach unseren Reisezielen noch mal und schaute dabei geradewegs mich an. Mir wurde richtig heiß, was vermutlich nicht an der offenen Küche lag, wo emsig vor dunklen Wänden gekocht wurde. Bisher hatte ich fast noch nichts von der Welt gesehen und auch kein besonders ausgeprägtes Fernweh.

»Na ja, ich wüsste gar nicht so richtig, wo ich hinwollen würde.« Ich warf Sandra einen Blick zu. Fand sie meine Antwort hinterwäldlerisch? Mit einem holprigen Lachen schob ich unsicher nach: »Entschuldigung.«

»Oh mein Gott, ja, nein, entschuldige dich bloß nicht dafür! Inzwischen muss man sich ja voll rechtfertigen, wenn man nicht verreisen mag! Derweil ist das sowieso besser für den ökologischen Fußabdruck!«

In diesem Moment brachte uns die Kellnerin die großen Suppenschüsseln mit Ramen. Kati rümpfte die Nase.

Alles war *super*.

Die Sonne ließ die Kieselsteine auf dem Weg vor mir glitzern. Es war ein Tag nach meinem Geschmack. Man konnte noch gut schwarze Kleidung tragen, ohne dass es einem zu warm wurde. Ironischerweise trug ich das Kleid, das ich bei meiner ersten Begegnung mit Sandra angehabt hatte. Wie so häufig war es übersät mit Hundehaaren.

Gedankenverloren glättete ich die Rockschöße und stieß danach die Tür zum *Samba* auf. In diesem Moment begann die Schafkopfrunde zu johlen, aber ganz sicher nicht meinetwegen.

Kati saß bereits an unserem üblichen Platz. Sie wirkte glücklich, eine ihrer wenigen Lieblingsspeisen – Wiener

Schnitzel mit Pommes – essen zu dürfen. Auch wenn sie, wie immer nach dem Servieren, empört die Zitrone vom Schnitzel entfernen musste – würde es Vronis Frau jemals lernen?

»Du hast ohne mich angefangen«, stellte ich amüsiert fest und ließ mich ihr gegenüber nieder.

Kati sah auf. »Ich hatte Hunger.« An ihrem linken Ohr baumelte ein großes Supergirl-S.

Wir hatten uns seit dem Ausflug nach München fast zwei ganze Tage nicht gesehen. Sandra und ich hatten den ersten spielfreien Sonntag ausschweifenden Sex gehabt. Unfassbar guten Sex. Aber reichte das allein, um für immer glücklich zu werden? Konnte man so unfassbar guten Sex haben und dabei nicht in einer Beziehung sein? Sicher, ich hatte das schlicht noch nicht erlebt. Vielleicht war ich zu altmodisch für Sandras freiheitsliebende Künstlerseele. Konnte es gut gehen, wenn man gefühlt von zwei verschiedenen Planeten stammte?

Ich kramte fast routinemäßig mein Handy aus der Tasche, blickte auf das Display und seufzte geistesabwesend. Sollte ich Sandra noch mal wegen ihrer Meinung über Blumenbad ansprechen? Es stand ihr ja zu, alles hier viel zu klein und zu engstirnig zu finden. Dennoch fragte ich mich, was das für unsere Zukunft bedeutete.

Würde ich für sie alles hier zurücklassen, was mir bekannt und vertraut war?

Würde sie das überhaupt von mir verlangen oder einfach von dannen ziehen?

Als hätte Kati meine Gedanken gelesen, sagte sie: »Ich weiß, du willst es nicht hören, aber ich bin mir einfach unsicher wegen Sandra und dir.«

Ich seufzte. »Ja, ich muss zugeben, dass es sich langsam so anfühlt, als hätte ich mich da in was verrannt.«

»Es ist ja nicht so, als wäre sie total unsympathisch. Sie ist wirklich schlau und nett. Aber ich habe mich besonders im *Ramenya* überhaupt nicht wohlgefühlt.«

»Okay, aber lag das am *Ramenya* oder an Sandra?«

»Vermutlich an beidem«, gab Kati zu.

Ich legte den Kopf schief. »Ich möchte dich auf keinen Fall verändern, Kati. Aber wenn du das nächste Mal Interesse an einer Frau hast ... Du solltest vielleicht bedenken, dass nicht jede Frau jeden Abend auf die immer selbe Auswahl an bayerischen Nationalgerichten steht.«

»Das ist mir schon klar«, sagte Kati. In diesem Moment kam Vroni mit meinem dampfenden Abendessen, das sie in Auftrag gegeben hatte, sobald ich zur Tür reingekommen war, und Kati fügte hinzu: »Aber – was soll ich machen, wenn es bei der Vroni eben am besten schmeckt?«

»Na, das hör ich gern!« Vroni stellte den Teller ab. »Mäuse, wie war euer Wochenende?«

»Hast du uns vermisst?«, grinste ich und beugte mich über mein Essen. Wie herrlich es roch – Schnitzeltag war bester Tag!

»Ganz langweilig war mir. Erzählt's, was gibt's Neues? Ihr wart doch in der großen Stadt?«

»Ja, in der gar so weltoffenen Stadt.« Ich rollte mit den Augen.

»München hat dir doch gar nichts getan«, sagte Vroni.

»Das nicht. Aber die Bewohner sind etwas ... exzentrisch. Und ich bin wirklich kein Dorftrottel, schließlich habe ich in Passau studiert!«, rief ich wütend aus, obwohl Kati und Vroni am allerwenigsten was für meine Laune konnten. Aber meine Gedanken kreisten pausenlos um Sandra. Seit ich ... mit ihr verkehrte – »zusammen war« war wohl kaum der richtige

Ausdruck –, hinterfragte ich andauernd mein Verhalten, schlimmer noch: mich als Person.

Wie sieht mein Körper in dieser und jener Sexstellung aus? Muss ich künftig auch Wörter wie »holistisch« verwenden, um sie zu beeindrucken?

»Hat das jemand behauptet? Muss ich mit der Person mal ein paar Takte reden?« Vroni hatte sich einen Stuhl herangezogen, auf dem sie jetzt saß wie der coolste Mitschüler der Klasse – verkehrt herum, die Rückenlehne vor der Brust.

»Nein, behauptet hat das niemand.« Als wäre ich ein müdes Pferd, stieß ich frustriert die Luft aus. »Ich spüre es bloß.«

»Gibt Sandra dir dieses Gefühl?«, fragte Kati zwischen zwei Bissen goldgebratenem Schnitzel.

»Manchmal komme ich mir vor, als würden wir miteinander Armdrücken.«

»Das ist das Letzte, was du in einer guten Beziehung fühlen solltest«, merkte Vroni an.

»Aber ist es denn eine Beziehung? Sie hat den ganzen Abend ihrer Freundin gegenüber mit keinem Wort erwähnt, dass wir zusammen sind. Und ich habe nichts gesagt, weil … ich es nicht weiß.« Es gab so viele Dinge, die ich gerade nicht wusste.

»Weißt du, wer dir nicht das Gefühl gibt, ein Dorftrottel zu sein?« Kati wartete meine Antwort gar nicht erst ab. »Bri.«

Mein Herz verkrampfte sich. »Komm mir jetzt bloß nicht mit Bri.«

»Warum nicht? Ihr hättet euch fast geküsst und –«

»Ihr hättet euch fast geküsst?«, warf Vroni mit großen Augen ein.

»– und ihr versteht euch ohne große Erklärungen«, fuhr Kati fort.

Ich schnaubte. »Mit vielen Erklärungen wäre bei Bri ja auch schwierig, oder? Sie ist so mitteilsam wie ein Stein. Und übrigens auch so emotional.«

Noch während ich das aussprach, merkte ich, dass ich nicht mal selbst davon überzeugt war. Dieser kurze Moment bei der *Waldschänke* kam mir in den Sinn. Der Blick, mit dem Bri mich angesehen hatte, voller Leidenschaft und … wenn ich jetzt so drüber nachdachte … voller Zuneigung.

»Der einzige Stein hier ist Sandra. Superkalt, glatt und hart.« Kati hatte ihre Hand zur Faust geballt, als wollte sie mir ebendiesen Stein vor Augen führen. »Aber Bri? Bri ist so, weil sie es will. Sie will nicht, dass du sie durchschauen kannst. Weil sie sich schützen möchte. Sie ist eigentlich ein Golden-Retriever-Girlfriend.«

Und das wusste Kati aus ihrem inoffiziellen Filmclub mit Bri, oder wie?

»Hör auf Kati, sie hat recht. Bri hat mir schon so oft geholfen. Sie ist eine Seele von Mensch«, stimmte Vroni zu.

»Fredi, du weißt doch ganz genau, was gut für dich ist. Was du brauchst.« Kati lehnte sich vor und sah mich eindringlich an.

Sie kannte mich wirklich verdammt gut. Obwohl ich Bri nie wirklich zum Thema zwischen uns gemacht hatte, schien sie es irgendwie einfach mitbekommen zu haben, was sie in mir auslöste.

Ich konnte Katis Blick nicht länger standhalten und schaute wie ein Kind, das gescholten wurde, auf meinen Schoß. »Aber Bri ist … von hier!«

Dieses Argument fühlte sich wie ein letztes Aufbäumen an. Wie der finale Versuch, das Ruder irgendwie herumzureißen. Und gleichzeitig völlig leer.

»Wie meinst du das, *sie ist von hier*?«

Ich räusperte mich. Irgendwie war es mir ein wenig unangenehm, zu erklären, zu welchem Schluss mich mein mitternächtlicher Gang zum Kühlschrank vor einiger Zeit gebracht hatte. Das Ganze hatte mehr Sinn ergeben, als ich es nur in meinem Kopf herumgewälzt hatte.

»Ich habe nur Frauen aus Blumenbad und Umgebung gedatet und für viele war ich dabei die letzte Station vor der großen Liebe. Jetzt sind sie praktisch alle glücklich vergeben. Nur eben nicht an mich. Sandra ist nicht von hier. Sie ist ganz anders. Sie ist perfekt!«

»Dass sie nicht von hier stammt, macht sie doch nicht perfekt?!« Kati und Vroni sahen einander völlig verwirrt an.

»Fredi, ich bin mit einer Blumenbaderin verheiratet. Sehr glücklich, wohlgemerkt. Und keine von uns war vorher mit dir zusammen. Auf dir liegt also kein Fluch oder so was. Du hast halt einfach Pech gehabt.«

»Ja. Jedes Mal. Und mit Bri wäre es nicht anders. Sie ist frisch getrennt und garantiert nicht auf der Suche nach was Festem.«

»So frisch nun auch nicht mehr«, brummte Kati.

»Fredi …« Vroni schlug einen beinahe mütterlichen Tonfall an. »Wenn es dir darum geht … hast du jetzt nicht bereits wieder Pech? Wie lange willst du dir denn noch etwas vormachen? Ich kenne Sandra nicht besonders gut – sie ist ja auch quasi nie hier oder lässt sich zu einem Gespräch mit mir herab –, aber ich glaube, dass sich Frauen wie sie nie wirklich ändern.«

Ich schluckte. Wenn ich ganz ehrlich zu mir selbst war, befürchtete ich das auch.

»Davon abgesehen, hast du recht«, sagte Kati. »Ich habe hier bisher auch kein Glück gehabt.« Wieder traf mich ihr intensiver Blick. »Aber ich bin lieber allein als unglücklich.«

Das saß.

»Fredi, magst einen Kaffee?« Marleen steckte ihren Kopf zu meiner Bürotür herein. Die Sekretärin des Bürgermeisters hatte zuletzt sehr viel Zeit darauf verwendet, dem hiesigen Friseur »Curtain Bangs« zu erklären. Nach einigen Fehlversuchen war sie tatsächlich zu ihrem gewünschten Pony gekommen und trug diesen nun stylisch gelockt.

Ich, die ich gerade über den handschriftlichen Notizen des Bürgermeisters verzweifelte, begann zu strahlen. »Das klingt gut!«

Die Notizen nahm ich mit. Vielleicht konnte Marleen mir bei einer Tasse Kaffee die Hieroglyphen unseres gemeinsamen Chefs entziffern.

Ausnahmsweise war die Kaffeeküche leer. Waren alle im Urlaub? Am Arbeitsplatz konnten sie ja wohl kaum sein. Während die Kaffeemaschine gurgelte und Marleen sich über das Blatt Papier beugte, holte ich zwei Tassen aus dem Schrank; ein buntes Sammelsurium an geschmacklosen Bechern, die in ihrer Hässlichkeit mit der Deko des Raums konkurrierten. Marleens Vorgängerin hatte sich hier voll ausgetobt, mit Bildern von verkleideten Babys, selbstgetöpferten Schalen mit Trockenblumen und selbstgebastelten Filzblütengirlanden. Vor dieser Kulisse wirkte Marleens schwarzes Crop-Top zu ihrer Mom Jeans geradezu beruhigend.

Während ich den Kaffee einschenkte, stemmte Marleen ihre Hand in die Hüfte. »Ich wollte dich übrigens noch fragen, ob du am Samstag Lust hast, zum Grillen vorbeizukommen. Wir planen ein BBQ, weil das Grillfleisch im Angebot war und mein Depp von Freund so viel gekauft hat, als müssten wir das Catering beim nächsten Fußballspiel übernehmen.

Dabei hat er wirklich keinen Cent gespart …« Trotz ihrer Verärgerung über ihren beim Einkaufen eskalierten Freund schien sich Marleen auf eine schöne Gartenparty zu freuen. Ich überlegte kurz. »Kommt Chrissy auch?«

Chrissy war eine meiner Ex und sie hatte mit Marleens Schwester Fußball gespielt, wodurch wiederum Chrissy und Marleen ziemlich gut befreundet waren. Sie gehörte zu den Verflossenen, die ich lieber mied, weil sie so verdammt verliebt in meine Nachfolgerin war, dass es trotz der vergangenen Zeit immer noch wehtat. Die beiden ließen auch keine Gelegenheit aus, ausgiebig, mit viel Geschmatze, Zunge und Spucke, in der Öffentlichkeit herumzuknutschen, wenn sie gemeinsam irgendwo zugegen waren. Und wenn es nur der Supermarkt war.

»Nee, die ist bei ihrem JGA auf Ibiza.« Marleen rollte mit den Augen. Sie hielt sonst große Stücke auf Chrissy, daher war ihre Genervtheit überraschend. »Ich war auch eingeladen, aber ich kann mir nicht mal eben Flug und Hotel für einen Junggesellinnenabschied leisten.«

Es war nicht zu überhören, dass sie Chrissys Junggesellinnenabschied für leicht übertrieben hielt.

Ich hingegen fand es ziemlich schmerzvoll, mal wieder zu hören, wer gerade auf dem Weg zum Altar war.

»Dann bin ich auf jeden Fall dabei!«, verkündete ich etwas zu laut, um den Gedanken an Chrissys bevorstehende Hochzeit zu vertreiben.

»Super! Bri hat auch schon zugesagt und …«

»Bri?«, unterbrach ich Marleen etwas nervös. Jetzt bereute ich meine vorschnelle Zusage beinahe.

Das Gespräch mit Kati und Vroni im *Samba* neulich geisterte mir immer noch im Kopf herum. Ich war nicht sicher, ob ich schon bereit war, Bri unter diesen Umständen gegenüberzutreten. Nicht dass ich noch versehentlich versuchte, aus unserem Beinahe-Kuss einen richtigen Kuss zu machen.

»Ja, genau, und Giovanni und seine Frau …« Marleen schien meine Nervosität bezüglich Bri nicht bemerkt zu haben und dachte vermutlich nur Marleen, ich wäre schwerhörig. Nachdem Marleen fertig mit Aufzählen war, fügte sie an: »Du kannst natürlich jemanden mitbringen. Kati oder …« Sie wackelte mit den Augenbrauen.

Ich lächelte unverbindlich. »Ich frage mal rum.«

Und selbstverständlich würde ich die Frau fragen, über die man mit den Augenbrauen wackelte. Aber irgendwie befürchtete ich, dass das ähnlich schieflaufen könnte wie bei unserem Ausflug zur Comic Convention.

Als ich wieder in meinem Büro war, schrieb ich Sandra dennoch. Ihre Antwort überraschte mich nicht.

Ich? Zu einer Dorfparty? Ich glaube, das könnte meiner Kreativität schaden.

Obwohl ich sie inzwischen fast lieber nicht dabei hätte, wagte ich einen zweiten Versuch.

Du warst doch auch schon auf einem Fest, das die Stadt ausgerichtet hat.

Ja, das war ein Fest der Stadt! Aber ich komme doch dafür nicht extra aus München?

Ach ja, ganz vergessen. Sandra war ja schon wieder in München und übernachtete bei Chacha.

Dass mir das alles andere als recht war, war ihr glatt entgangen. Genauso, wie ihr offenbar entging, dass es mir wichtig war, dass sie gelegentlich mal an meiner Seite auftrat – wie bei einem richtigen Paar. Sonst hätte ich sie ja gar nicht erst gefragt. Aber es war wohl zu viel verlangt, dass sie dafür einen Tag früher aus München zurückkehrte. Andererseits würde Bri dann möglicherweise ihren Handschuh zum Duell werfen.

Was war denn so schrecklich an einer Grillparty? An einem Treffen mit vielen lustigen Leuten in unserem Alter? Als Künstlerin war es ihr doch angeblich so wichtig, ihren Horizont zu erweitern. Das ging auch auf einem Gartenfest.

Ich hatte gar nicht gewusst, dass sie wieder in München war. Als hätte es überhaupt keinen Einfluss auf sie, dass sie sich tagelang mit mir in ihrem Haus in der Kleinstadt verschanzte und wilden Sex mit mir hatte. Kaum hatte ich die Schwelle nach draußen übertreten, war sie schon wieder weg. In einer Stadt, die ihr wesentlich besser stand.

Also antwortete ich nicht.

Versuchte ich, mir Pluspunkte bei Sandra zu verschaffen, indem ich sie nicht nervte?

Es war, als arbeitete ich ununterbrochen daran, passend zu machen, was partout nicht passte. Als hätte ich ein Puzzle vor mir liegen, in dessen Schachtel sich ein Teil eines ganz anderen Puzzles verirrt hatte.

Sandra war das Puzzlestück, das nicht zu meinem Puzzlemotiv von Blumenbad, von meinem Leben passte.

Und langsam zweifelte ich sehr daran, ob ich auch einen JGA in Ibiza feiern konnte, wenn das Puzzlestück die ganze Zeit neben dem großen Ganzen lag.

»Ich will gar nicht nach Ibiza«, flüsterte ich grimmig in meinem Büro mit der halb geöffneten Tür.

Aber ich wollte mein Puzzle vollenden.

»Gunnar ist wirklich ein toller Kollege, aber er ist eine Pussy.«

Kasimir Finn Helmut Franke nahm einen Schluck aus seiner Bierflasche und lachte dann kehlig. Niemand wusste so genau, wer diesen »Städter« eigentlich angeschleppt hatte, aber er und seine Freundin Zara mussten wohl neben irgendjemandem von uns eingezogen sein. Sie stammten aus Berlin und hatten sich bewusst für Blumenbad entschieden.

Bewusst.

Für Blumenbad.

Da konnte sich Sandra mal eine Scheibe von abschneiden! Kasimir war Berater bei irgendeiner großen Firma und als solcher viel unterwegs. Wer Gunnar war, wusste wohl nur Zara, die fröhlich lachte und an ihrem modischen Spängchen am Haaransatz spielte.

»Wollen wir uns was zu essen holen?«, fragte Kati.

»Bist du sicher? Vronis Frau steht nicht am Grill.«

»Aber ich sterbe vor Hunger. Und außerdem esse ich ja auch die Stadionwurst. Die und das hier nehmen sich nicht viel.« Kati gestikulierte in Richtung Grill, hinter dem Marleens Freund mit einer riesigen Schürze, auf der »Kiss the Cook« stand, hantierte.

Wir erhoben uns von der Bierbank und schlängelten uns an einer weiteren vorbei.

Marleen und ihr Freund hatten im vergangenen Jahr gebaut. Angesichts dessen und der Tatsache, wie reichlich der Garten mit LED-Fackeln, feenhaften Lichtern und anderen romantischen Leuchten, die in der Abenddämmerung langsam an Charme gewannen, geschmückt war, verstand ich, warum Marleens Freund so bei dem Grillangebot zugeschlagen hatte. Ihr aufgenommener Kredit und die zurückzuzahlenden Zinsen mussten schwindelerregend hoch sein. Da schaute man auf Rabatte.

Akiko, die im Gras ein wenig mit den Käfern gespielt hatte, kam auf die Pfoten und trottete uns hinterher. Als ihr klar wurde, dass es Richtung Wurst ging, dort, wo gerade einige junge Blumenbader anstanden, nahm sie Fahrt auf.

Und dann bekam sie auch noch direkt eine verabreicht! Wer wagte es …

Oh. Bri.

Bri stand mit ihrem Teller vor uns in der Schlange und fütterte meinen Hund.

Na klasse.

Aber immerhin kein Wildfremder, der meinen Hund vergiftete …

Als sich unsere Blicke trafen, machte mein Herz einen heftigen Satz und ich suchte schnell nach etwas Ablenkung. »Oh, guckt mal, da hängt ja ein lustiges Schild beim Grill: ‚Frauen verboten'!«, rief ich spöttisch aus.

Ich war weder Fan vom Klischee, dass Frauen nicht grillen konnten, noch von der Bezeichnung »Pussy« für Männer, was Kati wusste und Bri vermutlich zumindest ahnte. Daher folgten beide meinem Fingerzeig etwas irritiert. Sie konnten ja nicht ahnen, dass ich mir so ein paar Sekunden zum Durchatmen verschaffte.

Bri wandte sich wieder uns zu. »Da hinten gibt's auch ein Salatbuffet.« Sie schwenkte ihren Teller. »Dahin war ich eigentlich gerade unterwegs.«

»Salat?« Kati sah aus, als hätte Bri ihr eine Handvoll Regenwürmer angeboten.

»Ja, kommt mit!«

Ich folgte Bri, aber Kati … blieb stehen. Irritiert reckte ich meinen Hals nach ihr, aber sie deutete nur entschuldigend auf den Grill. Einen Salat zu essen, war wohl wirklich zu viel von ihr verlangt.

Bri führte mich zu einem Gartentisch, auf dem sich Schüsseln mit Salatblättern, geschnittenen Tomaten, geraspelten Gurken und anderem Grünzeug befanden. Akiko, die sich entschieden hatte, uns zu begleiten, wirkte nicht besonders happy über die rein pflanzliche Auswahl.

Während Bri ihren Teller füllte, suchte ich nach einem unverfänglichen Gesprächsthema. »Na, wie war das Ermitteln bei Frau Maier?«

»Nervig. Sie hat mich konstant ‚junger Mann' genannt. Ich frage mich, wie man so engstirnig sein kann, nur weil meine Haare kurz sind. Meine Stimme klingt auch nicht gerade männlich.« Bri schüttelte missbilligend den Kopf. Während sie ein Dressing auswählte, fuhr sie fort: »Für ihren Wastl tut es mir auf jeden Fall leid und es ist mir wirklich daran gelegen, herauszufinden, was hinter diesem Mord steckt. Aber Frau Maier ist der Teufel.«

Ich nickte zustimmend.

Bri packte noch zwei Scheiben Baguette auf ihren Teller. Dann reichte sie ihn mir.

Ich blickte sie erstaunt an. »Für mich?«

»Na klar!« Bri lächelte und nahm dann einen neuen Teller, um ihn nicht minder vollzuschaufeln. Bei sich verzichtete sie allerdings auf das Baguette, sammelte aber zwei Gabeln ein.

Gerührt sah ich sie an, während wir zu einem Stehtisch in der Nähe gingen. Akiko warf sich daneben auf die Erde und rollte sich durchs Gras.

»Und, wo ist die Münchnerin?«, wollte Bri wissen.

»In München.« Tatsächlich hatte ich heute kaum an sie gedacht, weil ich ja gewusst hatte, bei der Grillparty auf Bri zu treffen. Ich fragte mich, wie ich mir überhaupt von Sandra wünschen konnte, mir zuliebe nach Blumenbad zu fahren für eine für sie ach so schnöde Grillparty, wenn sich meine Gedanken dann doch um Bri drehten.

Fast aus Prinzip hatte ich nichts angezogen, das irgendwie sexy aussah: Ein Latzkleid und weiße Turnschuhe, darunter ein zartes rosa Oberteil und drei Ketten. Ich sah mehr aus, als hätte mich ein Kind eingekleidet, als hätte ich vor, irgendjemandem zu gefallen.

Bri schien mein Outfit trotzdem zu gefallen, ihrem Blick nach zu urteilen.

»Sie hat ja auch keinen Grund, hier zu sein«, fügte ich etwas stockend hinzu. »Wir, also … sind ja nicht so richtig zusammen. Glaube ich. Es ist mehr so was … Unverbindliches.« Ich schob mir eine Gabel Salat in den Mund, um nicht noch mehr zu sagen. Auch etwas, das man bei Dates besser nicht tat. Nur war das hier ja schließlich kein Date. Bri hatte mich nicht eingeladen. So. Egal, wenn mir Salatreste zwischen den Zähnen stecken blieben.

»Ach so.« Bri wirkte verwirrt. Nur hatte ich nie etwas anderes behauptet. Vielleicht damals nicht alles richtiggestellt. Aber all das schien inzwischen Lichtjahre entfernt.

Ich fühlte mich gehemmt, Bri so gegenüberzustehen und Salat zu mümmeln. Das war ungewohnt, denn ich hatte mich in Bris Nähe nie so gefühlt. Vielleicht, weil sie vergeben gewesen war. Da war ich einfach nicht auf den Gedanken gekommen, alles auf die Goldwaage zu legen.

»Aber du hast ihr von der Gartenparty erzählt«, stellte Bri fest.

Ich nickte. Führte Bri gerade ein Kreuzverhör mit mir durch?

»Geht das jetzt nicht schon ganz schön lange so mit euch? So … unverbindlich?« Bri stocherte in ihrem Salat herum.

»Können wir bitte über etwas anderes sprechen, Bri?«

»Ein Marienkäfer!« Bri legte ihre Gabel beiseite, streckte ihre Hand aus und berührte meine, die neben meinem Teller lag. Mein Kopf wollte sie instinktiv zurückziehen, doch ihre Berührung war so elektrisierend, dass sich mein Körper einfach weigerte, den Befehl auszuführen. Ich erschauerte.

Dann realisierte ich, dass ein kleiner Marienkäfer auf meiner Hand krabbelte und Bri versuchte, ihn auf ihren Finger umzulenken.

Dass sie dabei aber die Seite meiner Hand streichelte, hatte eigentlich mit dem Marienkäfer nichts zu tun, oder?

Oh Gott, ich wurde gleich ohnmächtig.

»Ich finde den englischen Namen ja so süß. *Ladybug.*« Ich schluckte und war erstaunt, dass ich überhaupt etwas sagen konnte.

»Du klingst genauso wie Frau Nice«, bemerkte Bri.

Ich riss erstaunt die Augen auf. »Ihr habt die arme Frau auch so genannt?«

Natürlich hatte Bri bei derselben Englischlehrerin Unterricht gehabt wie ich. Hier im Umkreis schien sonst keine andere ältere Frau Englisch zu sprechen.

»Sie hat einfach immer auf alles ‚Nice!' gesagt. In dieser schrecklichen Tonlage.«

»Und da war das noch nicht mal ein Taylor-Swift-Meme.«

Bri und ich lachten beide in Erinnerung an unsere Englischlehrerin. Diesen Moment nutzte der Marienkäfer, um zu türmen. Er entfaltete seine schwarzen Flügelchen und verschwand.

Wir sahen ihm fasziniert hinterher.

»Ich dachte damals wirklich, ich könnte auch Lehramt studieren. Also, ich hätte es auch gekonnt, aber tatsächlich hat mich Lindas Vater ermuntert, es doch mit der Polizei zu versuchen, weil er selbst Polizeibeamter ist. Ich liebe meinen jetzigen Job! Mein Leben würde heute ganz anders aussehen, wäre ich Sportlehrerin geworden«, erzählte Bri versonnen.

»Weniger gefährlich«, gab ich zu bedenken.

»Zum Beispiel.« Bri nickte.

»Krass, wie man sich manchmal beeinflussen lässt.« Ich hatte aufgegessen und ließ die Gabel sinken.

»Ich bereue es nicht, aber wenn ich daran denke, wie schrecklich Lehrerinnen wie Frau Nice oder die Wurzelhuber waren ... ich wusste genau, was ich anders hätte machen wollen. Ich hatte es mir sogar notiert.« Bri lachte.

Nun nahm ich ihre Hand und drückte sie leicht. Es fühlte sich passend an, in einem so intimen Moment.

Bri sah erst auf unsere Hände, dann in mein Gesicht. Entschlossen schob sie die beiden Teller zur Seite und rückte zu mir am runden Tisch auf.

Ihre Augen waren so schön, dass ich sie einfach nur wie hypnotisiert ansah, bis es mir dämmerte. Oh mein Gott, würden wir uns jetzt küssen? So wie damals bei der *Waldschänke*? Passierte das hier wirklich, neben dem Salatbuffet, an dem sowieso niemand stand? Was sollte ich tun? Mein Herz schlug mir bis zum Hals.

In diesem Moment brüllte jemand. So laut, dass es nicht zu ignorieren war. Unsere Gesichter schnellten auseinander, in die Richtung des Lärms.

»Wird da gerade Kasimir angegriffen?« Bri straffte augenblicklich die Schultern. Plötzlich war sie komplett angespannt. Dann sahen wir Giovanni aus Richtung Grill losrennen und auch Bri setzte sich flink in Bewegung.

Tatsächlich war ein großer Streit über irgendeine Lappalie rund um Kasimir entbrannt und das Polizeiduo versuchte, dazwischenzugehen. Wie gebannt starrte ich auf die Szenerie, auf die weinende Zara, auf die weinende Marleen, auf den weinenden Kasimir. Auf die entschlossene Bri, die regelte. Akiko kläffte. Kati klaute sich unauffällig noch ein Würstchen vom Grill.

Und irgendwie war das alles aufregender, als zu Hause darauf zu warten, dass Sandra sich meldete. Darauf zu warten, dass wir endlich wieder miteinander schliefen. Nicht dass ich wollte, dass Kasimir etwas passierte. Aber das Leben hier, mit all diesen Leuten, mit Bri. Viel aufregender.

»Wie sagte schon der große Franz Josef Strauß?«

Ich musste stark an mich halten, um meine Augen nicht in meinen Hinterkopf zu rollen.

Der Kämmerer-Karl war fester Teil der Schafkopfrunde bei Vroni. So fest, dass er für mich roch wie das *Samba*, auch außerhalb des *Samba* – nach Fett und Hefe. Obwohl wir uns so häufig an denselben Orten aufhielten, konnte er mich auf den Tod nicht ausstehen. Machte ich beim Mittagessen einen Witz, lachten alle, nur er nicht. Demonstrativ überhörte er jeden meiner Vorschläge, obwohl er komischerweise oftmals kurz danach dieselbe Idee hatte. Vielleicht, weil der Kämmerer-Karl und ich niemals gemeinsam an seinem Lieblingsfleck auf Erden zu finden waren: der Kirche.

Kurzum, wir konnten uns nicht leiden. Als wären wir zwei Kindergartenkinder, die um dieselbe Schaufel konkurrierten – *und er hatte damit angefangen!* Am schlimmsten fand ich vermutlich seinen grauen Schnurrbart, der latent gelb vom vielen Rauchen wirkte. Gerade erging er sich in einer Rede für die Preiserhöhung der Bustickets.

In der Stadtratssitzung hatte ich nicht viel zu sagen – oder, wie andere im sparsam eingerichteten Sitzungssaal urteilen würden, eigentlich kein Rederecht –, aber im Nachgang darüber zu berichten. Immerhin war es ein guter Anlass, um meinen Bleistiftrock und die weiße Bluse mit der schwarzen Schleife zu tragen. Es war ja ohnehin schwierig genug, sich für einen Montag zu motivieren, aber dann auch noch für eine Stadtratssitzung?

Klar, die Mitglieder des Stadtrats nahmen definitiv nicht nur teil, um ein hübsches Outfit zu tragen – die machten es für ihre Sitzungsgelder. Jeder hatte ja andere Prioritäten.

»Da sind halt die Pfeifen drin, die man aus dem Stadtbild kennt – und weil man sie aus dem Stadtbild kennt, wurden die gewählt«, hatte Vroni einmal trocken festgestellt.

So ungefähr kam mir manchmal auch die Zusammenarbeit vor, wenn wir in der Verwaltung etwas erarbeiteten, was der Stadtrat dann je nach Vorbereitungsstand mehr oder weniger ohne Vorkenntnisse absegnete oder eben nicht.

Ich musste mich zwingen, nicht jeden der Anwesenden aus Langeweile zu mustern, aus Angst, mein Starren könnte sie aufwecken. Leider war die fehlende Ablenkung ein echtes Problem: Ständig wanderten meine Gedanken zum Samstag zurück.

Den gestrigen Sonntag hatte ich damit verbracht, wie eine Verrückte meine Wohnung zu putzen, um mich mit irgendwas anderes zu beschäftigen, als jede Sekunde mit Bri durchzugehen und zu analysieren. Hier, in der gähnenden Leere, die dieser Tagesabschnitt bedeutete, gab es aber kein Entrinnen, mich immer wieder zu fragen – was machte sie wohl gerade? Versuchte sie auch, sich abzulenken?

Wir waren den restlichen Abend über nicht mehr wirklich zum Reden gekommen. Vor allem weil Kati Bauchweh bekommen hatte und jetzt vermutlich nie wieder auswärts aß, außer bei Vroni natürlich. Ich hatte sie nach Hause gebracht und keine Gelegenheit gehabt, mich von Bri zu verabschieden, die mit Kasimir irgendwo in Marleens Haus war, um ihn zu verbinden.

Dem Kämmerer-Karl war die fehlende Aufmerksamkeit seiner Kollegen herzlich egal, er beendete die Rede mit einem an die Anwesenden gerichteten »Herzlichen Dank fürs Zuhören«.

Marleen hatte kurz den Raum betreten, um dem Bürgermeister neue Akten zu bringen. Sie zwinkerte mir aufmunternd zu und stolzierte dann aus dem schmucklosen Saal. Ihr grünes Crop-Top war für einen kurzen Moment eine willkommene Abwechslung für alle gewesen, doch nachdem sich die Tür geschlossen hatte, senkte sich wieder ein einheitliches Grau über uns.

»Kommen wir zum nächsten Tagesordnungspunkt: Kultur!«, rief der Bürgermeister. Während seine Worte durchaus positiv und übertrieben erfreut klangen, wirkte der Ausdruck in seinen Augen gelangweilt. Es schwante mir also direkt nichts Gutes. Konnte ich den Kämmerer-Karl und seine Fantasien, noch mehr Geld zu scheffeln, noch mal sehen?

»Das ist doch wirklich kein Thema für die Stadtratssitzung!«, schimpfte der auch gleich leise vor sich hin.

Einer seiner Parteifreunde hustete zustimmend.

Nicht dass das den Bürgermeister gekümmert hätte. »Die Volkshochschule ist an uns als Stadt mit der Frage herangetreten, ob wir eine große Kunstoffensive planen möchten. Als Vertreter Blumenbads befürworte ich das sehr und möchte an dieser Stelle Frau Gröblehner bitten, ihre Kontakte spielen zu lassen.«

»Was, *mich*?« Ich deutete mit meinem Kuli, mit dem ich zuvor gespielt hatte, verblüfft auf meine Brust.

»Ja, zu Ihrer Partnerin nämlich.«

Das hatte ich mir schon gedacht, aber auf ein Missverständnis gehofft.

»Sandra … eine Ausstellung … in der hiesigen VHS?«, wiederholte ich. Der Kämmerer-Karl schnaufte missgünstig. Und als wäre sie aus ihrer Frühjahrsmüdigkeit erwacht, blinzelte mich die versammelte Mannschaft erwartungsvoll an. Ich rutschte unangenehm berührt auf meinem Stuhl herum.

Hätte mir der Bürgermeister das nicht in einer persönlichen Rücksprache stecken können?

Wenngleich der Stadtrat sensationsgeil wirkte, so schien die Reaktion im Saal generell befürwortend. Allerdings wusste ich nicht genau, ob das so begrüßenswert war. Schließlich waren Sandra und ich … na ja, keine Ahnung.

»Des Weiteren sollten wir diese Chance nutzen, Blumenbad als Kulturstandort zu positionieren«, sagte der Bürgermeister, der sich jetzt richtig in Fahrt fantasiert hatte. »Unsere Stadt hat einiges zu bieten. Möglicherweise der perfekte Anlass, dass Frau Gröblehner auch anfängt zu *toksen*. So wie der Pressesprecher der Kanzlerin!«

Meinte er *TikTok*?!? Und dachte er, Angela Merkel regierte immer noch unser Land? So eine Ignoranz passte zu ihm.

»Und warum soll das Frau Gröblehner machen?«, warf der Kämmerer-Karl ein, der sich sofort übergangen fühlte.

»Weil sie sich am besten ausdrücken kann, Karl«, sagte der Bürgermeister und machte mir damit unerwartet ein Kompliment. Ich hätte es fast genossen, wäre es nicht schon wieder an eine äußerst unausgegorene Aufgabe geknüpft, aus der mir der Bürgermeister beim kleinsten Problem einen Strick drehen konnte. Andererseits, was, wenn er mir endlich einmal vertraute? Und ich damit etwas bewirken konnte? Wichtige Aufmerksamkeit auf die richtigen Sachen zu lenken?

Wann genau hatte diese Stadtratssitzung angefangen, mehr zu sein als eine Veranstaltung, zu der ich mal wieder meinen Bleistiftrock tragen konnte?

Und seit wann war der Bürgermeister so vermeintlich weltoffen? Erst wollte er Sandra eine Plattform bieten, dann mir. *Welche Hintergedanken verfolgt er damit?*

»Was ist sie denn für ein Aushängeschild? Sie lebt in Sünde!« Der Kämmerer-Karl wartete auf ein weiteres zustimmendes Husten, aber sein Parteifreund sah gebannt zwischen uns hin und her.

»Weil ich nicht verheiratet oder weil ich lesbisch bin?«, brach es gereizt aus mir heraus.

Der Kämmerer-Karl wand sich sichtlich, ignorierte mich aber. »Sie ist ja noch nicht mal in der Facebookgruppe der Stadt!«

»Ja, weil da nur gebrauchte Fahrräder verkauft werden!« So langsam nervte er mich richtig.

»So, nächster Tagesordnungspunkt: der Schulausbau«, fuhr der Bürgermeister fort, weil ihn Diskussionen, die nichts mit ihm zu tun hatten, herzlich wenig interessierten.

Normalerweise hätte er den Stadtrat fragen müssen, ob es noch Wortmeldungen gab. Dann hätte man einen Beschluss fassen müssen. Der hätte vermutlich gelautet, einen Arbeitskreis zu bilden.

So hing wie immer alles in der Luft, so, wie ich es vom Bürgermeister gewohnt war.

Später beim Verlassen des Raumes trat ich der inoffiziellen Facebookgruppe »Blumenbad« bei.

Im Laufe des nächsten Tages hatte es angefangen, in Strömen zu regnen. Mit dem Starkregen war eine eisige Kälte gekommen und ich genoss es, mich am Abend auf Sandras Sofa breitzumachen. Mit der kratzigen Wolldecke bis zum Kinn guckte ich Tig Notaro bei *Star Trek: Discovery* zu, während Sandra im Sessel daneben las. Dabei trug sie eine rahmenlose Brille, die ich ihr am liebsten sofort vom Gesicht gerissen hätte, wenn ich nicht das Gefühl gehabt hätte, dass gerade kein guter Zeitpunkt für wilden, stürmischen Sex war.

Auch aus anderen Gründen ...

Aber immerhin war Sandra aus München zurück und hatte mich eingeladen. Zunächst hatten wir *Gilmore Girls* geguckt, aber meine Herzensserie hatte ihr nicht wirklich zugesagt. Sci-Fi bekam da gleich gar keine Chance. Das fand ich schade, aber schlimmer noch fand ich diesen Abstand zwischen uns.

Denn allein eingekuschelt fernsehen konnte ich ja auch zu Hause.

Mit einem tiefen Seufzen schloss Sandra ihr Buch. »Ich frage mich, ob es nicht besser wäre, noch einmal mein Studium zu vertiefen. Kunst bedeutet ja lebenslanges Lernen, wenn du so willst.«

Ihre Worte rührten mich wie der Donner, der sicherlich auch bald draußen einsetzen würde. Ich drückte auf die Stopptaste und setzte mich auf, um sie ansehen zu können. »Aber wie willst du das dann machen? Pendeln?«

»Wenn ich das Haus hier verkaufe, hätte ich für eine Weile ein Polster.« Sie schien ernsthaft darüber nachzudenken, während sie nun ihr Handy checkte.

Ich schluckte. War jetzt eine gute Gelegenheit, darüber zu sprechen, was wir füreinander waren? Ob das mit uns eine Zukunft hatte? Eine, in der ich glücklich werden konnte?

Oder war das vielleicht sogar ein guter Zeitpunkt, um sich zu trennen, aufregender Sex hin oder her?

In dem Augenblick, in dem sie ihr Handy wieder weglegte und mich ansah, versuchte ich zu lächeln, so als würde ich mir nicht gerade viel zu viele Gedanken machen. »Wenn es dir ums Geld geht, der Bürgermeister hatte gestern eine echt tolle Idee! Er war zwar sonst am Rumcheffen wie immer, aber manchmal hat er seine hellen Momente. Er würde mit dir gerne eine Kunstausstellung organisieren.«

»Kunstausstellung?«, wiederholte Sandra, als ginge es um ein ekeliges Ekzem.

»Ja, in der Volkshochschule«, schob ich vorsichtig nach. Warum guckte sie so, als hätte ich gerade einen Dreier mit einem Typen vorgeschlagen?

»In der Volkshochschule? Fredi, das kann doch nicht dein Ernst sein. Ich bin eine richtige Künstlerin!« Sie faltete ihre Hände wie für ein Gebet. Hätte er es gesehen, es hätte den Kämmerer-Karl sicherlich milde gestimmt.

»Aber eine, die gerade nicht ausstellt und Geld braucht.« Ich sah in ihrem Gesicht, dass sie meinen Einwand nicht wirklich gut fand, ihn aber auch nicht einfach beiseitewischen konnte.

Händeringend fuhr sie fort: »Die Leute hier würden doch meine Kunst gar nicht verstehen!«

»*Ich* habe deine Werke verstanden, Sandra.« Jetzt wurde ich langsam sauer. Ich hatte mich kurz gefreut, ihr davon zu erzählen und einen rettenden Anker zuzuwerfen, stattdessen fand sie Blumenbad mal wieder viel zu kleinbürgerlich.

»Das ist etwas anderes.« Versöhnlich beugte sie sich vor, um mich auf die Wange zu küssen.

Ich spürte dabei nicht die übliche Vertrautheit, die ich sonst so genoss, wenn sie mich berührte. Nichts in mir war auch nur annähernd elektrisiert, ich war wütend.

»Du kennst dich gut aus. Aber die Leute, die hier sonst rumlaufen ... Nein danke, ich möchte nicht jedem Einzelnen *von denen* meine Kunst erklären.« Sandra ließ die Serie weiterlaufen.

Komisch, sonst redete sie so gerne und viel über ihr Lieblingsthema! Ich beschloss, nach der angefangenen Episode zu gehen. Auch wenn sie mir extra Netflix auf dem alten Fernseher ihrer Tante eingerichtet hatte. Wahrscheinlich hieß sie Streamingdienste insgeheim auch nicht gut, ebenso wenig wie Blumenbad.

Anschließend versuchte ich, im wahrsten Sinne des Wortes vor meinen Gedanken davonzulaufen – und schaffte es immerhin bis zum Fitnessstudio. Mit voller Wucht donnerten meine grauen Sportschuhe mit eilig gebundenen rosa Schnürsenkeln auf das Laufband nieder. Seitenstechen hatte ich bereits, aber das lenkte mich ab. Auf dem kleinen Monitor vor mir lief eine 20-Uhr-15-Promishow, doch ich beachtete sie nicht. Ich musste meine Frustration über Sandra rauslassen, die wahrscheinlich nicht mal gemerkt hatte, dass ich unseren Netflix-Abend vorzeitig beendet hatte.

Ja, ich dachte wirklich – *warum muss sie bloß in vielen Dingen so kompliziert sein?* Kein Wunder, dass ich Bri mit jedem Tag anziehender fand, obwohl ich bei ihr genauso wenig wie bei Sandra wusste, woran ich war. Aber mit Bri war es trotzdem irgendwie einfacher. Wir verstanden uns, auf einer fundamentalen Ebene, die Sandra und ich womöglich nie erreichen würden.

Oder war ich bloß zu faul und wollte wie bei meiner Berufswahl im Rathaus den einfacheren Weg gehen? Sollte ich nicht vielleicht doch lieber kämpfen? Eine Beziehung bestand schließlich aus Kompromissen. Ich musste damit leben, dass Sandra ihre Freiheiten brauchte … nur konnte Sandra leider wenig damit leben, dass ich gerne Zeit mit ihr verbrachte. Und ich verstand schon, dass Blumenbad sie einschränkte, aber das war doch kein Grund, so gegen die Möglichkeit zu wettern, hier auszustellen!

Von draußen schlug der Regen gegen die Fensterscheiben. Dadurch war es dunkel wie die tiefste Nacht. Kaum jemand hatte sich bei diesem Wetter vor die Tür getraut, sodass im Fitnessstudio wenig los war.

Mein Gefühl für Zeit hatte ich völlig verloren, also wandte ich mich zur Uhr um, bemüht, nicht wieder so einen Stunt hinzulegen wie damals auf dem Crosstrainer. Dabei sah ich, dass eine junge Frau auf mich zusteuerte.

Automatisch rannte ich schneller. Keine Ahnung, wohin ich fliehen wollte, zumal sie im nächsten Augenblick schon neben mir stand und wie aus dem Ei gepellt aussah. Ich hingegen gab in meinem verschwitzten Tanktop und nach Atem ringend sicher keine gute Figur ab.

Vor mir stand Linda Pfaffensteiner. Sie war aus Rapshöh hierhergezogen – für ihre Ex Bri. Gleich zwei Gründe, mich von ihr fernzuhalten.

Ihr Lippenpiercing passte perfekt zu ihrer enganliegenden Sporthose in Silber und einem Sport-BH in Metallic. Sie sah aus wie eine sexy Variante des Blechmanns aus *Der Zauberer von Oz*. Ihr platinblondes Haar, aufgeteilt in zwei Zöpfe, wippte fröhlich vor sich hin, als sie vermutlich das allererste Mal in ihrem Leben das Wort an mich richtete.

»Du bist Frederike Gröblehner, gell?«

Obwohl ich auf einem verdammten Laufband stand, waren wir dennoch nicht auf Augenhöhe. Automatisch straffte ich die Schultern, sobald ich meine Geschwindigkeit verlangsamt hatte.

»Ja?«, antwortete ich, unsicher, worauf sie hinauswollte.

»Bist du nicht die beste Freundin von Katrin aus der Apotheke?«

Ich nickte, während ich versuchte, dem Schweißausbruch auf meiner Stirn mit dem Handtuch Herrin zu werden. Meine Haut musste in etwa so glänzen wie Lindas Hose und ich war mir nicht mal sicher, ob das von der sportlichen Betätigung kam oder durch Lindas Anwesenheit.

»Denkst du, es wäre okay, Katrin einmal anzuschreiben?« Linda beobachtete, wie ich mich vom Laufband hievte.

Ich runzelte die Stirn. »Wieso nicht?«

»Na ja, sie postet nie etwas. Ist sie überhaupt je online?«

»Kati und nicht online? Und die Erde ist eine Scheibe«, sagte ich und schnaubte. »Wie sollte sie sich sonst mit Neuigkeiten zu Superheldinnen auf dem Laufenden halten?«

»Also du meinst, sie fände es nicht komisch, wenn sie eine Nachricht von mir bekäme?« Linda legte den Kopf schief. Ich war verwundert darüber, wie eine so selbstsichere Blondine bloß so nervös sein konnte.

»Was willst du ihr denn schreiben?«, fragte ich, während ich dachte: *Ist das womöglich das merkwürdigste Gespräch aller Zeiten?* Ich wusste, dass Kati ständig irgendwelche Nachrichten von ehemaligen Mitschülern bekam, beispielsweise ob es gefährlich wäre, wenn der große Zeh auf einmal zu pochen begann, und was man dagegen tun könne. Und sie beantwortete natürlich jede noch so abstruse Frage in ihrer Freizeit. Aber wollte Linda sie überhaupt aus medizinischen Gründen konsultieren?

»Ach, du hast das ja sicher von mir und Bri gehört ...«, druckste Linda herum.

»Hm«, machte ich unbestimmt, um vielleicht ihre Version der Geschichte aus ihr herauskitzeln zu können.

»Ja, Bri und ich haben vor einer Weile entschieden, getrennte Wege zu gehen.« Linda klang nicht betrübt, sondern eher wie eine routinierte Nachrichtensprecherin, die ihren Text an diesem Tag schon mehrfach aufgesagt hatte.

»Ist das so?« Ich hoffte, nicht allzu scheinheilig zu klingen.

»Da wir uns einvernehmlich für die Trennung entschieden haben, steht absolut nichts zwischen uns und ... ich ... wäre bereit zu daten.« Linda kratzte sich am Hinterkopf und lachte schließlich verlegen.

In diesem Moment fiel der Groschen. »Kati?«

»Immer, wenn ich sie in der Apotheke sehe, denke ich mir ... wie süß sie ist.« Linda sah auf ihre Sportschuhe.

Ich grinste breit. »Sie wird mit dir ausgehen. Schreib ihr einfach. Am besten, ihr verabredet euch fürs Kino.«

Wer Silber tragen konnte, sah auch in einem Captain-Marvel-Kostüm großartig aus.

»Das klingt nach einer tollen Idee, danke, Frederike!«

»Und ist Bri auch schon so weit wie du? Also, ich frage nur, weil Kati ja meine beste Freundin ist und ich nicht will, dass sie verletzt wird, falls Bri dich doch noch mal rumkriegt oder so. Meistens ist man ja nach einer Trennung nicht so schnell wieder bereit für was Neues. Man hängt der Ex noch nach und –«

»Also *so* schnell ist es jetzt auch wieder nicht. Die Trennung liegt ja schon eine Weile zurück.« Linda runzelte die Stirn. »Außerdem ist unsere Beziehung davor schon ziemlich auseinandergelaufen. Da waren eigentlich schon länger keine Gefühle mehr da.«

Ich erinnerte mich daran, dass Bri etwas Ähnliches gesagt hatte.

»Und außerdem glaube ich, dass Bri schon lange viel weiter war. Wirklich traurig über das Beziehungsaus war sie jedenfalls nur kurz. Ich weiß nicht genau, was passiert ist. Vielleicht hat sie ja jemanden kennengelernt.«

Jemanden kennengelernt?

Wen?

Und dann lief sie rum und küsste mich mehrfach fast?

Oh.

War ich dieser Jemand?

Ich versuchte, mir nichts anmerken zu lassen, aber es änderte eigentlich alles.

Warum sollte ich dann noch an Sandra festhalten? Nur wegen des fantastischen Sex? Obwohl ich dabei immer unglücklicher wurde? Und Bri war sicher auch nicht so schlecht, auch wenn ich Linda kaum um Referenzen bitten konnte.

Als Linda sich zum Gehen wandte, fragte ich schnell: »Sag mal, was hätte Bri eigentlich noch auf Lehramt studieren wollen, außer Sport?«

Etwas verdattert sah Linda mich an, antwortete aber: »Geschichte. Warum?«

»Ach, nur so. Viel Glück bei Kati.« Ich winkte ihr zum Abschied zu. Mein Laufband lief wieder an, doch ich ging nur langsam weiter. Eine höhere Geschwindigkeit hätte mein Verletzungsrisiko ins Unermessliche steigen lassen, weil mein Kopf so beschäftigt mit anderen Dingen war.

Sollte ich Bri schreiben?

Aber was?

Und wieso hatte sie mir nach der Gartenparty eigentlich nicht geschrieben? Immerhin hätten wir uns zum zweiten Mal beinahe geküsst.

Meinte Linda vielleicht doch nicht mich, sondern einen anderen Jemand?

Sollte ich Bri einfach ganz beiläufig schreiben, dass ich ihre Ex getroffen hatte? Würde sie mir dann entgegenkommen?

Vom vielen Nachdenken bekam ich langsam Kopfschmerzen.

Vielleicht sollte ich zuerst jemanden um Rat fragen, der mir noch eine Antwort schuldig war …

Akiko preschte vor, als ich am nächsten Tag entschlossen in den Garten meiner Eltern stapfte. Aus dem Haus hörte ich einen Song von Fleetwood Mac. Die tibetanischen Gebetsfahnen meiner Mutter flatterten unmotiviert in der leichten Sommerbrise. Nach dem Sturm war am nächsten Tag wieder die Sonne rausgekommen. Mein Vater grub irgendetwas um, während meine Mutter im Liegestuhl lag und häkelte. Freudig beschleunigte Akiko noch mehr, um meinem Vater zu helfen – oder vielmehr, um in die Erdkuhle zu springen.

Ich setzte mich auf den freien Liegestuhl und schirmte meine Augen gegen die Sonne ab. Erwartungsvoll blickte ich zu meinem Vater, der mich zunächst nicht wahrzunehmen schien. Aber ich hatte alle Zeit der Welt, weil Kati unser Abendessenritual bei Vroni gecancelt hatte. Sie hätte online so viele Nachrichten zu beantworten. Wow. Linda war schnell gewesen. Zumindest ging ich davon aus, dass sie mit Linda schrieb. Ich hatte nicht nachgehakt, weil Kati es mir schon erzählen würde, wenn es wichtig wurde.

Mein Vater buddelte immer noch verzückt in der Erde und ich gab auf.

»Wie hast du das mit den Krokussen gemeint?«

»Und wie hast *du* deine Frage gerade gemeint?«, fragte er völlig perplex zurück und sah auf, verschmierte Streifen Erde im Gesicht.

»Krokusse sprießen, weil sie denken, es ist Frühling. Wir Menschen können es nicht beeinflussen, sie tun es einfach. Wolltest du mir sagen, ich bin der Krokus, der sprießt, und Sandra die Sonne, die mich rauslockt, obwohl sie weiß, dass ich dann ziemlich sicher erfrieren werde? Und ich freue mich trotzdem über das bisschen Wärme, die sie mir schenkt, wie eine naive Kleinstadtpflanze?« Während ich sprach, klang ich immer verzweifelter. Meine Mutter sah uns interessiert an.

»Krokusse?« Mein Vater legte den Kopf schief.

»Und ich dachte, du rätst mir, ihr Zeit zu geben!«, sagte ich aufgebracht. »Um sich an uns zu gewöhnen. An Blumenbad. An mich!«

Noch immer sah mein Vater mich an, als wäre ich eine Farbhalluzination seiner früheren aktiveren Kiffertage.

»Was soll ich nur tun … ich wünsche mir so sehr eine echte, wahrhaftige Liebesbeziehung … ich kann nicht einfach das Hier und Jetzt genießen, wenn ich weiß, dass es möglicherweise keine Zukunft hat!« Am liebsten hätte ich geweint, wäre mir nicht bewusst gewesen, dass mein Vater, der inzwischen an einem unserer Bäume lehnte, damit überhaupt nicht umgehen konnte. Und meine Mutter noch viel weniger, ohne direkt mit einem Rosenquarz anzurücken, wofür auch immer.

»Frederike, du kannst …« Er überlegte. »Du darfst nie Salbei und Pfefferminze nebeneinander pflanzen. Pfefferminze ist ein Raumgreifer. Diese verdrängen andere Pflanzen. Dill ist auch ein Raumgreifer, aber dennoch kann man ihn neben Nichtraumgreifern wie dem Salbei einsetzen, wenn man nur genügend Abstand lässt.«

Dill? Meinte er Bri? Oder meinte er, dass Abstand zwischen mir und Sandra wichtig war? Und überhaupt: Raumgreifer … Ein schönes Wort für Sandra, die überall, wo sie hinging, so viel Raum für sich beanspruchte, wie sie nur konnte.

»Also soll Fredi Salbei neben Dill pflanzen?«, fragte meine Mutter für mich, die unserer Unterhaltung mit Blicken gefolgt war wie bei einem Tennismatch.

»Das habe ich nie behauptet! Salbei und Dill mögen gerne die Sonne, das stimmt. Allerdings muss Dill feucht gehalten werden, während der Salbei es trocken braucht!«

Na toll. Meinte er jetzt doch nicht Bri oder riet er mir nur einfach grundsätzlich von Sandra ab?

Ich ließ mir von meiner Mutter über den Arm streicheln. Sie verströmte wie immer den Duft von Patschuliöl, der mich so wohlig vertraut umhüllte. Ich blickte auf und meinte: »Und was soll ich dann neben mir anpflanzen?«

Mein Vater setzte an, um etwas zu sagen – vermutlich, um mir einen weiteren schlauen Ratschlag zu geben. Mir schwante Schlimmes und plötzlich wollte ich die Antwort doch nicht mehr hören, weil sie mich eh nur verwirren würde. Schnell stand ich auf und rief: »Ich hole mir etwas zu trinken!«

Ich war ein wenig overdressed für das *Delirious*, das war mir bereits klar gewesen, als ich das schwarze Etuikleid aus dem Schrank gezogen hatte. Der Schwung meines Eyeliners war spitz und aus einer ganz anderen Zeit, während sich die meisten Mädchen und jungen Frauen in zerrissene Jeans und Crop-Tops geworfen hatten. Bei den Herren dominierten Poloshirts das Bild der feiernden Szene. Über uns drehte sich eine Discokugel, während verschiedene Leuchtschriften an den Wänden das restliche Licht in einer sonst sehr dunklen Location spendeten. Und ich, die ich die blonden Locken durchs Glätteisen gejagt hatte, stellte mir vor, eines dieser Babes zu sein, das aussah, als wäre es einem Aerosmith-Video entsprungen. Sandra beschwerte sich offensichtlich nicht. Ihre Wangen glühten mit mir an ihrer Seite. Ja, oder weil es so warm war im Club.

Es war eigentlich kaum zu glauben, dass Sandra sich an diesem Freitag herabgelassen hatte, wirklich mit uns hierherzugehen. Mein Ärger auf sie, weil sie eine Ausstellung an der hiesigen VHS offenbar für unter ihrer Würde hielt, war etwas verraucht, aber auch nur, weil ich mich der Situationship ausgeliefert fühlte. Oder es lag daran, weil Sandras Outfit schlicht und ergreifend heiß war.

Ihre Hose trug sie auf Hüfthöhe, womit sie mich einfach extrem entflammte. Dass sie eine schwarze Weste über einem weißen V-Neck-Shirt trug und ein Lederarmband am Handgelenk, machte ihre Erscheinung noch waffenscheinpflichtiger.

Die Eiswürfel in meinem Mojito wippten zum Beat eines Songs von Rihanna. Kati sah aus, als hätte sie sich zu Hause lieber wieder hinter ihren Laptop geklemmt, weshalb sie ihr Bier gar nicht schnell genug austrinken konnte. Klar, wir hatten diesen Termin vereinbart, bevor Linda auf der Bildfläche erschienen war. Diese Begebenheit änderte alles und vor allem Katis ohnehin schon beunruhigende Screentime. Zwischen den beiden war es offensichtlich so schnell so ernst geworden, dass Kati mir neulich sogar offiziell von ihnen beiden erzählt hatte. Ich hingegen hatte entschieden, mich darüber auszuschweigen, was mich beschäftigte: Was ich Bri schreiben sollte, da sie sich auch weiterhin nicht bei mir meldete.

Ich beugte mich zu ihr vor. »Mach das bitte nicht bei deinem Date.«

»Ich habe kein Date!«

Da Sandra gerade in eine Nachricht auf ihrem Handy vertieft war, konnte ich mich noch dichter neben Kati stellen, um nicht weiter brüllen zu müssen. »Noch nicht! Oder bist du nicht interessiert?«

»Ja. Nein. Sie ist sehr hübsch.«

Ich nickte verständnisvoll.

»Sie hat gesagt, sie findet es toll, wie ich mich reinhänge, Alternativmedikamente für sie zu finden, weil sie wegen ihres Würgereflexes keine Hartkapseln schlucken kann.« Nervös drehte Kati die Bierflasche in ihrer Hand.

»Okay, wow«, erwiderte ich. Ich konnte Katis Aufregung allerdings durchaus verstehen – sie hatte eine Reihe sehr schlechter Dates hinter sich, die absolut zum Abgewöhnen gewesen waren. Speziell ihr letztes, als sie vom Filmklassiker *Apollo 13* gesprochen hatte und ihre Internetbekanntschaft geantwortet hatte: »Science Fiction ist nicht so meins.«

»Ich habe noch nie so etwas Liebes gehört! Nicht mal du warst so nett zu mir, als wir zusammen waren«, fuhr Kati fort.

Ich runzelte die Stirn. »Da haben wir aber unterschiedliche Erinnerungen.«

In diesem Moment legte Sandra ihren Arm um mich. Sie lehnte sich zwischen uns. »Worüber reden wir?«

»Dass Kati kein Date mit Linda will, die sie vergöttert.«

Sandra schaute Kati erstaunt an, nickte dann aber langsam vor sich hin, während sie fast philosophisch anführte: »Manchmal muss man über seinen eigenen Schatten springen, Katrin. Ich zum Beispiel habe das Angebot der Volkshochschule angenommen.«

»Hast du?« Erstaunt wandte ich mich ihr zu, doch Sandra nahm weder mich noch meine Überraschung richtig wahr.

»Daran wachsen wir. Und wer weiß, manchmal könnte es das Beste sein, das einem passiert.« Bevor ich mich zu früh freuen konnte, fügte Sandra hinzu: »Also, das mit der VHS vermutlich nicht, aber vielleicht das mit Katrin und Linda!«

»Und warum hast du eingewilligt, wenn du nicht überzeugt davon bist?« Ich legte den Kopf schief.

»Intrinsisch gesehen …«, begann Sandra, aber Kati unterbrach sie: »Ich bin mir nur nicht sicher, ob ich nicht totale Panik bekomme, wenn ich ihr gegenübersitze! Sie ist bildschön!«

Sandra wirkte dankbar darüber, keine Antwort geben zu müssen, und mir schwante, dass es eine Frage des Geldes gewesen sein könnte. Bevor ich weiter überlegen konnte, warum sie es mir dennoch nur nebenbei mitteilte, erblickte ich Daniel, von allen »Danny« genannt, in der Menge.

»Ich bin gleich zurück«, sagte ich, aber keine der beiden schien überhaupt zu bemerken, dass ich wegging. Kati war gerade damit beschäftigt, sich von Sandra für ihr Date coachen zu lassen. Gut, wenn jemand davon Ahnung hatte, unwiderstehlich zu sein, dann Sandra. Ich schüttelte das wohlige Gefühl ab, das ihre Umarmung bei mir ausgelöst hatte. Aber auch meine Verärgerung, weil sie mich wegen der VHS erst so runtergemacht hatte, nur um dann doch in eine Ausstellung einzuwilligen, ohne mir etwas davon zu erzählen. Denn ich war gerade dabei, ein anderes Projekt zu verfolgen.

Es war nicht das erste Mal, dass ich dem Besitzer des *Delirious* auflauerte. Ich schob mich durch die Menge, Danny fest im Blick. Der Eigentümer dieses Etablissements sah mich auf sich zukommen, hielt es aber nicht für nötig, stehen zu bleiben.

»Danny! Wir wollten doch noch mal wegen der Queer-Party sprechen!« Hartnäckig hängte ich mich an seine Fersen. Nun, offensichtlich wollte nur ich noch mal darüber sprechen, Danny nicht.

Er rollte mit den Augen. »Ich verstehe halt nicht, was du willst, Fredi. Ihr seid doch sowieso alle hier.«

Zwar hatte ich neben uns dreien nur zwei Schwule, die ich vom Sehen her kannte, erblickt, aber klar, dann waren wir wohl alle hier. Oh, wie sehr ich mir wünschte, wir wären wirklich alle hier! Das hätte ja Bri miteingeschlossen. Also, selbstverständlich nur zu unser aller Sicherheit.

»Du lässt dir da ein Geschäft entgehen. Die LGBTQIA+-Community der Umgebung besteht nicht bloß aus fünf Leuten!« Der Abend hatte gerade erst begonnen und ich hatte mich bereits heiser geschrien. Danny verstand mein Krächzen trotzdem, wenn auch nicht auf der Inhaltsebene. »Dann mach's bei der Vroni, Fredi.«

»Nicht mal als alljährliches Pride-Party-Event im Juni?«

Ich wollte nicht betteln, aber Vroni hatte weder die Räumlichkeiten noch die Anlage für eine ausschweifende Gay-Party. Und für die Möglichkeit, einmal in der näheren Umgebung queer feiern gehen zu können, hätte ich meine Großmutter verkauft – was ja für mich noch andere Vorteile gehabt hätte, bedachte man ihr Generve. Es war einfach anders, im Kreis der Community zu feiern. Ich hatte genau gesehen, wie ich wieder von einer Gruppe Typen angegeiert worden war, nachdem ich Sandra am Eingang geküsst hatte.

Danny, der auf dem Weg in den Personalbereich gewesen war, hielt an der Tür mit der Klinke in der Hand noch einmal inne und sagte: »Warum musst du diese Gender-Sache immer allen Leuten aufdrängen?«

Frustriert beschloss ich, dass der Zeitpunkt nicht günstig war, um auch noch das Thema Unisextoiletten anzusprechen, wenn er schon die Begrifflichkeiten nicht auseinanderhalten konnte. »Hast du schon mal darüber nachgedacht, dass sich Heterosexuelle nie outen müssen?«

Danny legte den Kopf schief. Meine Worte hatten ihre Wirkung nicht verfehlt, trotzdem wollte ich zur Sicherheit noch etwas nachlegen. Da sich einige Branchen gerne an der Szene bereicherten, wiederholte ich das für Heteros beste Argument noch einmal mit Nachdruck: »Du könntest so viele neue Gäste aus Niederbayern und der Oberpfalz gewinnen!«

Danny seufzte, was ich nur sehen, aber wegen der Lautstärke nicht hören konnte. Mein Herz wurde schwer in meiner Brust.

»Und auch so viele neue Feinde, Fredi, nichts für ungut. Trink was auf mich«, rief er mir entgegen und schlug sanft die Tür vor meiner Nase zu.

Und irgendwie passte das ganz gut. Alle schlugen die Tür vor meiner Nase zu, wie es ihnen in den Sinn kam. Sie agierten, ich reagierte.

Ich atmete tief durch, bevor ich zurück zu Sandra und Kati ging.

Am nächsten Tag war Sandra einmal mehr zum Netzwerken in München und ich hatte auf einmal viel Zeit zum Nachdenken. Akiko war bei meinen Eltern untergebracht, weil ich sauber gemacht hatte und vermeiden wollte, dass sie alles wieder vollhaarte – was sie meistens tat, noch während ich putzte.

Währenddessen hatten meine Gedanken um alles Mögliche gekreist, nicht nur darum, wie ich den Samstagabend verbringen sollte.

Beim Nachdenken fiel mir der Hundevergifter wieder ein, der irgendwo da draußen sein Unwesen trieb und mich in Sorge versetzte. Spontan beschloss ich, meine Zeit sinnvoll zu nutzen und mich der Sache selbst anzunehmen. Ich hatte ja schon die ganze Zeit das Bedürfnis, irgendetwas zu unternehmen. Da ich aber zu meiner Tiefkühllasagne auch ein großes Glas Wein getrunken hatte, sah ich nicht, dass mein Plan nicht wirklich durchdacht war: Ich wollte ein wenig durch die Nacht streifen, eine potenzielle Zeugin, die den Hundehasser beim Auslegen seiner Giftköder auf frischer Tat ertappen konnte. Und ein Blumenkleid war schließlich die beste Tarnkleidung, oder?

»Gayvy CIS«, flüsterte ich ermutigend meinem Spiegelbild zu, schnappte mir meinen Rucksack und machte mich auf ins Abenddämmern von Blumenbad.

Tatsächlich war es mehr ein Abendspaziergang als alles andere. Die kühle Luft machte mich wieder etwas klarer.

Gleichzeitig fühlte ich mich aber noch einsamer. Ich schob meine Hände in die Rocktaschen meines Kleides und zog eine Schnute.

Vom Missetäter war weit und breit nichts zu sehen. Vermutlich war das auch besser so. Ich konnte sowieso nichts richtig machen: keine ordentliche Beziehung führen, meinem Chef nichts recht machen … aber dann auf eigene Faust einen Verbrecher schnappen wollen!

Plötzlich hörte ich, wie sich ein Wagen näherte. Da ich seit einer halben Stunde kein fahrendes Auto gesehen oder gehört hatte, spannte ich mich sofort an. Die Redewendung »die Bordsteine hochklappen« war hier allsamstagabendlich Programm. *Hier steppt der Bär,* hatte ich noch ironisch gedacht, doch jetzt wurde mir etwas mulmig: *Ist er das? Der fiese Hundehasser?*

Der dunkle Wagen setzte partout nicht dazu an, an mir vorbeizufahren. Wurde ich etwa verfolgt?

Oh Gott, was, wenn es Jockel war, den ich vor seiner Frau als Imker geoutet hatte und der jetzt auf Rache aus war? Würde man mich morgen kopfüber in einem Bienenkorb auffinden?

Bevor ich mich in einen paranoiden Anfall hineinsteigern konnte, kam der kleine schwarze Flitzer schließlich neben mir zum Stehen.

Vorsichtig blickte ich zur Seite – und erschrak. »Bri?«

Sie hatte das Fenster runtergelassen und lehnte sich vor. »Fredi, was machst du um diese Zeit allein hier draußen? Es ist stockdunkel!«

Stirnrunzelnd schaute ich auf meine goldene Armbanduhr. »Es ist 22 Uhr!«

Schließlich hätte ich ja auch auf dem Weg ins *Delirious* sein können. Nun gut, das lag in der anderen Richtung, fernab der Wohnsiedlung, in der ich mich gerade befand. Immerhin leuchteten hier Straßenlaternen, Lampions in den Vorgärten und es war Vollmond. Es wurde sogar vereinzelt gegrillt.

»Ich hatte keine Angst, bis du mich verfolgt hast«, fügte ich hinzu.

»Tut mir leid, ich wollte dich nicht erschrecken. Komm, steig ein, ich fahre dich, wohin du willst.« Bri fuhr sich durch ihr kurzes, blondes Haar. Sie war halb in Zivil und hatte ihre Polizeijacke mit einer engen Jeans kombiniert.

»Bri, ich werde es gerade noch selbst nach Hause schaffen«, erwiderte ich ein klein wenig angesäuert, weil wir seit unserem letzten Gespräch keinen Kontakt mehr miteinander gehabt hatten, sie sich aber jetzt als besorgte Polizistin aufspielte.

Gut, vielleicht war es auch meine Schuld gewesen, dass kein Kontakt zustande gekommen war. Hatte ich gesagt, mit Bri wäre alles so leicht? Das musste ich wohl noch mal überdenken. Mit Sandra war es kompliziert, aber mit Bri war es ... anders kompliziert.

»Geh, Fredi, steig bitte ein!«

Ich murrte, aber eigentlich war es ja keine Strafe, mich von ihr nach Hause fahren zu lassen. Und ein klitzekleines bisschen rührte mich ihre Sorge sogar. Als ich auf den Beifahrersitz sank, meinen Rucksack auf dem Schoß, wurde ich sogleich von ihrem Duft eingehüllt, der mich an ein Männerparfüm erinnerte.

Bri fuhr wieder an und einen Moment lang herrschte Stille im Auto. Nicht unangenehm, aber auch nicht wirklich angenehm. Irgendetwas stand zwischen uns wie der sprichwörtliche rosa Elefant.

»Sagst du mir jetzt, was du heute noch vorhattest?«, fragte Bri schließlich.

»Nicht viel. Spazieren gehen.« Ich zuckte mit den Schultern.

Doch Bri, ganz Polizistin, glaubte mir kein Wort. »Spazieren gehen?!«

»Na ja, ich wollte halt schauen ... ob der Hundevergifter zuschlägt. Und überhaupt, was machst du um diese Zeit noch in deiner Uniform?«

»Ich wollte halt schauen ... ob der Hundevergifter zuschlägt?!« Bri warf mir einen Seitenblick zu. Und wir fingen gleichzeitig an zu lachen.

Bri fing sich und wurde wieder wie üblich ernst. »Okay, aber Fakt ist: Du solltest nicht aktiv nach dem Täter suchen, das ist zu gefährlich!«

»Ebenfalls Fakt ist: Ich bin betroffen, denn ich habe eine Hündin, die ich wirklich nicht verlieren will!«

»Fredi, ich verspreche dir, ich finde den Kerl.«

Warum nur musste sie mich mit genau diesem Blick aus ihren ultrablauen Augen ansehen? Ich schmolz auf dem Beifahrersitz dahin.

»Und wo ist ...«

»Warum bist so *obsessed* mit ihr?« Ich wusste ganz genau, dass Bri nicht nach Akiko fragen wollte. Dabei versuchte ich, scherzhaft zu klingen, spürte aber diese altbekannte Abwehrhaltung, in der ich dachte: *Mich zweimal fast küssen und ständig eifersüchtig nach Sandra fragen, aber selbst ein Buch mit sieben Siegeln sein.*

»Na ja, das bist du doch auch, oder?«, fragte sie, den Blick stur auf die Straße vor uns gerichtet.

»Was soll das wieder heißen?«

Ich war nicht ganz sicher, woher diese Verärgerung auf einmal kam, und schob es daher auf die Gesamtsituation. Sandra, die mein Ticket ins Liebesglück sein sollte, mit der ich jedoch geradewegs in eine Sackgasse zu fahren schien, und Bri, die das erste Mal in ihrem Leben Single und an mir interessiert war, aus der ich jedoch so schlau wurde wie aus einem Vortrag über Raketenwissenschaft: nämlich gar nicht.

Und obendrein war ich auch noch zu feige, einen Schritt in irgendeine Richtung davon zu machen, nur weil ich mir bei einem Mitternachtssnack irgendwelche Theorien zusammenfantasiert hatte.

Bri war also die Letzte, die ich anpampen sollte. Eigentlich müsste ich mich selbst zur Rede stellen. Was mir ziemlich schwerfiel, denn es tat schon verdammt weh, als Bri Salz in die Wunde streute.

»Das heißt, dass du ja auch nicht die Finger von ihr lassen kannst, obwohl sie dich nicht gerade nett behandelt.«

»Woher willst du wissen, wie sie mich behandelt? Sie behandelt mich großartig – vor allem im Bett!«

Oh Gott. Was. Redete. Ich. Da?

Bris Miene zeigte keine Regung. Noch weniger Regung als sonst. Als wäre sie spontan versteinert. Etwas in mir krampfte sich bei dem Anblick zusammen.

»Das meinte ich überhaupt nicht«, sagte Bri in einem so ruhigen Tonfall, dass er einfach aufgesetzt sein musste. »Sondern dieses Unverbindlichkeitsding, das schon so lange zwischen euch läuft.« Ein schneller Blick zu mir. »Fredi. Erzähl mir nicht, dass es das ist, was du willst.«

Ich verschränkte die Arme vor der Brust, als müsste ich mich vor ihren Worten schützen. »Und was will ich dann? Dich?«

Bri lächelte vage, sah mich jedoch nicht an. »Das musst du schon selbst wissen.«

Meine Augen wurden schmal. Eine typische Bri-Antwort, mit der ich nichts anfangen konnte, weil sie wie immer nichts preisgab. »Und woher soll ich wissen, dass du mich willst?«

Bri lachte kurz auf. »Vielleicht, weil ich dich küssen wollte? Zweimal?«

Hitze stieg mir in die Wangen. Ja. Stimmt. Aber darüber hinaus hatte sie nichts getan. Nichts geschrieben, nichts gesagt. Für sie mochte das ja eindeutig sein, für mich reichte das nach so vielen Enttäuschungen nicht mehr aus. Ich brauchte etwas mehr Sicherheit. Oder wenigstens den Anschein von Sicherheit.

»Vielleicht findest du mich nur interessant, weil ich vergeben bin? Und du zufälligerweise gerade nicht? Vielleicht suchst du bloß jemanden, der dir über Linda hinweghilft.« Angestrengt versuchte ich, in ihrem Gesicht zu erkennen, ob irgendetwas davon der Wahrheit nahekam, aber ihr Schnauben klang bestenfalls amüsiert.

»Glaub mir, ich bin über Linda hinweg. Die Trennung liegt schon ewig zurück. Außerdem bist du nicht vergeben.«

»Auch etwas Unverbindliches kann –«

»Fredi.« Wieder dieser Tonfall, bei dem mir ein Schauer nach dem anderen über den Rücken lief. Vor allem wenn sie dabei meinen Namen sagte. »Du bist nicht vergeben. Nicht an Sandra. Weder im Kopf noch im Herzen.«

Damit traf sie wieder ins Schwarze. Einfach so.

Ich schluckte schwer. Meinte sie das alles wirklich ernst? So offen hatten wir noch nie miteinander gesprochen. »Ich habe neulich Linda im Fitnessstudio getroffen.«

Zum Zeichen, dass ich fortfahren sollte, hob Bri bloß die Augenbrauen.

»Sie meinte, dass … dir die Trennung kaum was ausgemacht hat.«

»Hab ich ja gesagt. Ich bin über Linda hinweg. Schon lange.«

Ich war so in unser Gespräch vertieft gewesen, dass ich kaum mitbekommen hatte, wie sie mich nach Hause gefahren hatte. Jetzt hatten wir das Ziel allerdings erreicht und Bri hielt am Straßenrand, ohne den Motor abzustellen. Offenbar wollte sie mich nur kurz raushüpfen lassen.

Ich war allerdings noch nicht ganz fertig. Ich musste diese Frage einfach stellen. Was ich nicht bedacht hatte, war, dass Bri mich ohne Straßenverkehr nun wieder direkt ansah. Unruhig rutschte ich auf meinem Sitz herum.

»Außerdem meinte sie, dass ... es da vielleicht eine andere gibt.«

Ein kurzes Zögern. »Vielleicht.«

Ich stieß die Luft aus, die ich, ohne es beabsichtigt zu haben, angehalten hatte. »Bri, komm schon. Ich brauche ein bisschen mehr. Ich meine ...«

Ich verstummte, als sich Bri über die Mittelkonsole zu mir beugte. Das Herz schlug mir bis zum Hals. Was ...?

»Mein Interesse an dir ist echt, Fredi.«

Und wie um mir das zu beweisen, gab es diesmal keine Unterbrechung. Kein schnaubendes Pony, kein Kasimir, der in einen Streit verwickelt wurde. Nur Bri und mich, als sie die letzten Zentimeter zwischen uns überbrückte und mit ihren Lippen meine streifte. Hauchzart, ein ganz und gar unschuldiger Kuss, der meinen Körper jedoch alles andere als unschuldig kribbeln ließ.

Ja, ich hatte gesagt, ich brauchte ein bisschen mehr und ich hatte ein bisschen mehr bekommen. Aber jetzt war es trotzdem viel zu wenig.

Während ich noch mit mir rang, ob ich Bri einfach packen und wieder zu mir ziehen oder sie gleich bitten sollte, mit in meine Wohnung zu kommen, sagte sie: »Aber du hast ... ungeklärte Verhältnisse.«

Ungeklärte Verhältnisse. Ungeklärte Verhältnisse?

Auf einmal hatte ich überhaupt keine Ahnung mehr, warum ich diese Verhältnisse überhaupt so lange ungeklärt gelassen hatte.

»Gute Nacht«, sagte Bri schließlich in die länger werdende Stille hinein. Eine sanfte Art, mich aus ihrem Auto zu werfen.

»Gute Nacht«, erwiderte ich fast automatisch, denn wie sollte diese Nacht gut werden, wenn ich jetzt ausstieg und Bri nach Hause fuhr?

Trotzdem tat ich genau das und blieb noch einen Moment nachdenklich auf dem Bürgersteig stehen, während Bri schon längst um die nächste Ecke verschwunden war.

»Warum geht ihr eigentlich nie mit in die Kirche?«

Meine Mutter und ich sahen meine Oma verständnislos an. War ihr klar, mit wem sie hier sprach? Mit einer Atheistin und einer Lesbe!

Als würde sie unsere Antwort gar nicht interessieren, fuhr sie fort: »Rapshöh hat ja jetzt einen Dauer-Inder!«

Nun sahen meine Mutter und ich uns verzweifelt an. Schon wieder das Thema von indischen Pfarrern. Konnte sie nicht wie alle anderen alten Frauen von Florian Silbereisen schwärmen?

»Der Bäcker ist da auch viel besser als bei uns. Denkst dran, wenn du mir wieder Brot holen fährst, gell?«, wandte sich meine Oma an meine Mutter.

»Mama, ich werde nicht die Umwelt belasten, um dir von dort Brot zu holen!«

»Dann fährst halt mit dem Rad, so wie wir früher!«

So schnell war unser monatliches Sonntagsessen bei Vroni auch noch nie im Streit gegipfelt. Vielleicht lag es daran, dass der Merkur rückläufig oder dass Vollmond war. Während ich mich auf Patrouille begeben hatte, hatte meine esoterisch veranlagte Mutter Wasser abgefüllt, und so waren wir beide nicht ausgeschlafen und leicht zu reizen. Na ja, wenigstens hatte sie jetzt Wasser voller Mondenergie, wohingegen ich nur Chaos im Kopf hatte …

»Mei, die Schweinebratensoße von der Vroni ist schon fein!« Seelenruhig zerteilte meine Oma ihren Knödel. Für sie war das Thema bereits abgehandelt, für meine Mutter aber noch nicht.

»Mama, wenn du so weitermachst, werde ich wieder Vegetarierin«, drohte meine Mutter. Das Messer in ihrer Hand zuckte gefährlich und verspritzte ein wenig von der besagten Soße. In ihrem Unmut vergaß sie, dass sie ein frisch gebatiktes Shirt anhatte, auf das sie eigentlich hatte aufpassen wollen.

Meine Oma sah ihre Tochter mit einem missbilligenden Blick an, der besagte: »Eine Schande wär's.« Um ihr nicht das letzte Wort zu gönnen, sprach unser Familienoberhaupt stoisch weiter: »Was ist jetzt eigentlich? Heiratest du irgendwann noch den Franz oder wie schaut's aus?«

In diesem Moment war der künftige Vegetarismus meiner Mutter besiegelt.

»Und die Sandra, lernt man die auch noch kennen?«

Ganz schwieriges Thema.

Ich räusperte mich. »Du kennst Sandra doch von der Beerdigung, Oma.« Warum war ich jetzt dran? Konnte sie nicht einfach meine Mutter weiterquälen? Ich wünschte mir wie immer, mein Vater wäre hier, um als Puffer zwischen uns Gröblehner-Frauen zu fungieren, aber er war wie gewöhnlich auf dem Fußballplatz.

»Ja, aber sie könnte sich schon mal offiziell vorstellen. Oder hat ihre Mutter sie doch so verzogen? Sie und ihre Schwester, Gott hab sie selig, waren einfach viel zu freundlich.« Ungehalten schob sich meine Oma ein weiteres Stück Schweinebraten in den Mund. Natürlich war sie ungehalten, schließlich empfand sie »Freundlichkeit« als Beleidigung.

»Das macht man heute nicht mehr, Oma. Sich offiziell vorstellen und so.« Allein der Gedanke, Sandra meiner Familie bei einem zünftigen Essen »offiziell vorzustellen«, war absurd. Das war aber nicht der einzige Grund, warum ich keine Lust hatte, mit meiner Oma über das Thema zu diskutieren. Nicht, wenn ich immer noch die federleichte Berührung von Bris Lippen an meinen spüren konnte.

»Frederike, in deinem Alter bräuchtest schon langsam jemanden, der sich um dich sorgen kann. Wir werden nicht ewig für dich da sein.« Meine Oma untermalte ihre bedeutungsschwangeren Worte mit langsamem Nicken.

Als ob ich nicht für mich selbst sorgen könnte!, dachte ich. Aber ich schluckte meinen Ärger über ihre Worte hinunter. Wie sonst auch. Ich wusste, dass längst nicht jede Großmutter so gut mit dem Outing ihres Enkelkindes klarkam – Kati hatte da weitaus schlechtere Erfahrungen gemacht. Es ging also immer schlimmer.

Aber das war gerade für mich trotzdem ganz schön nervig!

»Der ihre Eltern sind ja geschieden, gell?«

»Ja, aber …« Ich wusste nicht, was ich darauf noch sagen sollte. Die ganze Kleinstadt hatte sich über die Scheidung und den daraus resultierenden Rosenkrieg unterhalten – allerdings war Sandra damals noch klein gewesen. Sie sprach zwar nicht viel darüber, aber ihr Verhältnis zu ihrer Mutter war nicht das beste.

»Manche Leut' sind nicht für die Ehe geschaffen«, sagte meine Oma und schüttelte missbilligend den Kopf.

Meine Mutter knurrte: »Und trotzdem willst du, dass ich den Franz heirate!«

»Bei euch passt alles?« Vroni kam zu uns an den Tisch, die Hände in die Hüften gestemmt. Sie sah verstimmt aus. Ich versuchte, ihren Gesichtsausdruck einzuordnen, aber es gelang mir nicht, deshalb sagte ich: »Bei dir scheinbar nicht.«

»Ich spüre hier auch negative Schwingungen«, pflichtete meine Mutter mir bei.

»Jetzt erst?« Ich zog eine Augenbraue hoch.

Vroni seufzte. »Ist euch schon aufgefallen, wer am Stammtisch sitzt?«

Während ich versuchte, unauffällig zu der Runde Schafkopf spielender Herren hinüberzusehen, gaffte meine Oma schamlos in diese Richtung. Meine Mutter schien sich unsicher, ob sie Interesse hatte, zu gucken oder nicht.

»Also, falls du diesen Typen meinst, den ich hier noch nie zuvor gesehen habe ... Ja, mir ist aufgefallen, dass ich den noch nie zuvor gesehen habe.«

Das war wirklich ungewöhnlich. Vor allem weil die üblichen Verdächtigen mit hochgerollten Hemdsärmeln dasaßen und Karten spielten, während er ein gestärktes weißes Hemd ohne jegliche Falte trug. Dazu eine elegante Fliege. Und das im *Samba*.

»Richard de Reus heißt der. Ein richtiger Mogul. Aus Münster. Und jetzt kauft er in der ganzen Gegend rundum Hotels und Gaststätten ... weil es bei uns so schön ist. Und mir will er die Kneipe auch unterm Arsch wegkaufen.« Vroni stierte sauer in Richtung des Kerls.

»Aber du musst ja nicht verkaufen, wenn du das nicht willst!«

Vroni seufzte. »Wenn der mir weiter solche Summen um die Ohren haut, wird meine Frau doch noch schwach.«

In diesem Moment öffnete sich die Tür und eine weitere Unbekannte schritt herein. Die brünette Frau Anfang dreißig war genau die Art von Lady, die mich hätte anspucken können und ich hätte ihr noch dafür gedankt. Sie sprühte nur so vor Kraft und Macht, wie sie mit kerzengerader Haltung auf himmelhohen High Heels das *Samba* betrat. Farblich dazu passte ihr Seidenoberteil in Rosé in Kombination mit einem dunkelblauen Bleistiftrock, der sicher mehr kostete als meine Monatsmiete. Ein entschiedener Blick ging direkt in Richtung des Mannes aus Münster – oder eher zu dem romantischen Gemälde, das über dem Stammtisch hing, das mit den drei nackten badenden Frauen.

»Das ist seine Frau Lena.« Vroni rollte mit den Augen, während die Besagte auf uns zustöckelte. »Angeblich ist sie freiwillig mit ihm zusammen und nicht wegen des Geldes. Man sagt, sie sammelt Kunst.«

»Das würde aber eher dafür sprechen, dass sie doch wegen seines Reichtums mit ihm zusammen ist«, warf ich mit gedämpfter Stimme ein.

»Veronika, meine Liebe!«, zwitscherte Lena de Reus nun mit glänzend geschminkten Lippen. »Wie geht es Ihrer zauberhaften Gattin?« Lena beugte sich für Küsschen links, Küsschen rechts vor, was dazu führte, dass Vroni komplett einfror.

»Vroni, bringst mir *no a* Halbe?«, schallte es da durch das *Samba*.

Vroni machte sich nicht einmal die Mühe zu verbergen, wie erleichtert sie war, dass sie von dannen ziehen konnte. »Nichts für ungut, aber ich muss.«

»Finden Sie nicht auch, dass das eine wahnsinnig *urige* Kneipe ist?« Während Lena sich umsah, flog ihr perfekt frisiertes Haar um sie herum wie in einem Shampoo-

Werbespot. Ich bewunderte mit offenem Mund ihre Handtasche, während meine Oma und meine Mutter sie einfach ignorierten.

»Das ist der Grund, aus dem wir hier sind«, säuselte ich. Nicht dass ich jemals auf hyperfeminine Heterofrauen stehen würde. Aber konnte ich bitte so elegant und weltmännisch sein wie sie? Sie lächelte mich an, als hätte sie Mitleid mit mir. Und das störte mich noch nicht mal!

»Entschuldigen Sie, ich muss zu meinem Mann.« Sie nickte in Richtung des Münsteraner Moguls.

Meine Oma schüttelte den Kopf. »Das wird ja hier in Blumenbad immer wilder.«

Sandra würde sagen: *Wurde auch Zeit!* Aber wollte ich mir das überhaupt noch anhören?

Burrittobrand

Ich hatte also ungeklärte Verhältnisse, die auf den ersten Blick nicht jedem klar waren. Aber wann war meiner Oma schon je etwas Offensichtliches aufgefallen? Dass ich aber heute noch dazu kommen könnte, meine Verhältnisse zu klären, kam sehr plötzlich.

Eigentlich hatte ich mir einen Selfcare-Abend gönnen wollen, mit selbstzubereiteten Burritos und einem Schaumbad danach, um mir in Ruhe einen Plan zu überlegen, mit Sandra ein letztes, klärendes Gespräch zu führen.

Und dann hatte Sandra sich selbst angekündigt, wie immer völlig unerwartet, genau nach ihrem eigenen Gusto. Na ja, und dann kam sie einfach nicht.

Immer wieder starrte ich von meinem Handy zum Ofen, der pflichtbewusst das Abendessen warm hielt.

»Wo bleibt sie denn nur?«, fragte ich Akiko, die sich inzwischen zu mir gesellt hatte und mit schief gelegtem Kopf vom Ofen zu mir hochsah. Akiko hatte natürlich keine Antwort darauf. Eigentlich lag sie nur auf der Lauer, in der Hoffnung, ein paar Essensreste zu bekommen. Oder vielleicht gleich die ganze Mahlzeit.

Die letzten vierzehn Tage waren stressig gewesen. Sandra hatte die Ausstellung aus dem Boden gestampft und obwohl sie so betont cool getan hatte, als würde ihr nichts daran liegen, hatte sie sich doch viel Zeit dafür genommen. So viel Zeit, dass wir nicht mehr über etwas anderes gesprochen hatten, wenn wir überhaupt gesprochen hatten. Fast hoffte ich darauf, dass Sandra mich über die Ausstellung hinweg vergaß, sich nie wieder meldete und wir einfach mit unseren eigenen Leben weitermachen konnten. Ich hatte noch nie mit jemandem Schluss gemacht, mit dem ich noch überhaupt nicht zusammen gewesen war, weswegen ich mir auch doof vorgekommen wäre, ihr eine Nachricht zu schreiben. Das musste ich schon persönlich machen. Aber die Zeit hatte mir auf jeden Fall noch mal gezeigt: Die Flamme war erloschen. Und meine Kerze war geradezu erkaltet.

Ihr generelles Interesse an meinem Leben – oder an meinem Umfeld – war ziemlich mau. Obwohl sie Kati für ihr erstes Date gecoacht hatte, hatte sie bisher kein einziges Mal nachgefragt, wie es denn gelaufen war. Vielleicht war das nicht weiter von Belang. Aber die Dinge, die nicht wirklich passten, summierten sich. Und ich hatte immer weniger Energie, alles passend zu machen. Natürlich auch, weil Bri ihr Interesse so stark bekundet hatte, dass ich ohne Argumente dastand. Was hielt mich denn noch auf, mit Bri glücklich zu werden? Genau dieses Gespräch.

Zu sagen, ich wäre frustriert, wäre die Untertreibung des Jahrhunderts gewesen.

Noch dazu hatte Sandra mich weiterhin wie ein schmutziges Geheimnis behandelt, indem sie mich gar nicht erst zu dem Ausstellungsprogrammpunkt eingeladen hatte, zu dem ihre Eltern gekommen waren. Früher hätte ich mir noch versucht einzureden, dass es an der sowieso schon schwierigen Situation ihrer geschiedenen Eltern lag. Aber auch nur, um ein wenig restlichen Selbstwert zu behalten. Jetzt aber wusste ich ganz genau, dass es eigentlich egal war, weil ich ihre Aufmerksamkeit ohnehin nicht länger wollte.

Während Sandras Abwesenheit war ich einmal mit meiner Mutter bei der Ausstellung gewesen: eine ganz schön egozentrische Ansammlung von Selbstporträts, sowohl gemalt als auch fotografiert, dazu Videos von expressiven Tänzen und Skulpturen. Die Mimik meiner Mutter hatte verraten, wie sehr sie sich zusammenreißen musste, um lobende Worte zu finden. Wir hatten dort Kasimir getroffen, hingerissen von dem doch sehr krassen Selbstbezug in Sandras Ausstellung. Bei so viel Affektiertheit war es wirklich kein Wunder, dass auf Marleens Grillparty damals die Fäuste geflogen waren.

Endlich klingelte es. Ich atmete noch mal tief durch. Jetzt war es so weit. Ich würde das durchziehen. Das mit Sandra und mir hatte keine Zukunft und ich würde es hier und heute beenden. »Ich habe tolle Neuigkeiten!« Sandra strahlte von einem Mundwinkel zum anderen, ein Anblick, der mir vor einiger Zeit noch Beine aus Pudding beschert hatte. Jetzt spürte ich nur noch eine vage Erinnerung daran.

»Komm doch erstmal rein.« Ihre gute Laune verunsicherte mich ein wenig, aber sie hörte sowieso nicht auf mich und plapperte gleich weiter.

»Ich habe bis eben die Ausstellung abgebaut und plötzlich kam da diese Frau rein.« Sandra machte ein Gesicht, als hätte sie Angelina Jolie getroffen.

»Hmm.«

»Lena de Reus.«

»Lena de Reus? Die Frau von … Richard de Reus?« In meinem Kopf hallten noch Vronis Flüche nach. Zumindest konnte ich nun Sandras verzückten Blick nachvollziehen.

»Genau! Sie meinte ernsthaft zu mir, dass das einzig Gute daran, dass ihr Mann in dieser todlangweiligen Gegend alles aufgekauft hätte, wäre, meine Werke entdeckt zu haben!« Wieder dieses Strahlen in ihrem Gesicht.

Todlangweilig hätte wahrscheinlich auch Lenas O-Ton gewesen sein können. Das schloss ich zumindest aus meiner Begegnung mit ihr. Aber es klang auch nach Sandras alter Leier, ihrer Aversion gegen diesen Ort.

»Lena hat auf mein Zeitraffervideo gezeigt, es mit meinem langzeitbelichteten Bild verglichen und gesagt: ‚In Konfrontation dazu haben wir hier eine eher progressive Position, die sich zwar grundlegender Techniken bedient, diese in ihrer Umsetzung aber neu verwendet' – sagenhaft, oder? Sie hat genau verstanden, was ich erreichen wollte!«

»Absolut sagenhaft.« Ich nickte ungeduldig. Mir brannten dringendere Themen unter den Nägeln als die x-te Lobeshymne auf Sandras Kunst.

»Sie möchte, dass wir uns bei ihr in Münster treffen und ich ihr mein Konzept vorstelle! Sie ist gewillt, in großem Stil zu kaufen und mich weiterzuempfehlen! Ist das nicht großartig? Vielleicht stelle ich bald im Norden aus!« Sandra lief aufgeregt auf und ab. Es war merkwürdig, zu beobachten, wie sich die sonst so coole Frau von Welt benahm wie ein Kind, zu dem die Zahnfee gekommen war.

»Das ist toll«, sagte ich knapp, um keinen neuen Redeschwall anzustoßen, und ignorierte damit, was Lenas Mann Vroni antat. Ich wusste, dass er sie ziemlich unter Druck setzte. Es war eine verlockend hohe Summe, die er ihr für das *Samba* bot. Und sie war gezwungen, zu entscheiden, ob ihr Lebenswerk diese Summe wert war.

Klar, dafür konnte Lena selbst nichts. Ich tippte bei ihr auf erfolgsorientierten Steinbock. Möglicherweise bi-curious und daher so begeistert von Sandras Arbeiten. Wie sie wohl gucken würde, wenn sie merkte, dass Sandra kein Atelier hatte, nur die Küche ihrer verstorbenen Tante …

»Ich werde mich morgen sortieren und Sonntag losfahren«, sagte Sandra aufgeregt.

Okay. Das machte dieses Gespräch jetzt wirklich unausweichlich, denn noch mal würde ich nicht ewig auf meine Chance warten, auch einmal etwas zu einem Gespräch mit Sandra beizutragen. Und zwar die Trennung.

»Vorher würde ich gerne noch mit dir reden. Ich –«

»Ja, ich weiß, es ist Freitag und du willst irgendwas zusammen am Wochenende machen, aber ich finde, wir sehen uns wirklich ausreichend oft.«

»Und genau das ist das Problem: Das finde ich nämlich nicht.« Mein Herz raste und es wurde auch nicht besser, als Sandra mich irritiert ansah.

»Wir sollen uns noch öfter sehen?«

Allein ihr Tonfall machte dies zu einem unglaublich unbehaglichen Moment. Wie hatte ich nur je davon ausgehen können, dass das mit uns etwas anderes war – oder etwas anderes werden könnte – als eine Situationship?

»Nein. Eigentlich brauchen wir uns gar nicht mehr zu sehen.«

Sandra lachte auf. »Findest du das nicht etwas theatralisch?«

»Absolut nicht. Wir haben uns von Anfang an unterschiedliche Dinge von dieser Beziehung versprochen und ich war lange zu blind oder zu feige, um das zu erkennen. Ich möchte nicht nur ein netter Zeitvertreib sein, der dir auf Abruf zur Verfügung steht. Ich möchte eine Beziehung auf Augenhöhe. Eine Liebesbeziehung.«

Und vielleicht wollte ich das alles zu sehr. So sehr, dass ich mich auf Sandra eingeschossen hatte, weil ich sie nicht gekannt hatte und mir meine eigene schöne Bilderbuchzukunft mit ihr ausmalen konnte.

Dabei war Sandra nie der Mensch gewesen, den ich in ihr gesehen hatte.

»Ach, Fredi.« Sandra klang beinahe mitleidig. »Ich wusste ja gar nicht, dass du so eine Romantikerin bist.«

»Genau. Weil du eine ganze Menge nicht über mich weißt. Weil es dich nicht interessiert.«

»Und was genau soll das jetzt heißen? Machst du mit mir Schluss?« Den letzten Teil setzte sie in höhnische imaginäre Anführungszeichen. Offenbar fand sie die Vorstellung genauso lächerlich wie die Idee einer festen, glücklichen Beziehung.

»Ja. Wenn du es so ausdrücken willst.«

Sandra schnaubte. Es klang fassungslos. »Es hat noch nie jemand mit mir Schluss gemacht.«

»Tja. Irgendwann ist immer das erste Mal.« Mein Herz raste. Es war, als würde ich mich von außen betrachten können. *Wow, Fredi!*

Jetzt war ich froh, dass wir noch nicht viel weiter in die Wohnung vorgedrungen waren, denn nun musste ich nur noch einen Schritt zur Tür zurück machen und sie wieder aufziehen. Aus Richtung der Küche roch es inzwischen leicht verbrannt.

Sandra blickte zwischen der offenen Wohnungstür und mir hin und her und schüttelte den Kopf.

Nichtsdestotrotz ging sie. Mit einer Mimik und Gestik, die unmissverständlich ihre Missbilligung ausdrückte.

Ich hatte es ihr nie recht machen können, schon gar nicht damit, sie zu verlassen. Aber schon Taylor Swift hatte gesagt, man muss verlassen, bevor man verlassen wird. Ich blieb noch einen Moment stehen, bis ich ihre Schritte auf dem Flur nicht mehr hörte. Dann rannte ich in die Küche, bevor der Rauchmelder losging.

Diesen Selfcare-Abend hatte ich mir sicherlich anders vorgestellt … aber es war auch eine Form von Selfcare gewesen.

Bevor ich dazu kam, mir den Kopf zu zermartern, ob ich mich direkt bei Bri melden sollte, stand Kati mitten in der Nacht vor meiner Tür.

»Was machst du denn hier?«, fragte ich verwirrt. Ich hatte mich eigentlich schon mit Akiko eingekuschelt, bereit, diesen Abend Revue passieren zu lassen und mich zu fragen, was es wohl für ein Licht auf mich warf, direkt zu Bri zu laufen, als es geklingelt hatte. Ich fühlte mich so frei, keine zwickenden Dessous mehr tragen zu müssen, aber sacken lassen musste ich diese lange aufgeschobene Trennung doch noch. Bis auf meine Zahnbürste lag nichts mehr bei Sandra rum. So gab es keinen Grund, sie wiederzusehen, aber noch mehr Beweise für unsere Situationship; eine Beziehung von vornherein zum Scheitern verurteilt.

Nachdem Kati mich nur anstarrte, ging ich zurück ins Schlafzimmer, und sie folgte mir wie ein Geist.

»Hey.« Genauso leise, wie sie sprach, ließ sie ihre Handtasche auf meinen flauschigen rosa Teppich sinken.

Akiko schwänzelte um Kati herum, in freudiger Erwartung eines Snacks, den sie nie bekam. Während sie Katis Handtasche beschnüffelte, schlüpfte Kati aus ihren weißen Turnschuhen und wir krabbelten ins Bett unter die lavendelfarbene Decke. Ansonsten hatte ich mich mit den Farben in meinem kleinen Schlafzimmer wirklich zurückgehalten: weiße, cleane Möbel, Modeaufnahmen in Schwarz-Weiß, natürlich durfte das altbekannte »Prada Marfa«-Plakat aus *Gossip Girl* nicht fehlen. Und eben meine aus allen Ecken und Enden platzenden Kleiderstangen und Regale. So starrten wir eine Weile darauf und ich überlegte, ob ich aufstehen sollte, um meine herausgefallene Fake-Fellweste aufzuheben. Was war nur los mit Kati?

Es musste an Linda liegen, das war mir sofort klar. Das zwischen Kati und Linda war abgegangen wie eine Rakete. Linda hatte zum ersten Date einen Strauß wunderschöner

Blumen mitgebracht, eine Geste, die Kati hatte dahinschmelzen lassen.

Linda hatte Kati aus ihrer Komfortzone gelockt – so gut es eben möglich war. Heute Abend waren sie eigentlich zum Essen verabredet gewesen und das nicht zu Vroni in die Wirtschaft.

Ich hatte mich sehr für Kati gefreut. Sie war so lange Single gewesen, dass sie es absolut verdient hatte, so auf Händen getragen zu werden, wie Linda es tat.

Da Kati aber nicht mit der Sprache rausrückte, beschloss ich, ihr erst einmal die Neuigkeit zu erzählen: »Ich habe mich von Sandra losgeeist!«

»Ah ja?« Kati wirkte ein wenig aus ihrer Schockstarre gelöst, aber immer noch, als wäre sie gar nicht richtig da. Akiko sprang zu uns ins Bett und legte ihren Kopf auf Katis Bein.

»Ich hätte schon nach unserer ersten Nacht etwas sagen sollen … Als sie mich behandelt hat wie ein kleines Kind, nur weil ich keine Erfahrung mit Toys hatte.« Ich hatte immer gedacht, sie schämte sich für mich. Und dass ich ihren hohen Ansprüchen niemals gerecht werden könnte. Aber niemand konnte das.

»Das wollte ich dir die ganze Zeit klarmachen. Du bist nicht die Person, die sie sucht. Vermutlich sucht sie eine Kopie ihrer selbst, mit der sie glücklich werden kann. Aber das weiß man ja vorher nicht. Und niemand verurteilt dich dafür, dass du es trotzdem versucht hast.«

»Ich habe Angst, dass es mir mit Bri nicht anders gehen wird«, gab ich zu.

Und da rückte Kati endlich mit der Sprache raus. »Ich habe das mit Linda versaut.«

Ich begann, durch Katis Haar zu streichen. »Wie genau?«

»Ich habe ihr gerade gesagt, dass ich sie liebe, und sie hat mich nur völlig entgeistert angesehen. Ich bin dann direkt gegangen.« Tränen liefen Kati in einem dünnen Rinnsal die Wangen hinab.

»Du hast nicht abgewartet, was sie zu sagen hat?« Ich war schockiert und gleichzeitig übermäßig hingerissen von meiner plötzlich so selbstbewussten Kati – wenngleich sie sich vor ihrer eigenen Courage zu fürchten schien.

»Na, das kann ich mir ja denken – schließlich ist es mir rausgerutscht, so einfach ist das. Ich war damit viel zu voreilig und habe mich nach dem Sex hinreißen lassen, meine Gefühle auszusprechen.« Katis Stimme brach fast. »Ich werde für immer allein bleiben.«

Ich legte meinen Kopf zurück auf ihre Schulter und umarmte sie fest. »Ach, Kati!«

Kati schniefte.

»Ich war einfach so … hin und weg … ihr Lippenpiercing … war so …« Sie konnte nicht mehr weitersprechen und ich zog sie tröstend in meine Arme.

»Aber vielleicht findet Linda es auch gar nicht schlecht? Julia Roberts gesteht Richard Gere in *Pretty Woman* in der vorletzten gemeinsamen Nacht auch, dass sie ihn liebt. Ihr kennt euch sogar schon länger als die beiden.«

Kati stöhnte frustriert auf. »Julia Roberts kommt aber auch mit allem durch!«

Im *Ratskeller* zu essen war eine recht zugige Angelegenheit. Aber er war quasi unsere Kantine. Diese typische Ratsklause war viel zu eng, zu kalt, zu laut. Seit zwanzig Jahren lagen dieselben ehemals blitzweißen Tischdecken auf den klobigen Holztischen. Ich besuchte diesen Ort selten, da ich zumeist mit Kati zu Abend aß und mittags dann auf eine große Mahlzeit verzichtete. Aber da Kati sich immer noch wegen der Sache mit Linda fertigmachte und daher appetitlos all ihre Vronibesuche unter der Woche abgesagt hatte und lieber im Bett blieb, hatte ich heute keine andere Wahl. Das ganze Wochenende hatten wir mit Selfcare verbracht, also Netflix.

Noch während ich die letzten Bissen meines Salats zu mir nahm, trat der Bürgermeister zusammen mit dem Kämmerer-Karl ein. Es kostete mich ein Übermaß an Selbstbeherrschung, nicht die Augen zu verdrehen. Konnte ich nicht mal mittags meine Ruhe haben?

Da die Wirtschaft proppenvoll war, steuerte der Bürgermeister selbstsicher auf mich zu.

»Sie sind ja schon fertig mit Essen, Frau Gröblehner, nicht wahr?«

Es war nicht das erste Mal, dass der Bürgermeister auf diese Weise einen Tisch ergatterte, da niemand große Lust auf Konfrontation mit seinem Chef hatte.

Auch ich bildete da keine Ausnahme und ließ die Gabel sinken, obwohl ich am liebsten schnippisch geworden wäre. »Natürlich«, sagte ich, während ich dachte: *Was bildet er sich eigentlich ein – und warum feixt der Kämmerer-Karl so blöd vor sich hin?*

Da ich schon gezahlt hatte, verschwand ich schnell und grußlos. Draußen in der Sonne angekommen, beschloss ich, meine verbleibende Mittagspause dafür zu nutzen, mir an der frischen Luft ein wenig die Beine zu vertreten.

Doch mein Plan scheiterte. Der Wagen des Bürgermeisters parkte wie immer in der Feuerwehreinfahrt. Wobei er heute Morgen noch gesagt hatte, ich sollte ihn wegfahren – und mich dann mit seinem Schlüssel beworfen hatte. Wegen meines Schriftverkehrs mit der Wasserwacht war mir das allerdings bis jetzt durchgerutscht.

Seufzend kramte ich in meiner Handtasche nach seinem Autoschlüssel. Erledigte ich das eben jetzt schnell.

Doch als ich einstieg und den Motor startete, sank meine Laune rapide. Was war heute nur für ein Tag? Die Kontrollleuchte des Ölstands blinkte mich kampflustig an.

Ich hatte zwei Möglichkeiten: sie ignorieren oder mich darum kümmern. Aber wenn ich sie ignorierte ... musste ich mich spätestens morgen darum kümmern. Oder noch schlimmer, heute Abend, und ich war mit meiner Mutter zur Yogastunde verabredet.

In diesem Moment klopfte es an die Scheibe. Ich schrak zusammen und fuhr herum.

»Oh Gott, du hast mich zu Tode erschreckt!«, rief ich und ließ das Fenster herunter, als ich Bri erkannte. Nicht dass sich dadurch mein Herzschlag wesentlich verlangsamt hätte, eher im Gegenteil. Seit unserem Gespräch in Bris Auto hatten wir uns nicht mehr gesehen und jetzt war ich offiziell von Sandra weg. Meine Verhältnisse waren geklärt. Und meine Erinnerungen an diesen Kuss noch sehr lebendig.

»Du stehst in der Feuerwehreinfahrt.«

Ich blinzelte. Und wieder hatte der Bürgermeister es doppelt und dreifach geschafft, mir den Tag zu versauen. So gerne hätte ich mir die Zeit genommen, mich in ihren traumschönen blauen Augen zu verlieren – aber selbstverständlich durfte sie ihre Aufgabe nicht aus ebendiesen verlieren. Ich war so hin und weg von ihr, aber ich hatte auch keine Lust, mich noch länger mit dem Wagen des Bürgermeisters zu befassen. »Also erstmal stehe nicht *ich* in der Feuerwehreinfahrt, sondern mein Chef ...«

»Du befindest dich im Auto. In der Feuerwehreinfahrt«, erwiderte Bri seelenruhig.

»Okay, also, zweitens, ich wollte es gerade wegfahren ...« Ich stoppte mitten im Satz, weil mir eine gute Idee kam. Wenn sie schon einen auf Polizistin machen musste … »Sag mal, könntest du mir helfen? Die Öl-Kontrollleuchte blinkt mich da so gefährlich an und ich weiß wirklich nicht, was ich tun soll.«

»Habt ihr denn Motoröl?«

Begeistert erwiderte ich: »Beim Parkplatz vom Bürgermeister im Hof, ja!« Nebst Utensilien, um den Wagen zu putzen, wenn der Bürgermeister wieder einmal einen Praktikanten dazu verdonnerte.

»Ich bin eigentlich gerade an diesem Hundevergifterfall dran, aber … lass uns das mal eben machen.« Bri umrundete das Auto und stieg auf der Beifahrerseite ein, während ich das Fenster wieder hochfahren ließ.

Als sie neben mir saß, begann meine Haut am ganzen Körper zu kribbeln. *Ganz ruhig, Fredi, ihr habt sogar schon einmal gemeinsam in einem Auto gesessen – und euch geküsst.* Ich versuchte, den Gedanken aus meinem Kopf zu vertreiben, aber stattdessen erinnerte ich mich an die zarte Berührung ihrer Lippen an meinen und ich hatte Schwierigkeiten, mich zu konzentrieren.

»Ach, äh, da gibt's Neuigkeiten?« Nicht dass es mich nicht interessierte, aber eigentlich wollte ich am liebsten mit *meiner* Neuigkeit herausplatzen. Egal, was es für ein Licht auf mich warf. Ich hatte mir den Kopf darüber zerbrochen, ob ich Bri anrufen sollte, um sie upzudaten und vielleicht um ein Date zu bitten, aber jetzt sahen wir uns ja zufällig. Jetzt hinter dem Berg zu halten, wäre doch wirklich mehr als sonderlich.

»Gestern Nacht hätte es fast den Chihuahua von der Neuer erwischt. Ich konnte am Tatort gerade einen Schuhabdruck sichern … und wollte jetzt auf der Wache recherchieren, ob ich mit meiner Vermutung diesbezüglich recht habe.«

Ich fand es wahnsinnig imponierend und sexy, wie souverän sie in diesem Fall agierte.

»Die da wäre?«, fragte ich, während ich den Wagen in den Hof Richtung Parkplatz meines Chefs steuerte. Meine Handflächen wurden schon ganz schwitzig, so nervös war ich inzwischen.

»Es müsste sich um einen Laufschuh handeln. Meiner sieht so ähnlich aus«, sagte Bri und stieg aus, sobald ich das Auto geparkt hatte.

Ich stieg ebenfalls aus und beobachtete, wie Bri sich an der Motorhaube zu schaffen machte. Ihre Muskeln zeichneten sich unter dem dunkelblauen Stoff ihres Uniformhemdes ab. Es machte mich sehr an, wie geschickt Bri dabei war, festzustellen, ob Öl nachgefüllt werden musste.

»Ich ...« Ich räusperte mich, weil meine Stimme etwas belegt klang. »Ich finde es übrigens toll, dass du mir schnell hilfst. Trotz Schuhabdruck und so meine ich. Danke.«

»Ist doch klar.«

Um nicht weiter rumzustehen und sie anzugaffen, holte ich vorsorglich den Ölkanister und reichte ihn ihr. »Hier. Und ich wollte dir noch sagen ... die Verhältnisse sind geklärt.«

Bri zog ihren Kopf unter der Motorhaube hervor, sodass sie mir plötzlich und unerwartet sehr nah war, als sie den Kanister entgegennahm. Obwohl wir uns in der Öffentlichkeit befanden, schützten uns die geöffnete Motorhaube und die Wand hinter uns vor unliebsamen Blicken. Der Hof war menschenleer.

»Also ...« Bris Zögern war kaum wahrzunehmen und verriet gleichzeitig so viel. Vielleicht hatte sie doch keine Nerven wie Drahtseile. Zumindest jetzt gerade nicht. »Ach ja?«

»Ja. Es lief ja schon länger nicht mehr ganz rund bei uns, ich hab's nur nicht zugeben wollen. Ich wollte ... na ja, dass es funktioniert. Und dabei habe ich irgendwie übersehen, dass Sandra ganz andere Dinge will als ich.«

»Wenn's nicht passt, dann passt es nicht.«

Ich nickte. »Ja.« So einfach, so simpel.

Bri hatte genug Öl nachgefüllt und schraubte den Kanister wieder zu, bevor sie ihn auf dem Boden abstellte und mich ansah. Irgendwie sehr intensiv. Mir stockte der Atem und mein Herz raste. Ein nervöses Lachen stieg in meiner Brust auf und ich machte eine wegwerfende Handbewegung.

»Aber, hey, andere Mütter haben auch schöne Töchter.«

Bri hob die Augenbrauen. »Du findest Sandra also hübsch.«

Ich riss die Augen auf. »Äh, was? Ja, schon, aber …« *Verdammmmt!* »Damit habe ich eigentlich dich gemeint.«

Bri lächelte ein absolut bezauberndes Lächeln. »Ich weiß.«

Meine Haut prickelte, als mir ihr Blick aus blauen Augen durch und durch ging.

Und dann küsste sie mich.

Der erste Moment, in dem ich ihre Lippen endlich richtig auf meinen spürte, war wie ein Donnerschlag. Meine Hände fanden schnell den Weg in ihr aschblondes kurzes Haar, während sie meine Hüften umfasste.

Erst knabberte Bri vorsichtig an meiner Unterlippe, dann setzte sie einen etwas fordernden Biss, der mir fast ein Stöhnen entlockt hätte. Als Antwort sog ich an ihrer Oberlippe.

Und dann war es genauso schnell vorbei, wie es begonnen hatte.

Ihre Stimme klang rau, als sie sagte: »Bubi und Wastl wurden beide an Orten vergiftet, die man nur zu Fuß erreichen kann – genauer gesagt, die beliebte Strecken für Jogger sind. Wenn sich mein Verdacht mit dem Laufschuh erhärten sollte, werde ich gleich eine Liste mit allen Läufern dieser Stadt erstellen und danach die streichen, die Hunde halten. Das ist der Vorteil an unserem Blumenbad, wo jeder jeden kennt.«

Der abrupte Themenwechsel irritierte mich. Hätte ich sie lieber nicht zurückküssen sollen? Hatte ich etwas falsch gemacht – war ich zu ungestüm gewesen?

»Oh. Okay.« Ich war immer noch verwirrt. Gleich? Was meinte sie mit gleich? Wollten wir nicht, also … ich hätte nichts dagegen, Bri noch etwas länger zu küssen. Auch wenn das ebenfalls in meine Arbeitszeit fiel.

»Sorry«, murmelte Bri, der meine Verwirrung natürlich nicht entgangen war. »Ich stehe wirklich kurz davor, diesen Fall zu lösen, aber wenn du mich so küsst …« Sie ließ den Satz in einem vielsagenden Schulterzucken enden.

Hitze durchströmte mich. Offenbar fiel es Bri genauso schwer wie mir, bei der Sache zu bleiben, wenn wir uns so küssten.

»Verstehe. Erst die Arbeit, dann das Vergnügen.«

Bri nickte knapp. »Aber wenn du möchtest, nehme ich dich mit zur nächsten Beschattungsaktion.«

Ich legte den Kopf schief. »Darfst du das überhaupt? Hast du nicht mal gesagt, ich solle mich raushalten?«

Sie zuckte mit den Schultern, bevor sie die Motorhaube schloss. »Giovanni ist wenig motiviert, was die zusätzlichen Überstunden betrifft, und du bleibst einfach im Auto, wenn es brenzlig wird.«

»Tja, dann …« Ich grinste sie an und wagte einen nonchalant unbeholfenen Flirtversuch. »Ist Küssen bei Beschattungen erlaubt? Oder lenkt das zu sehr ab?«

Statt einer Antwort hob sie nur kurz die Hand zum Abschied, aber um ihre Mundwinkel spielte ein Schmunzeln. »Also, bis dann, ja?«

Ich sah ihr hinterher, immer noch vor mich hin grinsend. Das hatte sich ja fast nach einer Verabredung zu einem Date angehört.

Auf Bri-Art.

»Warum hast du nie mit Toys herumexperimentiert?«, hatte Sandra mich damals gefragt. Jetzt, als ich die online bestellten Liebeskugeln auspackte, kam mir die Antwort: weil ich es hasste, Anleitungen zu lesen. Und was sollte das überhaupt heißen, fünfzehn Minuten in Bewegung bleiben? Sollte ich auf die Uhr schauen beim Masturbieren? Oder mir einen Wecker stellen?! Außerdem – wie sexy konnte es bitte sein, dabei ein Band in der Hand zu halten?

Ich atmete tief durch, als würde ich mich auf die Yogamatte legen – legte mich aber stattdessen im Bett auf den Rücken. Ich hatte mir etwas gönnen wollen – so wie andere nach einer Trennung Geld für einen Friseurbesuch ausgaben. Und um mich zu entspannen, weil die Sessions im Fitnessstudio nicht wirklich halfen. Nach diesem Kuss mit Bri schon gar nicht. Selbst meine Mutter schwor auf Yoni-Eier – zur Lösung emotionaler Blockaden, klar. Vielleicht war etwas dran, auch wenn ich mir gar nicht vorstellen wollte, was meine Mutter mit ihren Yoni-Eiern machte … Offensichtlich konnte ich schlecht abschalten, wenn ich im Bett über so etwas nachdachte.

Während ich die Augen schloss, fuhr ich mit einem Finger an meinen Bauch entlang nach unten. Trotz meiner suboptimal kalten Hände war ich ein wenig feucht. Vorsichtshalber nahm ich das Gleitgel aus meiner Nachttischschublade und störte mich nicht mehr daran, das Band der Kugeln festhalten zu müssen, denn nun lag meine Hand ideal auf meiner Klitoris.

Ich stellte mir vor, wie schön es sich anfühlen würde, wenn es Bris Hand wäre …

Und hörte mich stöhnen. Machten mich gerade die Liebeskugeln so scharf oder der Gedanke an Bri? Oder beides? Egal.

In Bewegung bleiben. Kein Problem. Ich rollte mich auf den Bauch, stöhnte in mein Kissen. Ich kam überraschend schnell bei der Vorstellung, wie Bri mich von hinten nahm. Wie sie mir das Top hochschob, meinen Rücken zerkratzte und dabei ihre Hand über meinen Po wandern ließ …

Schließlich lag ich erschöpft und zitternd auf der Seite und zog die Liebeskugeln langsam aus mir heraus. Mit einem *Plopp* fielen sie wohlig körperwarm in meine Handfläche.

Verdammt, es hatte sich gelohnt, über meinen Schatten zu springen.

Und ich wollte das zukünftig immer wieder machen.

»Was würdet ihr davon halten, wenn ich die Gerichte etwas teurer mache?«

»Hattest du Frank Rosin zu Besuch?« Ich hob eine Augenbraue, doch Vroni sah mich bloß erwartungsvoll an. Also nickte ich zu Kati, die mir gegenübersaß. »Sie zahlt dir vermutlich jeden Preis.«

Obwohl ich das halb im Scherz gesagt hatte, war ich besorgt. Nicht wegen eines möglichen Mangels an Motivation, mich anderweitig mit Nahrung zu versorgen, sondern wegen Katis kompletter Erscheinung. Sie trug ein T-Shirt, auf dem eine Comicvariante von Deadpool abgebildet war. Ob sie krank war?

Na ja, im Grunde war sie das ja wirklich. Liebeskrank eben.

»In Gottes Namen, ich bin einfach am Limit.« Vroni fasste sich an den semmelblonden Haarknödel auf ihrem Kopf. »Dieser Kerl aus Münster lässt nicht locker …«

»Es kommen immer dieselben Gäste. Nicht böse gemeint.«

Kati zuckte nur mit den Schultern.

»Und wenn du dir neue Zielgruppen erschließt?«, fragte ich.

»Wen denn?« Vroni rollte mit den Augen. Sie hatte schon recht, wer jetzt noch nichts mit dem *Samba* anfangen konnte, brauchte sicher einen ganz speziellen Grund, um ins Lokal gelockt zu werden. Mir kam sofort meine angedachte Queer-Party in den Sinn, aber würden wir die hier überhaupt auf die Beine stellen können?

»Wenn ich den TikTok-Kanal unserer Stadt tatsächlich hätte, von dem mein Chef einmal kurz fantasiert hat … dann würde ich ja Werbung machen«, bot ich leicht verzweifelt an. So gerne hätte ich Vroni unterstützt. Und der Bürgermeister wollte ja seine Kultur-Offensive für Blumenbad, egal, wie der Kämmerer-Karl das nun fand. Sein Plan mit Sandras Ausstellung in der VHS war ja auch aufgegangen, im Reporting hatte ich viele Artikel und Beiträge außerhalb Blumenbads wahrgenommen. Zwar war sein Wunsch nach dem TikTok-Kanal nicht ausgereift gewesen, aber vielleicht sollte ich mich wirklich endlich dransetzen, anstatt die ganze Zeit nur von Bris Oberarmen zu fantasieren. Lust hatte ich ja eigentlich auch darauf.

»Wenn ich verkaufen würde, dann wäre ich zumindest nicht mehr so angekettet.«

»Und was willst du dann tun?«, fragte Kati.

»Reisen? Glaube ich?« So richtig überzeugt klang Vroni nicht. Die Kneipe war ihr Leben.

Ich nickte. »Ich habe inzwischen das Gefühl, man muss gar nicht so weit weg, um seine Erfüllung zu finden …«

»Ach wirklich?«, kam es fast gleichzeitig von Kati und Vroni.

Ich wurde beinahe rot.

»Na ja, das Gute kann ja so nahe liegen ... aber das erzähle ich dir nachher.«

Wegen ihrer derzeitigen Situation mit Linda hatte ich nicht sofort die Neuigkeit mit Bri herausposaunen wollen.

In diesem Moment schwang die Tür auf, die ich stets gut im Blick hatte – und herein kam ... Linda. Wenn man von der teuflischen Herzdiebin sprach ...

Da Kati mit dem Rücken zur Tür saß, sah sie nur, wie ich meine Augen weit aufriss.

»Was ist ...?!« Kati runzelte die Stirn.

Dann drehte sie sich zu Linda um – die nun zögerlich zum Tresen ging. Vroni furchte die Stirn, so ein seltener Gast war Linda hier, machte sich aber auf den Weg zu ihr, um ihre Bestellung aufzunehmen. Während sie Lindas Getränk zapfte, rasten meine Gedanken. Ich beobachtete, wie Linda sich mit unsicherer Körperhaltung auf einem der Barhocker niederließ.

»Lass mich mal mit ihr sprechen«, sagte ich und hatte mich schon halb erhoben.

»Fredi, nein, du kannst doch auch nichts tun. Ich bin bescheuert und ich verdiene es, ignoriert zu werden.« Kati blickte starr auf die Tischkante. »Ich muss das jetzt aushalten. Es ist eine kleine Stadt und unvermeidbar, dass wir uns hin und wieder begegnen. Das ist Smallville und ich ziehe ganz bestimmt nicht nach Metropolis.«

»Hör auf, dir einzureden, irgendetwas aushalten zu müssen. Du verdienst es, verstanden zu werden.« Mit diesen Worten machte ich mich auf den Weg zu Linda am Tresen. Irgendwie fühlte ich mich beflügelt. Woher dieser Energieschub nur kam?

»Du bist Linda Pfaffensteiner, gell?«, wiederholte ich ihre Worte, mit denen sie mich im Fitnessstudio angesprochen hatte.

»Ja.« Linda sah mich an, als wäre ich auf den Kopf gefallen. Im Gegensatz zu Katis etwas desolatem Äußeren war Lindas Make-up makellos.

»Bist du nicht die Freundin von Katrin aus der Apotheke?«, sagte ich und trieb es damit auf die Spitze.

»Fredi, das weißt du doch …« Linda seufzte und bedankte sich bei Vroni für ihr Radler.

»Hör mal, sie weiß, dass sie zu voreilig war. Es tut ihr leid. Und vor allem leidet sie. Bist du sicher, dass du es deswegen beenden willst …?« Ich beugte mich näher zu ihr. »Sie ist ein gutes Mädchen, nur manchmal vielleicht etwas unbeholfen, vor allem wenn ihr jemand etwas bedeutet. Wenn du also nur mit ihr spielen willst, halt dich von ihr fern, aber wenn du wirklich etwas in ihr siehst, dann … redet miteinander.«

»Das würde ich ja gerne, aber sie ist einfach weggelaufen – und beantwortet auch meine Nachrichten nicht!«

Ich stöhnte innerlich auf. *Kati!*

»Also servierst du dich selbst auf dem Präsentierteller, weil du weißt, dass du sie hier finden kannst?«

»Eigentlich wollte ich meinen Bruder treffen … aber … ich wollte natürlich auch wissen, ob sie überhaupt hier ist.« Lindas Lautstärke variierte extrem zwischen »Ich will nicht, dass Kati mich hört« und »Ich will auf jeden Fall, dass Kati mich hört«. Und das mehrmals in nur einem Satz.

»Sagen wir es so, es hat eine Weile gedauert, sie wieder aus dem Bett zu bekommen. Sie ist wirklich niedergeschlagen und wollte die ganze Woche das Haus nicht verlassen.«

Wir schauten zu Kati hinüber, die panisch wegsah, als sie unsere Blicke bemerkte. Sehr *smooth*.

»Ich frage mich, ob sie einfach zu unreif ist. Erst das Liebesgeständnis, dann das Versteckspiel«, flüsterte Linda, die sich nun für eine Lautstärke entschieden hatte.

»Sie ist nicht unreif. Ihr liegt nur einfach viel an dir. Und sie könnte es sich auch nicht verzeihen, noch einmal etwas zu sagen, das du schräg finden könntest. Was aber ... definitiv wieder passieren wird, wenn du ihr noch eine Chance gibst.« Ich zwinkerte Linda zu.

»Okay.« Linda sah aus, als ließe sie sich meine Worte durch den Kopf gehen, nur um anschließend entschlossen zu nicken und vom Hocker zu rutschen. »Dann vermute ich mal stark, es stört dich nicht, wenn ich euer Abendessen unterbreche?«

»Keinesfalls.« Ich lächelte zufrieden.

Linda nahm ihr Radlerglas und folgte mir an den Tisch. »Kati, ich denke, wir sollten reden.«

»Das denke ich auch. Es tut mir leid ...« Kati zögerte. »Aber eigentlich nicht wirklich.«

Ich riss meine Augen auf. Was tat meine beste Freundin da? Hatte ich völlig umsonst mit Engelszungen auf Linda eingeredet?

»Ich empfinde wirklich so. Es ist vielleicht früh, aber andere Lesben sind nach dieser Zeitspanne schon zusammengezogen.« Kati sah betreten zur Tischkante.

»Das stimmt.« Ich nickte Kati beipflichtend zu, während mir vor Stolz auf meine langjährige Weggefährtin das Herz in der Brust schwoll. Sie war so viel mutiger als ich.

Nun nickte auch Linda zustimmend, was Kati allerdings nicht sehen konnte, da sie immer noch den abgewetzten Tisch ausgiebig musterte. Sekundenlang entstand ein peinliches Schweigen, ehe sich Linda einen Ruck gab.

»Möchtest du meinen Bruder kennenlernen?« Mit diesen Worten setzte sich Linda neben Kati und erklärte damit das

Thema, das Kati zahlreiche Nächte gekostet hatte, als gegessen.

Hoffnungsvoll blickte Kati zu ihr auf.

Ich grinste und packte meine Tasche. »Dann lasse ich euch mal allein!«

Die letzten Tage waren ruhig gewesen im Rathaus. Die Sommerferien hatten Einzug gehalten und mit ihnen eine geisterhafte Stille. Das störte mich herzlich wenig. Was mich jedoch beschäftigte, war, darauf zu warten, wann die Beschattungsaktion nun endlich stattfand. Oder eher: wann ich endlich Bri wiedersah.

Gut, ich könnte ebenso bei ihr auf der Wache vorbeischauen. Aber ich wollte mich in Geduld üben und ihr nicht nachlaufen. Sie gab mir keinen Zweifel daran, dass wir uns wiedersehen würden.

Gab es etwas, was ich bei Bri unbedingt anders machen sollte als bei Sandra?

Ich schüttelte den Kopf. Es gab einfach kein Handbuch für die Liebe. Wenn doch, ich hätte es sicher mehrfach gelesen. Und mir dabei durchaus angemaßt, den einen oder anderen Satz umzuschreiben.

Außerdem kannten Bri und ich uns jetzt schon seit einer Weile. Eigentlich schon ewig. Was vorher für mich eine Red Flag gewesen war, wirkte nun wie die perfekte Ausgangssituation, meinem Status als letztes Singlegirl auf Erden Goodbye zu küssen!

Wegen meiner kreisenden Gedanken wäre mir eine Beschäftigung sehr gelegen gekommen. Ich kaute auf meinem Stift – und tatsächlich auch auf einer Idee herum. Was, wenn ich den TikTok-Kanal einfach machte, wenn der Bürgermeister ohnehin nur darüber nachdachte?

In diesem Moment schickte mir mein Vater eine Nachricht mit einem Emoji, das Fußball spielte. Ich runzelte die Stirn, während mir das Handy anzeigte, dass er weiterschrieb. Konnte sich ja nur um Stunden handeln. Kurz darauf kam eine Erklärung zu seinem gesendeten Emoji. Ein Video vom Fußballplatz.

Die Sonne schien gerade herrlich vom Himmel und die Spielerinnen, die in grünen Trikots trainierten, sahen aus wie griechische Göttinnen. Das Video wirkte umso ikonischer, weil man die Gesichter der Damen nicht erkannte – mein Vater hatte zufällig ein sehr künstlerisches Video gedreht.

Ich nahm es als Zeichen des Schicksals – und richtete den TikTok-Kanal ein. Ganz offiziell inoffiziell.

Mit ungekannter Aufregung in Bezug auf meine Arbeit fügte ich das kurze Video hinzu und legte einen bekannten Sound darum. Im nächsten Schritt der Text dazu.

Die Blumenbader Damen machen sich bereit für die neue Saison. Wen seht ihr im Sturm? #Blumenbad

Und dann wartete ich. Mein Blick wanderte abwechselnd vom Computer zum Handy und wieder zurück. Als mein Handy schließlich Töne von sich gab, hatten diese aber nichts mit der beliebten Social-Media-Plattform zu tun.

»Bri?«, rief ich laut aus, obwohl meine Tür offen stand wie immer. Gut, dass heute sowieso kaum jemand im Rathaus war, sonst würden mich spätestens jetzt auch alle für urlaubsreif halten.

Ich war so aufgeregt, dass ich ihre Nachricht hastig und leise vorlas: »Das Untersuchungsergebnis des präparierten Wurstköders ist aus dem Labor zurückgekommen … Hilft leider gar nicht weiter … Rattengift kriegt man überall.«

Oh. Hieß das, unsere gemeinsame Beschattungsaktion war abgeblasen? Ob ich einen Kinobesuch vorschlagen sollte – der war auch weniger gefährlich?

Und dann schrieb sie erneut. Atemlos las ich vor: »Ich möchte mich trotzdem auf die Lauer legen. Du bist ja noch dabei?«

»Ist der indische Pfarrer katholisch?«, murmelte ich, während ich genau das tippte.

Die nächste Nachricht, die mein Smartphone erreichte, war dann tatsächlich ein TikTok-Kommentar: *Carina ist nicht nur meine beste Freundin, sondern auch die Beste auf dem Feld!*

Ich war fast erschrocken. Gut, es beantwortete nicht wirklich meine Fragen, weder die an die Followerschaft noch die, die ich mir wegen Bri stellte – aber es gab wirklich Leute mit TikTok-Account in dieser Stadt.

Ich war mir nicht ganz sicher, was der offizielle Dresscode für eine Beschattungsmaßnahme war, aber ich hatte mich für einen schwarzen engen Rollkragenpulli entschieden – gleichzeitig angemessen und angemessen sexy. Alles andere – wie mein schillerndes CSD-Outfit beispielsweise – wäre ja auch zu auffällig gewesen.

Das Haus der Müllers war eins der neueren in der Gegend. Es wirkte fast stolz und erhaben mit seiner braunroten Fassade, die zum Namen der Straße passte. Burgunderweg. Es war eine saubere Straße in Blumenbad, unweit von Sandras Haus. Ordentliche Gärten. Obwohl die nahe gelegene Grundschule das eine oder andere Schokopapier am Boden zur Folge hatte – oder Kaugummi, das hin und wieder am Boden klebte.

Und dann war da noch die Hundewiese, die nicht ganz so sauber war. Ich war hier oft mit Akiko – und mir natürlich nie zu schade, die Spuren meines Haustieres zu beseitigen, während ich wahlweise nach Akiko rief oder mit dem Bürgermeister telefonierte. Andere Hundehalter waren da weniger rücksichtsvoll.

Heinz Müller kannte ich, weil er seit Jahren für eine Laufveranstaltung kämpfte. Die Strecke sollte von Blumenbad nach Rapshöh führen. Er scheiterte an unserem Bürgermeister, der keinen Sinn in einer Sportart sah, die nichts mit Bier zu tun hatte. Und auch der Bürgermeister von Rapshöh war nicht an einer gemeinsamen Sache mit Blumenbad interessiert, vermutlich das erste Mal, dass die beiden sich einig waren.

»Aber wir können natürlich alkoholfreies Bier ausschenken«, hallte Heinz Müllers verzweifeltes Argument in meinem Kopf nach.

Außerdem kämpfte Heinz Müller seit Fertigstellung seines Hauses dafür, dass die Grundschule verlegt werden sollte, immer unter dem Deckmantel der Kinderfreundlichkeit, dass die Kleinen woanders mehr Platz zur Verfügung hätten. Wo auch immer dieses »woanders« hätte sein sollen – seiner Vorstellung nach vielleicht in der Wüste Gobi.

Während ich so neben Bri im Auto saß, fragte ich mich, ob er nicht einfach bloß Kinder hasste. Und Hunde. Das Profil des Laufschuhs und die räumliche Nähe machten ihn immerhin zum Hauptverdächtigen im Hundevergifterfall.

Bri hatte ihre Dienstuniform gegen Bluejeans und eine graue Lederjacke über einem dunkelblauen V-Neck-Shirt eingetauscht, das ihre blauen Augen betonte. Eine Hand hatte sie ums Lenkrad gelegt, mit ihrem Daumenring klopfte sie einen unregelmäßigen Rhythmus. Es würde mir ganz schön schwerfallen, mich auf die heutige Mission zu konzentrieren, wenn Bri weiterhin so zum Anbeißen aussah.

Meine heutige Mission war natürlich die Observation des potenziellen Hundevergifters. Etwas anderes würde darüber hinaus sicher nicht passieren. Dafür waren wir beide viel zu nervös, was nur zum Teil daran lag, eventuell kurz vor der Lösung des Falls zu stehen. Schon die Begrüßung war eher knapp und verhalten ausgefallen – ohne Kuss, leider.

Auf ihr angespannt klingendes »Hi« hatte ich gerade noch rechtzeitig meine instinktive Antwort, die nichts anderes als eine Fluchtreaktion gewesen wäre, runterschlucken können: »Oh, du, sorry, ich habe vergessen, dass ich noch eine Lasagne im Ofen habe, tschühüss!«

Offenbar wusste keine von uns, wie sie sich angesichts dieser Mischform aus Date und hochoffizieller Beschattung zu verhalten hatte. Oder beim Übergang von Kneipenfreunden zu … mehr.

Also starrten wir schweigend in die Dämmerung. Wir hatten einen guten Blick auf das Müller'sche Haus sowie die Hundewiese. Auf Bris Schoß ruhte eine Profikamera. Ihr Drumsolo endete.

»Ich hoffe wirklich, wir können dem ein Ende setzen. Ich checke Akikos Pupillen am Tag inzwischen öfter als Instagram«, sagte ich in die Stille hinein, weil ich es doch nicht lassen konnte. Nicht dass sie unangenehm gewesen wäre – das war ja eigentlich das Schöne daran.

»Was bedeutet ihr Name?«

»Wie meinst du?«, fragte ich nervös.

»Akiko. Was heißt das?«

»Herbstkind.« Ich entspannte mich etwas. Sie war nicht Sandra. Ich musste mich nicht beweisen oder gar für irgendetwas rechtfertigen. Nach Sandra war das das Letzte, was ich wollte. Und Bri hatte mich schon immer so genommen, wie ich war.

Bri nickte. »Schön.«

»Unser alter Biolehrer wohnt hier auch in der Nähe … wie hieß er noch? Fick?«, meinte Bri mit Blick auf die Häuserreihen.

»Unser Religionslehrer hat bei euch Bio gegeben?«

»Herr Fick war auch noch Religionslehrer?«

»Entweder das oder er hatte einen Zwilling. Der war aus Franken, da gibt es viele Ficks«, sagte ich. Wir sahen uns verdattert an. Und dann lachten wir. Aber in erster Linie über den Nachnamen, albern wie zwei Teenager, aber es half, die Anspannung zwischen uns zu lösen. Sandra hätte diesen Einwurf niemals witzig gefunden.

Und dann beugte sich Bri vor und küsste mich. So sanft sie beim ersten Mal begonnen hatte, so drängend und fordernd war sie nun. Ihre Finger griffen in mein Haar – und ich überschwänglich nach ihrem Nacken. Sie konnte mir nicht nah genug sein. Unser Kuss wurde immer tiefer und unsere Berührungen so leidenschaftlich, dass zu befürchten stand, sie könnte ihre Kamera fallen lassen. Nicht dass ich mich gerade wirklich um ihre Kamera scherte.

Es dauerte einige Momente, bis sich unsere Lippen trennten. Ich hätte noch ewig so weitermachen können. Mit einem Mal fühlte ich mich absolut vollkommen. Und das Gefühl machte richtig süchtig!

»So«, sagte sie.

Ich wollte noch etwas hinzufügen, fragen, eine 5-Sterne-Review formulieren – doch ich wurde unterbrochen. Plötzlich tat sich etwas. Heinz Müller verließ sein Haus und schlug den Kragen seiner Joggingjacke hoch. *So kalt ist es ja nun wirklich nicht!*

»Ohhaa!«, gab Bri von sich und straffte die Schultern. Sie griff nach ihrer Kamera, als wären wir in einer richtigen Crimeserie, und verfolgte knipsend seinen Weg. »Wir müssen ihn auf frischer Tat ertappen, dann können wir zuschlagen! Doch wir müssen behutsam vorgehen. Rechtlich gesehen wird Hundemord leider nicht so schwer geahndet.«

»Und was, wenn er nur frische Luft schnappen will?«, gab ich zu bedenken.

»Gehst du dazu auch immer auf die Hundewiese – so ganz ohne Hund?«, konterte Bri.

Ich ließ mir ihre Frage ernsthaft durch den Kopf gehen. Fast kam ich mir vor wie im Rausch. Den Verstand weggeküsst. Es fiel mir äußerst schwer, mich auf Heinz Müller, diesen Strich in der Landschaft, zu konzentrieren. Dabei ging er recht merkwürdig die Straße entlang. Er war ohnehin ein komischer Kauz, doch heute noch mehr als sonst. Immer wieder sah er sich um. Dann betrat er die Hundewiese. Ohne Hund …

Auf einmal war ich so gespannt, als säße ich im Kino. Ich richtete mich auf und verfolgte ihn mit Blicken. Beinahe hatte ich das magische Gefühl des Kusses abgeschüttelt – aber nur beinahe. Wohlig warm war mir noch immer. Aber es tat sich nichts. Heinz Müller drehte nur eine Runde.

Hatte er wirklich nur frische Luft gebraucht? Jetzt schien er wieder auf dem Weg nach Hause zu sein. Gerade als ich diese Vermutung fast schon enttäuscht aussprechen wollte, ließ er etwas fallen … Moment, war das eine *Bratwurst*?

»Die Cola ist im Kasten! Zugriff!«, rief Bri, die genau diesen Moment aufgenommen hatte. Und so tatkräftig sie klang und so gerne ich schnell zu ihm gehechtet wäre, um ihn niederzuwresteln – so sehr nahm sie sich die Zeit, die Kamera wegzulegen und auszusteigen.

Seelenruhig ging sie auf Heinz Müller zu, der sie gar nicht erkannte, erst recht nicht in Zivil. Einige Meter von der vermutlich präparierten Bratwurst entfernt, hatte sie ihn eingeholt.

Ich hielt mich im Hintergrund – und blieb vorsichtshalber bei dem Giftköder stehen. So einfach kam dieser Arsch uns nicht davon!

»Heinz Müller.« Auf ihre energische, laute Stimme hin fuhr Heinz Müller herum. »Ich muss Sie bitten, mich zur Wache zu begleiten. Sie stehen unter dem Verdacht, einen Giftköder ausgelegt zu haben, und gelten daher als Hauptverdächtiger für eine Reihe von Mordversuchen an den Hunden dieser Stadt!«

»Was?!« Er schüttelte vehement den Kopf. Im Licht der Straßenlaternen wirkte er jedoch eindeutig ertappt. Klar, er war ja nicht nur von einer Polizistin auf frischer Tat ertappt worden, ich als Zeugin war auch noch dabei.

»Oder haben Sie eine andere Ausrede für die Umweltverschmutzung da gerade?«

»Ich …« Er starrte in Bris siegessicheres und dadurch entspanntes Gesicht. Dann in mein wütendes. Dann auf den Giftköder … und danach auf seine Schuhe. Dann jammerte er: »Ich habe mich ja schon daran gewöhnt, Slalom um die Hundehaufen in diesem Viertel zu laufen … damit meine teuren Asics von der Sauerei verschont bleiben. Ich bin ein passionierter Marathoni … Laufen ist mein Leben!« Nun steigerte er sich in seinen Ärger hinein, wurde zunehmend lauter. »Ich gebe doch nicht jedes Jahr einen Haufen Geld für so sündhaft teure Schuhe aus, nur damit ich sie dann nach einem falschen Schritt in die Tonne werfen kann!«

Ich konnte es mir fast bildlich vorstellen: seine schnellen Schritte in seinen vergötterten Sportschuhen auf dem Asphalt oder auf dem Gras, sein klopfendes Herz, das Geräusch seines Schnaufens – da war er mit sich im Einklang. Es nervte mich, wie andere den Sport so lieben konnten, während ich im Fitnessstudio fast krepierte. Und wenn ich so seinen

Prachtbau von Haus betrachtete, wollte bei mir nicht wirklich Mitleid für seinen geschundenen Geldbeutel aufkommen.

»Aber dann beißt mich ernsthaft so ein Stinker! Erst sein arrogantes Kläffen, dann lief die Töle mir hinterher … und hätte nicht nur fast die gelgepolsterten Fersen meiner neuen Schuhe zerfetzt, sondern auch beinahe meinen Unterschenkel. Da war bei mir Feierabend! *Das* ist Körperverletzung! Nicht *das*!« Er deutete auf den Giftköder.

»*Das* bedeutet auf jeden Fall die Einleitung eines Strafverfahrens wegen Tierquälerei und Sachbeschädigung«, erwiderte Bri trocken.

Er starrte sie entsetzt an. Dann rief er: »Sie kriegen mich nicht!«

Und schon lief er los, weil er sich vermutlich für so einen talentierten Jogger hielt, dass er vor dem Gesetz und den Konsequenzen seines Handelns einfach davonsprinten konnte.

Da hatte er aber nicht mit der gut trainierten Bri gerechnet, die sich zu mir umwandte und sagte: »Der Aufforderung, mit zur Wache zu kommen, nicht nachzukommen, ist nicht besonders schlau – aber es macht sicher Spaß, ihm hinterherzulaufen.«

Kurzzeitig machte ich mir Sorgen, schließlich war der Schuft um einiges größer als sie. Dennoch hechtete Bri ihm unbeeindruckt hinterher und brachte ihn schließlich zu Fall. Ja, das entsprach auch meiner Vorstellung von Spaß: einen Möchtegern-Usain-Bolt einfangen. Schade, dass Bri keine Handschellen zücken durfte – die hätte ich ja schon sehr gerne gesehen …

»Herr Müller, ich rate Ihnen, sich einsichtig zu zeigen und mitzukommen. Sie haben doch sowieso schon alles zugegeben.«

Ich grinste, als Bri ihm hochhalf. Er wurde ganz still und wirkte schwach. Scheinbar gab er sich geschlagen. Das würden für Heinz Müller ziemliche Hundstage werden – und ich konnte endlich aufhören, Akikos Schleimhäute nach Auffälligkeiten abzusuchen.

Aber mein eigentliches Highlight des Abends war auf jeden Fall das Knutschen gewesen!

»Vroni? Du, ich kann gerade nicht so gut.« Während ich in mein Handy sprach, beobachtete ich mit Argusaugen die Tür, hinter der Bri verschwunden war. Das war alles so spannend! Zwar war ich schon öfter auf dem Blumenbader Revier gewesen, aber noch nie als Zeugin!

Bri hatte mich gebeten, im Flur zu warten, der sonst komplett leer war. Im Eingangsbereich saß Willi und löste ein Kreuzworträtsel. Immerhin hatte er die Füße nicht mehr auf den Tisch gelegt, seit wir mit Heinz Müller im Schlepptau hereingekommen waren. Seelenruhig hatte er beobachtet, wie Bri Heinz Müller in den Raum am Ende des Flurs gebracht hatte, sich danach aber sofort wieder seiner Zeitung gewidmet. Da ihn das Druidengeräusch meines Handys nicht zum Aufschauen bringen konnte, fragte ich mich unweigerlich, was passieren würde, wenn Godzilla Blumenbad jetzt angreifen würde. Vielleicht würde er ihn fragen, welcher Fluss drei Buchstaben hatte.

Dass Vroni mich anrief, war tatsächlich eine Premiere. Ich wusste noch nicht mal so richtig, wann ich ihr meine Handynummer gegeben hatte.

Doch sie reagierte auch gar nicht auf mich, sie erging sich in ihrer Verzweiflung. »Ich kann einfach nicht mehr. Jeden Tag gehe ich die Kosten durch und jeden Tag denke ich mir, ob es nicht doch besser wäre, an den de Reus zu verkaufen. Die Kosten steigen, der Umsatz aber nicht! Fredi, was soll ich nur tun? Du kennst dich doch mit PR aus!«

»Vroni, ich kann super gerne vorbeikommen und wir drehen ein paar TikToks, aber … wir könnten auch noch über eine andere Idee sprechen. Eine Queer-Party.«

»Eine Queer-Party? Wir hatten noch nie eine Party im *Samba*!«

»Und was ist mit deiner Hochzeit?«

»Aber das war ja keine Veranstaltung, für die ich Eintritt verlangt habe.«

»Sie hat trotzdem sehr viel Spaß gemacht und gezeigt, dass durchaus einige Leute ins *Samba* passen, wenn es ordentlich vorbereitet wird.« Ich wurde noch aufgeregter, als ich ohnehin schon war.

»Hmm. Okay. Ich vertraue dir, Fredi. Ich will das *Samba* nämlich nicht verkaufen.«

»Wenn wir es richtig anstellen, wirst du es nicht müssen«, versprach ich ihr. »Ich melde mich die Tage!«

»Ciao!« Wir legten auf und ich drehte mich vorsichtig zu Willi. Nein, der hatte sicher nicht gelauscht, der schlief jeden Moment über einer Hauptstadt mit acht Buchstaben ein.

Dabei hätte ich es fast verpasst: Die Tür ging endlich auf! Ich fuhr herum.

Bri schaffte es, dass ich Momente wie diesen wie in Zeitlupe erlebte: In einer klischeehaften Filmszene würde im Hintergrund »Careless Whisper« laufen, während sie selbstsicher durch die Tür schritt.

»Das dauert noch ein bisschen, Fredi. Soll ich dir ein Taxi rufen?«

»Bis das hier ist, bin ich dreimal heimgegangen.« Ich war etwas enttäuscht. Natürlich hatte ich mich darauf gefreut, noch mit Bri anzustoßen. Mit so viel Adrenalin in mir würde ich heute sowieso nie einschlafen können.

»Schreibst du mir bitte, wenn du daheim bist? Wohl ist mir nicht, bei dieser Uhrzeit.«

»Da bin ich ja später vom jährlichen Anglertreffen zu Hause angekommen.« Das war jedes Jahr ein zutiefst persönliches Anliegen des Bürgermeisters, dem ich als moralische Unterstützung niemals fernbleiben durfte.

Bri und ich sahen uns für einen Moment wortlos an. Es war kein unangenehmes Schweigen, aber mir brannten dennoch einige Worte auf der Seele, bevor ich so einfach gehen konnte. Und es schien, als würde Bri auf genau diese warten.

»Ich fühle gerade sehr starke Main Character Energy in mir, also frage ich dich ohne Umschweife: Sind wir in der Kennenlernphase?« Ich spürte, wie mir Röte ins Gesicht stieg. Zwar war ich froh, es ausgesprochen zu haben, aber was, wenn Bri plötzlich doch kein Interesse mehr daran hatte?

Bri musste lachen. »Braucht es dafür nicht erstmal ein richtiges Date?«

Ich nickte.

»Dann morgen beim griechischen Essen.«

Ich nickte wieder, dieses Mal mit einem breiten Grinsen.

In diesem Moment erklang ein Schnarchen aus Willis Richtung. Bri schüttelte den Kopf, lächelte nun aber. Sie beugte sich vor, um mich zu küssen.

Glücklich schlang ich meine Arme um sie.

Keine Ahnung, wie lange wir uns küssten. Es konnte sich um Sekunden, Minuten oder ganze Tage handeln. In ihren Armen, an ihren Lippen verlor ich jegliches Gefühl für Zeit und fühlte mich einfach nur happy.

Wir hätten sicher noch Jahre weitergeknutscht, wäre nicht auf einmal vom Raum am Ende des Flurs von innen wild an die Tür geklopft worden.

»Dieser Heinz Müller!« Bri verdrehte die Augen. »Da haben wir morgen wirklich was zu feiern!«

»Das wird noch ein spaßiger Abend für dich.« Ich lächelte und Bri gab mir noch einen Kuss mit auf den Weg.

Am nächsten Tag wollte mich Bri also von der Arbeit abholen und mit mir nach Rapshöh zum griechischen Restaurant fahren, um unseren gemeinsam gelösten Fall mit viel Ouzo zu feiern. Normalerweise hatte ich ein Lächeln im Gesicht, wenn ich in ihren Wagen stieg. Nicht so heute: Ich sah aus, als hätte ich schon vor dem Restaurantbesuch zu viel Ouzo getrunken und würde ihr gleich die Fußmatte vollkotzen. Genauso fühlte ich mich jedenfalls.

Bri, die sich vorgebeugt hatte, um mich zur Begrüßung zu küssen, zog ihren Kopf schnell wieder weg und sah mich kritisch an. »Was hast du?«

»Hast du heute noch gar nicht die Zeitung gelesen?«, fragte ich mit Grabesstimme.

»Dieses Käseblatt? Das lese ich nie.«

Für gewöhnlich verteidigte ich »dieses Käseblatt« aus alter Verbundenheit, hatte ich doch während meines Praktikums wahnsinnig viel dort gelernt. Zum Beispiel wie man über den Ausbildungsbeginn der neuen Azubis im Friseursalon berichtete, als würden diese vom ersten Tag an Udo Walz' Werk fortsetzen und nicht einfach bloß im örtlichen Salon Spitzen schneiden. Allerdings fehlte mir heute jegliche Kraft dafür. Wortlos zog ich die leicht zerknüllte Zeitung aus meiner Handtasche und reichte sie ihr.

Bri löste ihre Hand vom Steuer, um mit beiden Händen die Zeitung aufzuschlagen.

Da war ich.

Auf dem Titelblatt.

Und zwar nicht, weil es uns gelungen war, dem berühmt-berüchtigten Hundevergifter das Handwerk zu legen.

»Bürgermeister-Redenschreiberin brutale Banditin?«, las Bri laut vor.

Ich schüttelte den Kopf, aber ausnahmsweise nicht über den schlimmen Stil des Lokaljournalisten.

Bri wollte schweigend weiterlesen, aber ich konnte es nicht abwarten, bis sie sich durch die unendlich vielen Zeichen an Schmach gewühlt hatte. Also fasste ich ihn ihr kurzerhand zusammen.

»Mir wird vorgeworfen, dass ich versucht hätte, beim Kinderfest der Schafleitner Edith, ein Pony zu stehlen!« Gefühlstechnisch befand ich mich gerade irgendwo zwischen absolut wütend und völlig verzweifelt.

Der Artikel nahm fast die komplette Titelseite ein. Dazu hatte man ein Foto von einer Wahlkampfveranstaltung abgedruckt, bei der ich im Hintergrund stand und ein genervtes Gesicht zog – was mich nicht unbedingt zur Vorzeigekandidatin in Sachen Sympathie und Charisma machte. Auf meiner hellen Bluse prangte ein großer, deutlich erkennbarer Fleck, was meine Laune bei der Wahlkampfveranstaltung nicht gerade gehoben hatte. Warum war der Bürgermeister nicht fähig, seine Bratwurst zu essen, ohne dabei bei jeder Person im Umkreis von drei Kilometern Senfspritzer zu hinterlassen?

»Wer tut so etwas?«, fragte Bri und bezog sich damit auf die Schlagzeile und nicht auf das Können des einzigen Fotografen der Stadt, der noch nie ein Gefühl für Timing gehabt hatte. Nur weil man sich eine Kamera leisten konnte, hieß das nicht automatisch, dass man damit auch umgehen konnte. Dennoch war er stets die erste Wahl des Bürgermeisters, der sich immer die Anfahrtspauschale für einen auswärtigen Fotografen sparen wollte.

»Das weiß ich nicht! Also, vermutlich Edith, denn sie wird im Artikel zitiert. Aber das sind alles haltlose Anschuldigungen! Das ist Wochen her und außerdem: *Wir* haben Else *gefunden*! Ich hatte keine Sekunde vor, das Pony zu stehlen! Was hätte ich denn auch damit tun sollen? Illegales Kinderreiten anbieten? Es in den Garten meiner Eltern stellen, weil es da ganz sicher keiner sieht?!« Ich hatte mich völlig in Rage geredet und wild herumgefuchtelt, sodass jetzt plötzlich all meine Energie verschwunden war. Erschöpft ließ ich mich in den Beifahrersitz sinken. »Das habe ich davon, dass ich immer allen helfe und freundlich bin!«

»Das ist Rufschädigung«, sagte Bri ganz Fachfrau.

»Allerdings. Im Text steht auch, dass ich damit Blumenbad nicht weiter repräsentieren könne. Weder über Social Media noch hinsichtlich meiner Texte für den Bürgermeister«, fügte ich hinzu und raufte mir die Haare.

Der Bürgermeister hatte seit ein paar Tagen frei und im Rathaus schien man mich wegen des Artikels zu meiden – jedenfalls war den ganzen Tag kein einziger Kollege zu mir ins Büro gekommen. Selbst meine Work Bestie Marleen hatte keine Zeit für einen Kaffee gehabt, sondern »einen Termin, nichts für ungut!«. Marleen hatte nie Termine! Sie hatte ganz unsicher gelächelt, als überspiele sie eine dreiste Lüge.

Zunächst hatte ich mich nur gewundert und die Stille genossen – bis ich meine Morgenpost aus meinem Postfach in der Arbeit gefischt hatte. Die kritischen Blicke waren mir durchs ganze Haus gefolgt. Als wäre ich eine Schwerverbrecherin!

»Und wie erklärt man sich dann, dass du das Pony zurückgebracht hast?«

»Angeblich hätte ich Gewissensbisse bekommen. Edith hätte mich so lange angerufen, bis ich klein beigegeben hätte. Darum war das Pony auch so lange verschwunden, ich war quasi schon über alle Berge damit.« Ich massierte mir die Schläfen. »Das ist so lächerlich! Ich kenne den Autor des Artikels, der Xaver hat sich damit wahrlich den Literaturnobelpreis verdient!«

Und ihm war es gelungen, mir einen der schönsten Abende seit langem zu ruinieren. Womit hatte ich das verdient? Ich fühlte mich wie an den Pranger gestellt, für einen Diebstahl, den ich nie begangen hatte. Vermutlich würde das ganze Rathaus am liebsten meine Kündigung sehen!

Ob das ein Racheakt von Sandra war? Weil ich sie so hatte fallen lassen? Andererseits – wahrscheinlich hatte sie seitdem ohnehin keine einzige Sekunde mehr an mich gedacht.

Bri knüllte die Zeitung zusammen und gab sie mir zurück. »Komm, wir klären das jetzt. Wir fahren auf dem Weg zum griechischen Restaurant sowieso bei Ediths Gestüt vorbei.«

Sie startete den Wagen und blickte konzentriert auf die Straße. Plötzlich umgab sie eine wahnsinnig autoritäre Aura, die mich augenblicklich erregte. Wenn es mir nicht so wichtig gewesen wäre, den Anschuldigungen im Zeitungsartikel schnellstmöglich nachzugehen, hätte ich Bri womöglich gebeten, rechts ranzufahren.

Bri schwieg die ganze Fahrt über und lenkte ihren Wagen souverän, obwohl der letzte Teil der Strecke sehr ruckelig war und wir ordentlich durchgeschüttelt wurden. Nur einmal griff sie an einer roten Ampel nach meiner Hand und streichelte zärtlich meine Finger. Es war unheimlich tröstend, sie an meiner Seite zu wissen, wenn es sonst niemand war.

Natürlich standen auch meine Eltern und Kati hinter mir, die allesamt versucht hatten, mich am Telefon zu beruhigen, aber es war einfach etwas anderes, wenn diese unerschütterliche Unterstützung von Bri kam. Bri war die perfekte Beschützerin. Die sanft zu mir sein konnte, auch wenn das niemand von ihr erwartete. Mein Herz schlug unweigerlich höher – trotz der ansonsten beschissenen Umstände.

Als wir bei Edith vorfuhren, war die gerade mit ihrer Schubkarre unterwegs zum Ausmisten.

Bevor ich es geschafft hatte, in meinem hellblauen engen Kleid mit den dazu passenden High Heels elegant auszusteigen, war Bri bereits aus dem Auto gesprungen. Mir schlug der Geruch der Pferdeställe entgegen. Ein vertrauter Geruch, der sonst ein wohliges Gefühl in mir auslöste. Heute nicht. Heute sanken die Stöckel meiner Schuhe in der Erde ein und ich stand unsicher und auf wackeligen Beinen da. *Eben wie eine Frau, die zu fallen droht,* dachte ich theatralisch.

»Hey! Edith!« Bri wedelte mit der Zeitung, die sie mir beim Aussteigen wieder abgenommen hatte.

Edith sah sie erschrocken an. Auch wenn Bri gerade keine Uniform trug, wusste sie natürlich, mit wem sie es zu tun hatte. »Frau Wallerschenk! Fredi! Ich habe gerade gaaaanz wenig Zeit …« Edith sah aus, als hätte sie einen Geist gesehen.

»Aber genug Zeit, um Lügenmärchen zu verbreiten, hattest du schon?« Bri stemmte eine Hand in ihre Hüfte. Sie schien wirklich verärgert, was mich rührte. Hätte Sandra sich so für mich eingesetzt und versucht, den Anschuldigungen auf den Grund zu gehen? Vielleicht höchstens, wenn sie dabei Proust hätte zitieren können.

»Also, ich …«, stammelte Edith los.

»Also, du?« Bri legte den Kopf schief. Sie duzte Edith, weil Edith sie eigentlich duzte. Wollte sie etwa mit affektierter Höflichkeit bei Bri punkten? Wieso? Ich ließ meinen Blick schweifen. Ein paar Pferde beäugten uns von ihrem Platz auf der Weide aus. Von Else keine Spur. Typisch für das schneeweiße Pony! Allerdings hätte es eh keine sachdienliche Zeugenaussage machen können.

»Na ja, es hätte doch sein können! Die Else wurde doch erst so spät gefunden …« Edith schien ins Schwimmen zu kommen – sie wich auch ständig unseren Blicken aus. Anstatt sich darüber zu wundern, wie lange es gedauert hatte, hätte sie sich auch einfach mal freuen können!

»Aber ich war doch dabei?!« Bri sah Edith verständnislos an.

»Ja, weiß ich, ob ihr die ganze Zeit zusammen gesucht habt? Das Ganze ist halt verdächtig …«

Wer hier wohl verdächtig war!

»Es hat so lange gedauert, weil wir sie nicht gefunden haben!«, platzte es aus mir heraus. »Das Tier ist einfach unfassbar weit weggelaufen! Bis zur alten *Waldschänke*! Was ich dir alles schon erzählt habe! Und jetzt kommst du Wochen später mit dieser absurden Geschichte?« *So eine Frechheit!* Ich kannte Edith mein ganzes Leben lang, was sollte das denn? Ich war ein guter und verantwortungsvoller Mensch. Ich trennte sogar meinen Müll!

»Von selber wäre ich auch nicht auf den Gedanken gekommen, aber …«, druckste Edith herum.

Ich wurde hellhörig. »Aber? Wie bist du dann auf die Idee gekommen …?«

»Es schien mir auf einmal plausibel. Und mehr möchte ich dazu nicht sagen«, mauerte die Edith. Innerlich wurde ich unruhig. Hatte sie jemand erpresst, damit sie der Zeitung so eine Lüge auftischte? Aber wozu?

»Edith, das ist eine versuchte Verleumdung und laut Paragraf 187 StGB eine Straftat, ist dir das bewusst? Du kümmerst dich jetzt sofort um eine Gegendarstellung. Ist mir egal, dass du gerade gaaaanz wenig Zeit hast«, sagte Bri nachdrücklich. »Fredi und ich waren die ganze Zeit zusammen und keine von uns hat auch nur eine Sekunde daran gedacht, dein Pony zu entführen.«

»Das ist …«, wollte Edith aufbrausen, schien sich die möglichen rechtlichen Konsequenzen aber noch mal durch den Kopf gehen zu lassen.

Ich war fasziniert davon, wie Bri die Dinge regelte. Klar, sachlich, so wahnsinnig nüchtern. Und dabei auch noch gutaussehend.

»Noch hast du Zeit, die Wahrheit zu sagen, Edith.«

Edith zögerte. Irgendetwas schien in ihr vorzugehen – man konnte förmlich die Gedanken hinter ihrer Stirn rasen sehen. Während ich mich noch fragte, warum sie solche Lügen über mich verbreitete, ließ sie die Schubkarre sinken und wandte sich mit einem Nicken zum Gehen. »Ich kümmere mich darum.«

»Danke dir. Einen schönen Abend wünschen wir noch!« Bri sah Edith mit einem aufgesetzten Lächeln hinterher. Dann drehte sie sich zu mir um. »Komm, lass uns feiern, dass wir den Müller geschnappt haben. Und bis zum Wochenende werden wir auch deinen guten Ruf wiederhergestellt haben.«

Die Nacht danach lag ich dennoch wach, völlig unnötigerweise, wie sich herausstellte. Ich hätte einfach darauf vertrauen sollen, dass Bris Worte genug Eindruck hinterlassen hatten, dass Edith einknicken würde. Zwar dauerte es noch einen weiteren Tag voller misstrauischer Blicke meiner Kollegen, bis die Gegendarstellung gedruckt wurde, aber ab dann hieß es wieder: »Soll ich dir deine Post mitbringen,

Fredi?« Oder: »Magst du auch einen Kaffee, Fredi?« Vor allem Marleen entschuldigte sich überschwänglich, dass sie der Zeitung geglaubt hatte, auch wenn ihr das eiserne Vertrauen in den Presseehrenkodex des Blumenbader Blatts irgendwie nicht zu Gesicht stand.

Letztlich konnte ich die Sorgen meiner Kollegen ja nachvollziehen. Vielleicht hätte ich mich selbst für eine Betrügerin gehalten. Vorstellbar war ja alles, wenn der Tag lang war und man zu viel Zeit hatte, sich in ein Thema hineinzusteigern.

Ich ahnte zwar, dass Edith noch immer nicht die ganze Wahrheit erzählte, zwang mich aber dazu, nichts weiter hineinzuinterpretieren. Es gab schließlich Wichtigeres. Nämlich unauffällig Bris Wohnzimmer zu betrachten, während sie in der Küche war, um uns Drinks zur Feier der Gegendarstellung zu machen. Noch immer lag mir unser liebevoller Begrüßungskuss an ihrer Wohnungstür auf den Lippen. Ich hätte süchtig danach werden können.

Ihre Wohnung wirkte sehr hell. Alles war in Hellgrau und Weiß gehalten. Es gab keine Kerzen, die uns romantisches Licht hätten spenden können – dafür aber Ambient Light. Obwohl Bri nach der Trennung schon einige Monate hier wohnte, wirkten die Räume immer noch wie frisch am ersten Tag bezogen. Filmplakate säumten die Wände, wie von einer Wasserwaage höchstpersönlich aufgehängt. Ihr Essbereich war nicht größer als meiner, aber deutlich weniger dekoriert.

»Möchtest du eine normale Weinschorle oder soll ich versuchen, den Geschmack zu überdecken? Ich habe, glaube ich, einen schlechten Tropfen erwischt«, drang Bris Stimme aus der Küche.

»Dann gerne eine unnormale Weinschorle. Kein Problem«, erwiderte ich. Es war seltsam, Bri nach all den Jahren bei ihr zu Hause zu besuchen. Aber es hatte zweifellos Vorteile:

Hier konnte man ungestört herumknutschen, wesentlich besser als auf einer Wache. Natürlich könnte hier auch noch mehr passieren … Daher hatte ich mein Schlaftop mit der raffinierten Spitze für den *absoluten Notfall* dabei. Es wäre natürlich schön, hätte ich es nicht umsonst eingepackt. Ebenso wie meine Zahnbürste … die Gesichtscreme … und meine Haarbürste.

Und das war das, was mich nervös machte. Bri einzuschätzen, war mir immer noch nicht vollends gelungen.

»Einmal Weißwein mit *Kracherl.*« Ich hatte gar nicht bemerkt, wie Bri sich mir in der Essecke genähert hatte. Schwungvoll stellte sie ein Weinglas mit Weißwein und Zitronenlimonade vor mir ab.

Zusammen mit ihrem eigenen Glas – ich nahm an, mit der für mich persönlich nicht so wohlschmeckenden Variante – setzte sie sich mir gegenüber. Sandra hätte sich wahrscheinlich nie im Weinregal vergriffen, aber nach einem Schluck von meinem Getränk fand ich die Mische alles andere als übel. Ohne dass ich mein gedankliches Kompliment ausgesprochen hätte, lächelte Bri, wirkte dabei aber etwas erschöpft.

»Harten Tag gehabt?«, fragte ich nach. Sie hatte sich so viel Mühe gemacht und extra eine Quiche zubereitet, die noch dazu hervorragend duftete! Es war ein unfassbarer Segen, Frauen zu daten, die kochen konnten. Wären Kati und ich zusammengeblieben und Vroni hätte irgendwann zumachen müssen – wir wären jämmerlich verhungert.

»Nein, nein, alles gut. Wir sind bloß an einem neuen Fall dran und der wird uns noch etwas länger beschäftigen. Aber jetzt ist erst einmal Wochenende.« Bri winkte ab.

»Darfst du über den Fall sprechen?«, wollte ich wissen. Aus mir sprach nicht nur das Interesse an Bri, sondern auch meine Vorliebe für True-Crime-Podcasts.

»Ich denke, ich kann sagen … Uns wurden mehrere Fälle gemeldet, bei denen sich Personen eine Dating-App installiert haben, über die sich Hacker Zugang zu deren Identität und Daten verschaffen konnten.« Bri schüttelte ein wenig fassungslos den Kopf. »Dadurch wurde in sehr großem Stil Geld gezockt. Da hat jemand eine ausgefeilte Malware programmiert. Die Flirts wirkten alle sehr natürlich – deshalb hat es auch gedauert, zu realisieren, dass die Dating-App der gemeinsame Nenner in diesen Fällen ist. Im Grunde wüssten wir immer noch nichts davon, wenn Giovanni zwei Opfer nicht persönlich gekannt hätte. Die hat er gefragt, wie ihre Suche nach der großen Liebe so läuft. Und ich bin dabei hellhörig geworden.«

»Und wie geht ihr jetzt vor?«, fragte ich gebannt.

»Wir haben es den Münchnern gemeldet. Die Kripo wusste davon noch gar nichts, schließt aber weitere Fälle in ganz Deutschland nicht aus. Da müssen die jetzt schauen. Ich meine, der Hacker ist extrem versiert, er umgeht einfach alle Firewalls und Virusscanner. Seine Identitäten sind wasserdicht, er flirtet ebenso charmant als Frau wie souverän als Mann. Vielleicht ist es auch ein ganzer internationaler Hackerclan.«

»Ein internationaler Hackerclan? In Blumenbad?!«, wiederholte ich atemlos. Fast hätte ich mein Essen vergessen, das langsam kalt wurde, also nahm ich schnell einen leckeren Bissen und spülte mit meinem süßlichen Getränk nach. *Unglaublich!* Ich hatte das Gefühl, dass maximal fünf Menschen im Ort überhaupt wussten, wie man ein Smartphone bediente, mal abgesehen davon, wie man Kettenvideos mit singenden Hasen weiterleitet.

Bri schien nicht so viel Hunger zu haben – und wurde zunehmend schweigsamer. Vermutlich war sie im Kopf zu sehr mit ihrem Fall beschäftigt. »Ja, ich denke, wir werden die Sache bald einer Sonderkommission übergeben.«

»Wieder was gelernt: künftig keine Dating-Apps mehr benutzen!«

»Brauchen wir die denn?« Bri sah mich aus diesen Augen an, die mich zum Dahinschmelzen brachten.

»Ich weiß nicht. Brauchen wir?«, fragte ich fast lautlos.

»Wenn's nach mir geht nicht.« Bri erhob ihr Glas und ich stieß strahlend mit ihr an.

»Wenn's nach mir geht auch nicht.« Ich war so erfreut, dass ich direkt, nachdem ich mein Glas abgestellt hatte, dessen Existenz sofort vergaß – und es bei meiner nächsten Bewegung umstieß. »Oh nein!« Bris schöner grauer Tisch! Seit wann war ich denn so unbeholfen wie Bella Swan?

»Schon gut, alles gut!« Bri schnappte sich ihre Serviette und machte sich an die Schadensbegrenzung. »Ich weiß schon, dass der Wein nicht brillant ist, aber gleich das Glas umwerfen …«

Wir kicherten und fassten gleichzeitig nach meinem Glas, um es wieder aufzustellen. Und obwohl ich selbst gar nicht mit der Flüssigkeit in Berührung gekommen war, tupfte Bri meine Hand trocken. Fast mehr mit ihren Fingern als mit der Serviette – und eigentlich war es auch mehr ein Streicheln … ich wurde ganz schwach.

Nachdem sie den Moment ausgekostet hatte, meinte sie: »Ich schenke dir nach, okay?«

Ich nickte und sah ihr mit warmen Wangen dabei zu, wie sie aufstand.

An diesem Abend sollten wir noch einige Male das Glas erheben. So häufig, dass wir irgendwann ziemlich angetrunken auf Bris Sofa lagen.

Die Mische war schuld, eindeutig. Sie trank sich einfach wie Limo, obwohl inzwischen der größte Anteil nicht mehr daraus bestand.

»Machst du mit?« Bri streckte sich.

»Bei was?«, fragte ich verwirrt.

»Beim Ausstrecken. Magst du herkommen?«

Ja, irgendwie wäre liegen schön ... ein guter Vorschlag ... und schon fand ich mich in Bris Armen wieder. In meinem Kopf drehte sich alles ein bisschen. Es war das angenehme Alkoholkopfkarussell, nicht das unangenehme – zum Glück. Bri fing an, meinen Oberarm zu streicheln, und ich wäre nicht bereit gewesen, diese Position je wieder zu verlassen, nicht mal, wenn mir schlecht würde.

Gleichzeitig wurde ich dann doch ungeduldig. Ging es bald weiter mit ... mehr?

Aus dem Augenwinkel beäugte ich sie unsicher. Vielleicht wollte sie tatsächlich nur kuscheln, weil sie einfach fertig von der Arbeit war?

Aber wenn es ihr generell unangenehm gewesen wäre, mit mir auf Tuchfühlung zu gehen, hätte sie mich bestimmt erst gar nicht in ihre Arme genommen.

Ich räusperte mich und erhob mich. War da Enttäuschung in ihrem Gesicht, weil ich die innige Umarmung gelöst hatte? Nervös griff ich nach meinem Glas, um es zu leeren. Wahrscheinlich waren meine Wangen so rot wie mein Kleid. Doch ich feuerte mich innerlich an: *Komm schon, Fredi! Du bist doch inzwischen viel mutiger!*

Ich hatte in diesem Jahr so einiges gelernt – vor allem Chancen zu ergreifen. Und so drehte ich mich zu ihr um, nachdem ich das Glas abgesetzt hatte, und beugte mich vor, um sie zu küssen.

Mein Kuss wurde zärtlich erwidert. Mein Puls pochte in meinen Ohren.

Wir hatten an diesem Abend so viel gelacht. Uns sehr gut unterhalten. Meine Sorge, es könnte kommunikationstechnisch bei uns nicht passen, war also unbegründet.

Während wir uns sanft küssten, ließ ich meinen Zeigefinger über ihr Ohr gleiten. Streichelte zart über die kurzen Haare, schob sie zur Seite und liebkoste mit meiner Fingerkuppe ihre weiche Haut.

Bri vertiefte den Kuss leidenschaftlich und zog mich auf sich. Wieder fanden sich unsere Mitten. Diesmal heftig und alles andere als zaghaft. Am liebsten hätte ich Bri die Klamotten vom Leib gerissen. Aber bei meinem Glück hätte ich es geschafft, dass Bri sich darin verhedderte und die Stimmung hinüber war.

Ich konnte gar nicht genug bekommen von der Magie dieses Moments, genoss den gemeinsamen Rhythmus und intensivierte den Kuss. Und ließ meine Finger sanft entlang ihres Halses … den Nacken hinab … unter ihr Shirt gleiten …

Bri gefiel das. Sie löste sich kurz von mir, um ihr Oberteil auszuziehen. Im nächsten Moment war ihr schlichter weißer BH weggeschnippt und ich konnte nach ihren Brüsten greifen.

Bri stöhnte leise und schlug ihre Augen auf. Stumm trafen sich unsere Blicke. Sie schaute mir tief in die Augen und zog mir geschickt mein Kleid aus. Ich ließ es bereitwillig geschehen. Dann zog sie sich ihre Hose aus.

Ich vollzog eine kurze Turnübung, als ich meinen String loswurde – zumindest kam ich mir vor wie Simone Biles und hätte fast über mich selbst gelacht. Doch dann sah ich Bri so vor mir und machte zielstrebig damit weiter, worauf ich am meisten Lust hatte, nämlich sie langsam zu erforschen.

Mir Zeit zu lassen. Bri war eine Meisterin darin, ihre Gefühle zu verstecken. Nur eben nicht, wenn sie nackt vor mir lag. Jeder Kuss auf ihrer von der Sonne gebräunten

Haut zeigte Wirkung. Jede Berührung meiner Finger auf ihrem Oberschenkel führte zu einem köstlichen Beben ihres trainierten Körpers.

Und dann kam es über Bri: Sie bäumte sich auf und begrub mich unter sich, um danach meinen Körper mit Küssen zu bedecken.

Als ich ihren Atem zwischen meinen Beinen spürte, traf es mich fast wie ein Schlag. Und dann, als sie mich küsste, so zart und nah, wäre ich fast ohnmächtig geworden.

Das hier war so viel besser als alles, was ich jemals erlebt hatte – und von allen Chancen, die ich je ergriffen hatte, die wohl beste.

Tatendrang

Akiko turnte mal wieder auf mir herum. Ihre Pfoten gegen meinen Rücken gestemmt – und ihre nasse Nase in meinem Nacken – weckten mich zielsicher auf.

Ich grummelte irgendetwas, um der Hündin klarzumachen, dass ich nicht tot war, sondern nur geschlafen hatte. Akiko ließ nicht von mir ab, bis ich mich aufsetzte. Natürlich machte sie sich Sorgen um mich, immerhin war ich diejenige, die ihre liebsten Treats besorgte. Sie rieb noch mal ihre feuchte Nase an meinem weißen Spitzenschlaftop, dann wandte sie sich ab, um sich neben mir auf dem Kissen zusammenzurollen.

Ich gähnte ausgiebig, zuckte deswegen aber direkt zusammen. Aua.

Draußen auf den Straßen rauschten die Fahrzeuge mit Geschwindigkeiten über dem Tempolimit durch die Ortschaft. Noch mehr aua.

Ich nestelte an meinem Top und fühlte mich furchtbar verkatert. Sogar meine Fingerkuppen taten mir weh.

Und ich hatte einen Geschmack im Mund, als wäre ein kleines Tier darin verendet.

Moment. *Tier.*

Wo kam Akiko überhaupt her …?

War meine Mutter hier gewesen?

Wann?

Und dann begann jemand zu singen. Die Person trällerte in Bris Küche. Ich hörte nicht nur das, sondern wie mit etwas hantiert wurde. Der Geruch von Kaffee war trotz Kater glücklicherweise erträglich.

Mit wackeligen Knien stand ich auf und schlurfte in Richtung des Gesangsolos. Es war definitiv Bris raue Stimme, die einen Achtziger-Jahre-Klassiker schmetterte, als hätte sie nie etwas anderes gemacht. Whitney Houston. Wie sollte sie wissen, ob er sie wirklich liebte? Ach, Whitney, ich war ja wohl die Letzte, die diese Frage beantworten konnte, aber ich war inzwischen zuversichtlich.

Unterwegs angelte ich nach einem Mint aus meiner Handtasche. Akiko begleitete mich. Sie wirkte unbeeindruckt ob der ungewohnten Umgebung. Das war ein gutes Zeichen, bei Sandra war sie ja nie besonders gerne gewesen.

Auf einem der Küchenregale waren verschieden große Nutellagläser aufgereiht wie Matroschkas. Postkarten mit lustigen Sprüchen und sehr flachen Witzen hingen am Kühlschrank. Ich lehnte mich an den Türrahmen und ließ all das auf mich wirken. Besonders die Köchin am Herd gegenüber.

Wie konnte es bitte sein, dass sie bei dieser konsumierten Menge billigen Weins gestern nun so lebendig war wie der junge Frühling?

»Sag mal ... ist meine Mutter vorbeigekommen?«, krächzte ich. Mein pochender Schädel verwehrte mir den Zugriff auf höfliche Floskeln. Ich hatte keine Ahnung, ob noch Morgen oder schon Mittag war. Akiko legte sich hin.

Bri, die einen türkisfarbenen Naketano-Pulli anhatte, drehte sich zu mir um. »Ja, dein Handy hat heute Morgen geklingelt und weil ich nicht wollte, dass du davon wach wirst, bin ich aufgestanden, habe es mit rausgenommen ... und gesehen, dass es deine Mutter war. Es ist hoffentlich okay, dass ich rangegangen bin. Ich wollte nicht, dass sie sich Sorgen macht.«

Ganz die souveräne Polizistin, die keine Scheu vor meiner Mutter oder meiner Hündin hatte.

»Na, und dann hat sie die Hündin hergebracht, weil sie mit deiner Großmutter ins Krankenhaus musste«, fuhr Bri fort.

»*Was* …?!«, rief ich alarmiert, obwohl Bri wohl nicht so entspannt gewesen wäre, wenn etwas Schlimmeres passiert wäre.

»Irgendetwas mit einem entzündeten Ohrläppchen.«

»Okay …« Ich war beruhigt, aber auch fassungslos, dass meine Oma direkt wieder übertreiben musste. Langsam schlurfte ich in die Küche.

»Du darfst ruhig näher kommen.« Bri lachte über die brutzelnden Geräusche am Herd hinweg. Zufrieden setzte ich mich neben sie auf die Anrichte und bekam einen kleinen, sanften Kuss. Von Sandra hätte ich mich nie in so einem ramponierten Zustand küssen – oder überhaupt ansehen – lassen. Es fühlte sich sehr schön an.

Ob das Omelett, das sie gerade in der Pfanne wendete, das Richtige für meinen strapazierten Magen war, konnte ich noch nicht sagen – aber ich war mir sicher, dass Bri die Richtige für mein strapaziertes Herz war.

»Meinst du wirklich, dass das eine gute Idee ist, Fredi?« Man konnte Vroni das Bedürfnis nach einer Zigarette förmlich ansehen. So nervös hatte ich sie noch nie erlebt. Egal, ob sie sich mit einem Trunkenbold anlegte oder heiratete – sie war immer furchtlos. Aber vermutlich, weil sie beides gewohnt war.

Ich sah meiner Lieblingswirtin tief in die Augen und sagte: »Ganz ehrlich, Vroni, was macht es schon, sollte es ein totaler Reinfall werden? Du verlierst vielleicht einen Tagesumsatz, weil die Schafkopfrunde nicht stattfindet, aber das holst du auch locker wieder rein.«

»Wenn die überhaupt je wiederkommt …« Vroni wich meinem Blick aus und nestelte an ihrem Haarknödel.

»Warum denn nicht? Weil wir hier heute eine *sündige* Veranstaltung haben? Komm schon, wo sollten sie denn sonst hin? In den *Ratskeller*? Selbst diese *echten Kerle* frieren irgendwann.« Ich runzelte die Stirn. Wir hatten das alles mehr als einmal durchgekaut. Immerhin war Vroni von sich aus zu mir gekommen.

Es war Zeit zu handeln. Sie musste ihre Einnahmen steigern oder ihre Frau würde verkaufen wollen. Und darum wollten wir es auch riskieren, eine Veranstaltung auszurichten, für die ihre Räumlichkeiten vielleicht nicht unbedingt wie geschaffen waren.

Da kam ja gerade richtig, dass ich andere Baustellen in meinem Leben angehen wollte. Meine Karriere inklusive des neuen Spielfelds auf TikTok. Und vor allem meine Vision von der Queer-Party. Vermutlich, weil ich mich durch meine neue, gesunde Beziehung zu Bri irgendwie sicher fühlte. Unterstützt. Mit dem Gefühl, nicht ihr letzter Stopp vor der großen Liebe zu sein. Und der Euphorie, diese auch endlich einmal selbst erleben zu dürfen. Anders als Sandra hatte Bri in den letzten Tagen den *Gilmore Girls* nicht nur eine Chance gegeben, sondern sich auch noch Knall auf Fall in Lorelai verliebt. »Du bist ein bisschen wie sie!«, hatte sie gesagt und mir die Röte ins Gesicht getrieben. Wir hatten uns aber nicht nur »Netflix & Chill« gewidmet, wir hatten auch den Spätsommer für einen Besuch an einem nahe gelegenen See genutzt, weil unserer immer noch von den Enten beherrscht wurde. Würde diese Stadt dem jemals Herr werden oder gehörte dem Federvieh bald die ganze Stadt?

Und ich hatte festgestellt, dass es deutlich schöner war, zusammen zu kochen, als immer nur zu versuchen, den anderen mit irgendeinem mehr oder weniger gelungenen

Gericht zu beeindrucken. Ich liebte es, mit Bri herumzualbern, während wir Gemüse schnippelten und Nudeln mit Käse bestreuten.

»Hast recht. Dennoch. Mir ist nicht wohl bei der Sache«, sagte Vroni und schaute mich sorgenvoll an. Ich wollte mich jedoch nicht von ihren Zweifeln anstecken lassen. Die Flyer waren schon lange gedruckt und die Social-Media-Offensive bereits vor einer Weile gestartet. Durfte man der Resonanz des Internets glauben, würden wir heute Abend sehr gut besucht sein. So gut, dass ich sogar bangen musste, am Ende nicht genug Platz zu haben.

»Es ist besser, als an den Typen aus Münster zu verkaufen«, erinnerte ich sie.

Vroni nickte langsam. Dabei beobachtete sie nervös, wie ihre Frau dabei half, die Stühle und Tische aus dem *Samba* zu tragen. Eine Tanzfläche, im *Samba*! Alle schienen irrsinnig aufgeregt und voller Vorfreude zu sein, nur die Besitzerin selbst war ein seelisches Wrack.

Ich hatte das Projekt »Gay On Me« getauft, inspiriert von Bris unerwartetem Faible für Achtziger-Jahre-Songs, in diesem Fall »Call On Me«. Vroni hatte sich als alter Alphaville-Fan damit anfreunden können, aber allein die Namensfindung hatte Tage gedauert. Ihrer Zögerlichkeit war es vermutlich jedoch auch zu verdanken, dass sie den Laden – trotz der gebotenen Summe – nicht einfach verkaufte.

»Und wer weiß, wenn das richtig gut läuft, hätten wir noch ganz andere Möglichkeiten! Open Mics im *Samba*!« Ich hatte richtig Lust, den etwas schwerfälligen Charme der letzten Jahrzehnte aus diesen Räumlichkeiten zu fegen. Natürlich nicht, um das *Samba* von Grund auf zu verändern. Aber um es etwas upzugraden. Es wirkte bereits Wunder für die Location, wenn es hier nicht wie sonst nach dem obligatorischen Schweinebraten roch!

»Bitte keinen Poetry Slam!«, warf Kati ein und schüttelte sich. Sie war gerade damit beschäftigt, Herzgirlanden in den Farben der Progress Flag überall an die Decke zu pinnen, wo es Sinn machte und cool aussah.

»Okay, aber: Gigs kleinerer Bands, Förderung des musikalischen Nachwuchses aus der Gegend … Lesungen. Das *Samba* muss nicht *für immer* eine Boaz'n bleiben.«

»Na ja, es wäre schon schön, wenn es das bliebe«, kam es von Bris Bruder Mirko, der gerade seine Anlage aufstellte. Wie er da so kniete in seinem Karohemd, sah er fast aus wie Bris Zwilling. Ich konnte mein Glück kaum fassen, dass ich als Bris Freundin schon ihren Bruder kennengelernt hatte, nachdem es sich mit Sandra so angefühlt hatte, als wäre ein Treffen mit der Familie undenkbar, selbst nach zehn Jahren.

»Also, dann eben *nicht immer*.«

Vroni seufzte und nickte. Ein paar tiefe Atemzüge später bedachte sie mich mit einem wissenden Blick. »Dieser Tatendrang steht dir, Fredi.«

In diesem Moment betrat Linda das *Samba*. Sie hatte sich bereit erklärt, die Kasse am Eingang zu übernehmen, ihr Bruder wollte sie später unterstützen. Zielstrebig ging sie auf Kati zu und flüsterte ihr etwas ins Ohr. Kati kicherte. Wahrscheinlich war es etwas auf Elbisch gewesen, das lernten die beiden nämlich inzwischen zusammen.

Sowohl sie als auch Kati trugen bunte Glitzersteine im Gesicht. Linda sah mit ihrem zu Schnecken hochfrisiertem Haar aus wie eine noch abgespacetere Prinzessin Leia.

Meine Aufmerksamkeit richtete sich auf Bri, die Linda gar nicht erst wahrnahm, während sie Mirko mit der Anlage half. Zuvor hatten sie die Bilder von der Wand abgenommen und verstaut, ebenso die liebevolle Blumendeko. Ich musste zugeben, dass ich es mehr als befremdlich fand, Bri und

Linda in einem Raum zu sehen. Sicher, Kati und ich waren auch einmal ein Paar gewesen – aber ich hatte Linda und Bri eben immer nur als Paar gesehen. Jetzt waren sie zum ersten Mal mit jeweils anderen Partnerinnen zusammen und ich war eine davon.

Ich kaute auf meiner Unterlippe – nicht die beste Idee, weil so mein ganzer Mund nach diesem roten Lippenstift mit vierundzwanzigstündigem Halt schmeckte, den ich seit neuestem wieder trug.

Wie immer konnte ich es nicht lassen, mich zu vergleichen, gleichzeitig wusste ich aber auch, dass bei Bri für Linda der Ofen aus war. Egal, ob diese sich gleich an der Kasse als Rechengenie bewies. Oder weil ihr weißes enges Kleid ihre braungebrannte Haut betonte, während ich aussah wie ein Milchbrötchen in meinem schwarzen Skaterkleid.

Als hätte sie geahnt, dass ich mir gerade Gedanken über sie machte, kam Bri in diesem Augenblick zu mir und umarmte mich.

»Danke noch mal, dass du deinen Bruder überredet hast, uns die Anlage zur Verfügung zu stellen. Wenn die Eventreihe ein Erfolg wird, kauft sich Vroni bald eigenes Equipment.« Ich gab Bri einen Kuss auf die Wange.

Aus dem Augenwinkel beobachtete ich, wie Kati und Linda sich neckten, während sie einen Bartisch am Eingang aufstellten. Kati hatte sich nicht gegen ihren Willen verändern müssen, um die Beziehung führen zu können, die sie sich immer gewünscht hatte. Ich hatte damit falsch gelegen, Kati zu raten, ihr Verhalten etwas zu überdenken. Und nie hatte ich lieber falschgelegen. Meine beste Freundin war mir so wichtig und sie jetzt so fröhlich zu sehen, wärmte mein Herz. Da nahm ich es gerne in Kauf, dass meine beste Freundin und ich nun mit jeweils einem Teil eines ehemaligen Paares zusammen waren, was gemeinsame Treffen irgendwie noch etwas kompliziert machte. Quasi eine leibhaftige Verkörperung des »Charts« aus *The L Word*, nur in echt.

Bri gab sich nicht damit zufrieden, dass ich sie nur auf die Wange geküsst hatte. Entschlossen nahm sie mein Gesicht in ihre Hände, zog mich dicht zu sich heran und küsste mich leidenschaftlich.

Vielleicht war es doch nicht so kompliziert.

Das Chart entfaltete sich weiter, als die ersten Gäste eintrafen. Ich erblickte nämlich von Weitem Marleen. Die hatte doch ganz sicher Chrissy im Schlepptau! Anders als sonst löste der Gedanke an eine meiner Ex-Freundinnen mit ihrer Frau in spe jedoch keine Genervtheit bei mir aus.

Ich beobachtete, wie sich Marleen ihren Weg durch die vor dem *Samba* rauchenden Queeros bahnte. Schließlich erreichte sie mich mit ihren Freundinnen, die als gute Allys mit so vielen Regenbogenaccessoires wie möglich geschmückt waren, von Chrissy fehlte allerdings jede Spur.

Der Abend hätte besser nicht anlaufen können. Fabio hatte beispielsweise bereits gezeigt, dass Yogalehrer durchaus den Moonwalk konnten, wofür er ordentlich Jubel bekommen hatte.

Drinnen wummerte die Musik, zu der bereits enthemmt gefeiert wurde. Daher musste ich schreien: »Seid ihr schon vollzählig?«

Marleen wusste sofort, was ich meinte. »Chrissy wollte nicht mitkommen, ihr geht es absolut nicht gut. Die Hochzeit ist abgeblasen.«

»Was?«

»Ja, total krass. Während sie auf Ibiza war, wurde sie betrogen!« Marleen versuchte zwar, die Info mit vertraulich gesenkter Stimme weiterzugeben, musste wegen der Musik aber trotzdem ziemlich laut sprechen. Was eigentlich keinen Unterschied machte, denn die Nachricht würde sich so oder so rasend schnell verbreiten.

Ich war schockiert und Chrissy tat mir ehrlich leid, auch wenn damit der Fluch, der auf mir gelegen zu haben schien, gebrochen war. Andererseits glaubte ich spätestens seit Bri ohnehin nicht mehr daran.

Während Kati und Linda Marleen und ihren Freundinnen Stempel aufdrückten und Marleen dazu ansetzte, mir Details über den Betrug zu berichten, wurde ein Glas in mein Sichtfeld gehalten.

»Einen Watermelon Mojito für die Dame!« Bri präsentierte mir das Getränk mit einem breiten Grinsen.

»Einen Watermelon Mojito? Wie schick! Woher wusstest du, dass ich das bestellt hätte, wenn ich gewusst hätte, dass Vroni das mixen kann?« Erstaunt nahm ich das Glas voller Eiswürfel und rosafarbener Flüssigkeit entgegen.

»Ich habe es selbst gemixt und der Rest ist: Magie.« Bri wackelte mit all ihren Fingern, als wäre sie ein Zauberer. »Irgendwie ist es cool, einfach hinter die Theke zu gehen. Warum machen wir das sonst nie?« Bri schlang ihre Arme von hinten um mich, während ich mit dem Papierstrohhalm im Getränk rührte, um den Zucker vom Glasboden wirbeln zu lassen.

Marleen und ihre Freundinnen zogen jubelnd ab und Kati und Linda widmeten sich den nächsten Neuankömmlingen.

»Weil Vroni es sonst verbietet?« Ich lachte.

Wir sahen beide zu ihr hinüber, wie sie mit ihrer Frau am Rand der Tanzfläche herumalberte. Es war schön, hier so mit Bri zu stehen, umringt von all unseren Lieben. Ganz anders als mit Sandra im *Delirious*, die die halbe Zeit am Handy gehangen und sowieso jeden ignoriert hatte, weil niemand ihr das Wasser hatte reichen können.

»Das hier fühlt sich einfach an, als würde es uns gehören.« Bri lächelte.

Ich nickte glücklich grinsend. »*Uns*.«

Bri hatte Akiko aus dem Bett verdrängt.

Oder Akiko traute sich nicht, zu uns unter die Decke zu schlüpfen. Jedenfalls wurde ich von einer kalten Hundezunge an meiner über der Bettkante hängenden Hand wach. Wobei ich eigentlich nur noch gedöst hatte. Die raue Nässe weckte mich vollends, ich blinzelte in die Dunkelheit und gab den Wunsch nach Tiefschlaf auf.

Also setzte ich mich auf die Bettkante und kraulte Akiko beruhigend, was sie offenbar als Einladung verstand, ins Bett zu hüpfen, wo sie sich nun zufrieden auf meiner Seite breitmachte.

Diese Hündin schaffte es immer wieder, mich zum Lachen zu bringen, egal, wie dreist sie war.

Ich entschied, kurz ins Bad zu gehen. Oder vielmehr durch die Dunkelheit über meinen Flauschteppich dorthin zu stolpern. Als ich ankam, machte ich das Licht im Badezimmer an. Ein dünner Lichtstrahl fiel ins Schlafzimmer und erhellte Bris Silhouette in meinem Bett. Ich musterte sie.

Das geblümte Laken verdeckte Bris perfekt definierten Hintern. Aschblonde Haarsträhnen waren in ihr friedliches Gesicht gefallen. Die trainierten Oberarme umarmten mein Kissen.

Warum hatte sie nicht mich im Schlaf umarmt? Hatte das etwas zu bedeuten?

Ich war schnell dabei, mich für mein Hinterfragen zu schellten: *Spinnst du jetzt, Fredi? Natürlich nicht! Wirst du jetzt wie deine eigene Mutter? Möchtest du Tarotkarten legen und etwas über Sternzeichen lernen? Sie hat dich einfach im Tiefschlaf nicht umarmt, nicht mehr, nicht weniger.*

Im Bad schlug mir eine Wolke aus Bris Shampoo und Duschgel entgegen. Mit Wasabi-Note. Ich hatte gewitzelt, ob das nicht furchtbar auf der Haut brannte, aber tatsächlich roch es verdammt gut.

Leise schloss ich die Tür hinter mir – obwohl Frau und Hündin inzwischen um die Wette schnarchten. Ich fragte mich, ob ein Konzert von Scooter die beiden wohl geweckt hätte.

Meine übernächtigten Gehirnzellen grübelten weiter vor sich hin, ohne dass ich es hätte abschalten können, sprangen von einem Thema zum nächsten.

Eigentlich beschäftigte mich etwas anderes als Akikos Schlafplatz. Ich versuchte, schon seit Stunden erfolglos etwas zu verdrängen. Die »Gay On Me«-Party letztes Wochenende war ein voller Erfolg gewesen und hatte mich regelrecht berauscht. Vroni hätte mir fast die Füße geküsst für meine Idee. Alle Beteiligten und auch alle Gäste schwärmten. Wer noch schwärmte, war natürlich ich von Bri. Und anscheinend hatte meine Mutter das meiner Großmutter weitergetragen, die nun Bri kennenlernen wollte. So weit, so wenig ungewöhnlich. Allerdings hing mir ein Satz von ihr nach: »Das sollte jetzt aber bitte auch die Letzte sein, die du mir vorstellst.«

Nicht dass es in der Vergangenheit zu so wahnsinnig vielen förmlichen Treffen dieser Art gekommen wäre. In Blumenbad kannte man sich doch eh. Und ich kannte ja auch den ewigen Grant meiner Oma! Und dennoch …

Etwas lenkte meine Aufmerksamkeit von meinem ewigen Gedankenkarussell weg: Bris Uniform hing an der Tür.

Vorsichtig sah ich mich um, obwohl ich offensichtlich die Einzige im Bad war. Ob ich mal kurz …?

Ich angelte nach Bris Polizistenjacke und schlüpfte kühn hinein. War das jetzt eigentlich eine Straftat? Als ich mir einmal beim Striptease ihre Polizeimütze aufgesetzt hatte, war sie nicht gerade begeistert gewesen. Obwohl ich noch besonders sexy mit zusammengekniffenen Augen »Blumenbad Vice« gehaucht hatte.

Eingehend betrachtete ich mich in der Jacke im Spiegel. Fühlte Bri sich in ihrer Uniform mächtiger? Nervte sie die Krawatte? Ich versuchte, mich in die burschikose, junge Frau hineinzuversetzen, und dachte an die missbilligenden Blicke der alten Frauen, weil alles an ihr *Lesbe!* schrie. Egal, ob Gesetzeshüterin oder nicht, immer schienen ältere Damen die Nase über sie zu rümpfen. Hoffentlich nicht auch noch meine Oma … Nicht dass mich ihre Meinung sonderlich beeinflusste, aber auf den Geist gehen konnte sie mir.

Mit den Fingerspitzen fuhr ich über das Wappen der bayerischen Polizei an meinem linken Oberarm. Die vier hellblauen Sterne auf jeder Schulter. Ich konnte den Reißverschluss deutlich an meiner Brust spüren, direkt über meinem roséfarbenen Negligé. Es fühlte sich irgendwie sexy an – aber auch irgendwie verkehrt. Bri stand die Uniform besser. Wenn sie sie trug, machte mich das irgendwie an, auch wenn ich sonst keinen nennenswerten Kink hatte. Wenn überhaupt, dann nur den, in einer stabilen Beziehung sein zu wollen.

Würde ich mir künftig große Sorgen um sie machen?

Gut, wir lebten in einer Kleinstadt. Aber eben auch in postfaktischen Zeiten. Jederzeit konnte jedem etwas passieren. Für eine Polizistin war das Risiko jedoch ungemein höher als für eine Pressereferentin im Rathaus. Aber hielt mich das von Bri ab? Mitnichten!

Mit Schmetterlingen im Bauch setzte ich mich auf den Rand der Badewanne und starrte auf meine Zehen. Der rote Nagellack war hier und da abgesplittert.

Vermutlich würde sich meine Oma keine Gedanken darum machen müssen, dass Bri die letzte wäre, die ich ihr vorstellte.

Plötzlich vernahm ich Geräusche durch die Badezimmertür. Ich stand auf und ging zur Tür – kratzte da Akiko? Und was war das für ein hektisches Gewühle da draußen?

Ich beugte mich vor, um besser lauschen zu können – da traf mich auch schon die Badezimmertür hart gegen die Stirn.

»Auuuutsch!«

»Kleines, was machst du da?« Bri starrte mich in ihrer Polizeijacke perplex an.

Ich hielt mir den dröhnenden Kopf und erwiderte: »Ich ... ich ...«

Bri begann, um mich herumzuwuseln und sich die Uniformhose über ihre nackten Beine zu streifen.

»Mir ... war kalt?«, schob ich schließlich nach. Mein Kopf pochte noch immer.

»Und da ziehst du meine Dienstjacke an?« Bri hob eine Augenbraue und knöpfte sich in Windeseile das Hemd zu. »Anstatt dich zum Beispiel an mich zu kuscheln?«

Ich wurde rot. So rot wie man nur werden konnte. Sogar röter als mein Nagellack.

»Was ist eigentlich los?«, fragte ich, um von mir abzulenken.

»Ich bin angerufen worden. Ich soll sofort zu Vroni fahren, dort wurde scheinbar eingebrochen.« Bri balancierte auf einem Bein, um sich ihre Socke anzuziehen.

Bei Vroni? Ich vergaß für einen Moment meine Kopfschmerzen. »Darf ich mit?«

Ich hatte vermutlich schon bessere Ideen gehabt, aber nachdem ich mir gerade so viele Gedanken dazu gemacht hatte, wie Bri sich wohl im Dienst fühlte, war ich neugierig geworden. Außerdem ging es um Vroni! Auch wenn es wohl sinnvoller gewesen wäre, mit einem Eisbeutel möglichen Beulen entgegenzukühlen.

»Das ist ein Polizeieinsatz.« Ich schwieg, woraufhin Bri hinzufügte: »Ich kann nicht warten, bis du angezogen bist. Ich muss sofort los!«

»Du bist doch auch noch nicht angezogen.« Ich verschränkte die Arme vor der Brust.

Bri bedeutete mir, ihr die Dienstjacke zurückzugeben, was ich nur widerwillig tat. Nachdem sie ihren Look finalisiert hatte, sagte sie triumphierend: »Jetzt schon.«

»Okay, darf ich trotzdem mit? Ich beeile mich auch.«

Bri schien unschlüssig und dachte kurz nach. »Na gut. Dann los!«

Ich war aufgeregt – und besorgt. Für eine Kleinstadt war dann doch verdammt viel los!

In Windeseile rasten wir zu Vroni – Bri in voller Montur, ich mit einer Jeansjacke über meinem Negligé und mit immerhin farblich dazu passenden Ballerinas. Akiko hatte unseren Aufbruch seelenruhig hingenommen. Endlich hatte sie den nötigen Platz im Bett …

Als wir ausstiegen und mich die kalte Nachtluft traf, musste ich beinahe laut über mich lachen. Vor wenigen Minuten noch war mein Kopf völlig dicht mit Gedanken an das bevorstehende Gespräch mit meiner Oma und Bri gewesen. Nun fühlte sich mein Kopf deutlich klarer an – auch wenn er von dem Zusammenstoß mit der Badezimmertür noch immer schmerzte. Umso absurder war die Situation, in der ich mich nun befand: Die dunkle Nacht war erhellt von den ringsherum in den Fenstern brennenden Lichtern. Überall standen die Haustüren offen, aus denen schaulustig herausgegafft wurde. Ein Blaulicht drehte sich auf dem zivilen Einsatzfahrzeug von Giovanni, ein anderes auf dem einzigen Polizeiauto der Stadt.

Checkt Giovanni mich gerade ab?, fragte ich mich, während ich ausstieg.

»Was ist hier los?«, wollte Bri wissen.

»Du bist zu spät«, gab Giovanni bloß zurück. Er klang so abgeklärt, dass es mir Angst einjagte.

»Geht es Vroni gut?«, fragte ich erschrocken. Immerhin wohnte sie direkt über dem *Samba*.

In diesem Moment ging die Kneipentür auf und ein weiterer Kollege von Bri kam heraus – er führte einen Mann ab.

»Was ist das denn für ein Heini?«, fragte Bri. Giovanni schien, als hätte er keinen Plan.

Und ausgerechnet ich konnte ihr diese Frage beantworten: »Richard de Reus!«

Bri sah mich verwirrt an. »Okay, jetzt noch mal: Was ist hier los?«

Ich zuckte mit den Schultern und sah fragend zu Giovanni, der sich jetzt Bri zuwandte und erklärte: »Vroni hat uns gerufen, weil sie ziemlich lautes Gepolter gehört hat. Sie ging davon aus, es wäre … na ja, ein Gast. Der Rudi halt wahrscheinlich. Als er uns gehört hat, hat sich der Dieb hektisch in der Küche verschanzt. Wir konnten seinen Weg nachverfolgen, weil einige Stühle umgeworfen waren. Wie Dominosteine. Dann haben wir um Verstärkung gebeten, wir wussten ja nicht, mit wie vielen Einbrechern wir es zu tun hatten. Zum Glück handelte es sich nur um einen Einzeltäter, den wir schnell überwältigen konnten, aber uns ist noch völlig unklar, was er stehlen wollte.«

»Ich weiß, was er wollte. Aber nicht warum«, warf Vroni in diesem Moment ein. Sie stand auf einmal im Bademantel vor uns. Es war das erste Mal, ihre Hochzeit eingeschlossen, dass ich sie ohne obligatorischen Haarknödel sah.

»Er wollte das Gemälde stehlen, das über dem Stammtisch hing. Meine Frau zählt gerade die Kasse noch mal nach, aber da passt alles ... es ist ganz offensichtlich. Er hat es zwar auf der Sitzbank stehen lassen, als er geflohen ist, aber es ist abgehängt.«

»Aber warum? Woher ist das Bild?«, fragte ich. Bri verzog keine Miene, schien aber nicht unbedingt erfreut, dass ich die Zeugenbefragung übernommen hatte. Giovanni grinste nur.

»Ich versteh's auch nicht. Ich habe es von meiner Oma geerbt. Sie hat gesagt, es ist von einer Mylène Bonet ... Kennt ja kein Mensch. Und ich dachte, das wäre eine Freundin von ihr. Mir hat es einfach gefallen. Wegen der ... Waldszenerie.« Mit einem Räuspern verschränkte Vroni die in Frottee gekleideten Arme vor der Brust.

Ja, klar, sicher nicht wegen der nackten Frauen, dachte ich.

In der Zwischenzeit hatte Bri eiligst gegoogelt. »Mylène Bonet, sagst du? Vroni, das Bild stammt aus dem 19. Jahrhundert.«

»Öha«, entgegnete Vroni. »Dann war sie wohl doch keine Freundin meiner Oma ...«

»Und dafür macht Richard de Reus sich selbst die Hände schmutzig?« Ich blickte zu dem Mann hinüber, der angespannt auf der Rückbank des Polizeiautos saß. Der schwarze Pulli und die Hose in derselben Farbe wirkten an ihm so elegant wie ein Designeranzug.

»Es ist sehr viel wert.« Bri scrollte weiter und überflog irgendeinen Text.

»Wollte er deswegen meinen Laden kaufen? Weil das billiger war als das Gemälde? Auf die Idee hat ihn bestimmt seine Frau gebracht!« Vroni blickte entgeistert von einem zum anderen. Nicht dass es prinzipiell unrentabel schien, das *Samba* zu erstehen, aber nun ergab die exorbitant hohe Summe für alle plötzlich Sinn.

Dass Sandra nie aufgefallen war, welche Künstlerin mit ihrem Gemälde das *Samba* geschmückt hatte?! Gut, sie hatte die Kneipe immer gleich fluchtartig verlassen, weil sie keine Sekunde länger als nötig dort verweilen wollte.

Bri zuckte mit den Schultern. »Wir werden herausfinden, ob er deswegen deinen Laden kaufen wollte und bei dir eingebrochen ist, nachdem du nicht eingewilligt hast.«

Sie stand im blauen Schein der Polizeilichter wie eine Engelserscheinung, als ich sie ansah, und ich spürte, wie unglaublich tief ich für sie empfand. Bei ihr fiel es mir so leicht, mir eine gemeinsame Zukunft mit ihr auszumalen. Eine Zukunft, wie ich sie noch nie so real vor meinem geistigen Auge gesehen hatte. Am liebsten hätte ich Bri geküsst. Vor allen Leuten. Aber da sie mich bereits im sexy Nachthemd mit auf einen Einsatz genommen hatte, verkniff ich mir das und lächelte nur glücklich.

»Es tut mir leid, dass meine Oma mit diesem Gewäsch angekommen ist, von wegen du könntest mich nicht versorgen. Sie meinte das nur, weil du nicht so viel größer bist als ich und wir so niemals an die Sachen im obersten Regal rankommen könnten. Als hätten wir keine Trittleiter im Haus …«, sagte ich augenrollend.

»Deine Entschuldigung macht es jetzt nicht gerade besser«, bemerkte Bri und setzte sich breitbeinig auf mein graues Sofa. Akiko tapste zu ihrem neuen Lieblingseck. Diese verrückte Hundedame zog den harten Boden tatsächlich ihrem Kissen, Deckchen oder bequemen Körbchen vor … Aber mit ihrer Eigenwilligkeit passte sie in diese Stadt.

»Wunder Punkt?« Ich legte den Kopf schief und glättete mein ärmelloses dunkelblaues Kleid. Meine silbernen Armkettchen klimperten dabei.

»Ich wurde ganz bestimmt nie während meiner gesamten Ausbildung daran erinnert, eine der Kleinsten zu sein.« Bris Stimme triefte vor Ironie. Sie krempelte ihre Ärmel hoch, was meine Knie direkt weich werden ließ. Am liebsten hätte ich mich sofort auf sie gestürzt, aber ich rief mich zur Ordnung – und beschloss, ein zärtliches Vorspiel zu starten.

»Für mich bist du die Größte.« Ich lächelte und setzte mich neben Bri. Dabei schmiegte ich mich an sie und registrierte zufrieden, wie sie einen Arm um mich legte – um dann ihre eiskalte Hand gegen meinen Oberarm zu drücken. *So viel zum zärtlichen Vorspiel, Elsa aus* Frozen*!*

»Wah!«, entfuhr es mir und ich schreckte hoch. Der Sommer neigte sich zwar dem Ende, aber diese Eisklötze als Hände waren wirklich nicht normal!

Zufrieden feixte Bri mich an, weil es ihr gelungen war, mich zu ärgern. Ich rieb trotzdem ihre Hände, um sie zu wärmen, wobei ich mir nur mühsam ein Lachen verkneifen konnte. Mit Bri war alles so einfach. Kein Wort zu viel, immer alles auf den Punkt.

»Und wie ist das jetzt – müssen wir den Rat deiner Mutter befolgen?«, fragte Bri mit gerunzelter Stirn.

»Was? Das Waldbaden und Baumumarmen, von dem sie derzeit so begeistert ist wie ein Hund, der das Meer sieht?

Glaub mir, wenn sich in meiner Familie irgendjemand an irgendeinen Ratschlag halten würde, hätte meine Mutter längst meinen Vater geheiratet«, erwiderte ich.

»Das beschäftigt deine Oma ja ziemlich.« Bri nickte bedächtig.

Ich grinste in Erinnerung an dieses ansonsten sehr zufriedenstellende Mittagessen. Vroni, noch immer ganz perplex angesichts des unverhofften Schatzes in ihrem Besitz, hätte uns am liebsten nichts berechnet. Da man aber noch prüfen musste, ob Richard de Reus das Bild beschädigt hatte, als er es von der Wand genommen hatte, hatte ich vehement darauf bestanden, zu bezahlen.

Etwas anderes jedoch war klar: »Gay On Me« würde auch weiterhin stattfinden, das hatte Vroni mir freudestrahlend ins Ohr geflüstert.

Das Essen war sehr viel besser gelaufen, als ich es mir vorgestellt hatte. Meine Oma hatte sich für ihre Verhältnisse sehr zusammengerissen. Vermutlich war Bris Beruf ein Pluspunkt gewesen. Nicht auszudenken, wie sie Sandra ins Kreuzverhör genommen hätte, nach dem Motto: »Wie kann man ohne richtige Arbeit überhaupt ein richtiger Mensch sein?«

Oder hatte meine Mutter meine Oma vielleicht heimlich mit zu unserem Yogalehrer Fabio geschleppt, damit sie sich einmal entspannte? Meine Oma hatte sich nämlich recht ausschweifend mit meinem Vater darüber unterhalten, in welche Gefäße man Hauswurze pflanzen kann. Wie sich herausstellte, kann man sie überall hineinpflanzen. *Wow.*

Irgendwann hatten Bri und ich nur noch mit Mühe unser Kichern unterdrücken können, weil wir darüber sinniert hatten, Hauswurze demnächst in Bierkrüge zu pflanzen und auf Bris Balkon zu stellen.

Nach dem gemeinsamen Essen sah meine Oma jedenfalls eine Zukunft für mich, die ihrer Vorstellung entsprach.

Und ich tat das auch, mit einer Frau an meiner Seite, die ich nicht mehr gehen lassen wollte. Ihretwegen hätte ich fast vergessen, dass morgen der Bürgermeister aus dem Urlaub zurückkam, und ich wusste, der Kämmerer-Karl würde nichts Besseres zu tun haben, als sich über meine »Gay On Me«-TikToks zu beschweren. Vermutlich verbündet mit der Maier vom Postamt. Nicht dass die wusste, was *ein TikTok* war. Ich konnte sie es geradezu in der ihr eigenen Art und mit krächzender Stimme sagen hören. Sie war halt aus Prinzip homofeindlich.

Da ging man jahrelang zum Yoga, um seinen Chef aus seinen Gedanken wegzumeditieren, und dabei war alles so einfach – man musste nur die Richtige finden, um sich von seinen Sorgen abzulenken.

Ach ja, einfach war das natürlich nicht gewesen. Doch das Warten hatte sich gelohnt.

Gedankenverloren liebkoste ich zart ihr Ohr. Dabei rieb ich sanft mit meinem Daumen über ihren rechten Nippel unter ihrem Hemd, bis dieser hart wurde. Ich flüsterte: »Und? Sind wir immer noch vollgefressen vom Sonntagsbraten?«

Bri grinste und beugte sich vor, um mich zu küssen. »Nachtisch passt immer rein!«

Die Autos fuhren wie immer viel zu schnell in der Ortschaft und zogen erste durch die Luft wirbelnde Herbstblätter hinter sich her. Ich raffte meinen schwarzen Cardigan etwas enger um mein viel zu dünnes Kleid und freute mich sogar ein wenig aufs Büro, wo ich mich wieder aufwärmen konnte.

Gerade fand Katis Aktion zum Schulanfang statt und in meiner Funktion als halboffizielle Social-Media-Beauftragte der Stadt hatte ich sie besucht, um Kati in voller Supergirl-

Montur zu filmen. Und um ihr zu unserem Jahrestag mit einem selbstgebastelten Armband aus dem Etsy-Shop meiner Mutter zu gratulieren. Während ich das TikTok hochlud, fragte ich mich, ob der Kämmerer-Karl nicht vielleicht doch recht hatte. War es unprofessionell, im Namen der Stadt über *meine* Themen zu sprechen? LGBTQIA+- und Geekkultur?

Andererseits postete ich auch Themen wie den Aufbau des Fests des Burschenvereins.

Kaum hatte ich das Rathaus betreten, verflog meine Freude auf mein warmes Büro. Denn der Kämmerer-Karl wartete darin bereits auf mich. Es war, als täte er den ganzen Tag nichts anderes, als den TikTok-Kanal von Blumenbad zu aktualisieren, um mir frisch eine einzuschenken.

Ihn in meinem Büro zu sehen, war absurd. So merkwürdig wie die Einstellung in einem Film von Wes Anderson. Grauer, verstaubter Anzug vor bunter *Mean Girls*-Tasse auf dem Schreibtisch, auf der stand, dass es nicht meine Schuld war, wäre man in mich verliebt. Das war der Kämmerer-Karl sicher nicht.

»Nicht! Relevant!«, rief er.

»Was ist nicht relevant?« Ich knetete meine Hände und versuchte, mich mit möglichst viel Abstand an ihm vorbei hinter meinen Schreibtisch zu schieben.

Er verfolgte mich mit seinen Blicken, ohne mir auch nur einen Zentimeter Platz zu machen. »Außerdem ist die Werbung nicht markiert! Oder war das etwa *paid content*? Schieben Sie sich das womöglich noch selbst in die eigenen Taschen?«

»Was wissen Sie schon über paid content?«

»Meine Tochter hat mir das erklärt! Und die ist immerhin *Influencerin*!«, sagte er und warf sich in die Brust.

Und ich hatte mich schon gewundert, dass der Kämmerer-Karl überhaupt wusste, was TikTok war. »Ihre Tochter filmt sich dabei, wie sie ihre Einkäufe aus dem Drogeriemarkt auspackt. Damit ist sie jetzt nicht gerade BibisBeautyPalace – nichts für ungut!«

»Sie sagt, dass Sie viel zu wenige *Follower* generieren!«, schleuderte er mir entgegen, die Hände in die Hüften gestemmt.

»Hat sie Ihnen auch erzählt, dass ein guter Kanal nicht von heute auf morgen erfolgreich wird? Die Frauenkirche ist schließlich auch nicht an einem Tag erbaut worden, das braucht alles Zeit – und Witz und Engagement«, setzte ich mich zur Wehr, während ich dachte: *Langsam treibt der Kämmerer-Karl es wirklich zu weit!* Vielleicht hätte die frühere Fredi schon klein beigegeben, weil sie keine Lust auf die Konfrontation gehabt hätte – doch ich hatte beschlossen, ernsthaft um dieses Projekt zu kämpfen. Es machte mir zu großen Spaß, um aus Harmoniesucht darauf zu verzichten.

»Frau Maier vom Postamt findet diese ganze schwule Propaganda auch nicht fein!«, sagte der Kämmerer-Karl und fuchtelte wild mit den Händen.

»Frau Maier vom Postamt hat noch nicht einmal Internet! Deswegen arbeitet sie ja bei der *Post*!«, erwiderte ich ungehalten.

»Was ist das denn für ein Lärm hier?« Der Bürgermeister stürmte herein. Klar, der Kämmerer-Karl konnte so laut sein, wie er wollte, aber sobald ich die Stimme erhob, stand mein Chef auf der Matte.

»Herr Bürgermeister, gut, dass Sie da sind! Haben Sie jetzt schon mit Ihrer *Mitarbeiterin* darüber geredet, dass sie unlautere Inhalte auf dem offiziellen *Account* der Stadt postet?«

Unter anderen Umständen hätte ich über die unbeholfen betonten Fremdwörter gelacht, aber das war jetzt nicht der richtige Zeitpunkt dafür.

»Ach! Ja, freilich! Diese Kommunikation zum Christopher *Streets* Day!«

»Christopher Street Day?!«, wiederholte ich leicht verwirrt. Meinte er die »Gay On Me«-Videos?

»Fand ich sehr gut! Sehr gute Initiative Ihrerseits, Frau Gröblehner!«

»Aber …«, stammelte der Kämmerer-Karl, doch der Bürgermeister fuhr bereits fort: »Wissen Sie, die Kultur-Offensive war ja nur der erste Schritt. Die hat sogar große Investoren in unseren Ort gelockt!«

Dass Richard de Reus schon vor Sandras Kunstausstellung in der Volkshochschule versucht hatte, verschiedene Lokalitäten in der Gegend aufzukaufen, warf ich an dieser Stelle bewusst nicht ein.

»Aber wir wollen die großen Investoren gar nicht, wir wollen selbst groß werden! Und dafür müssen wir uns noch weltoffener zeigen! Mir schwebt vor, richtigen LGB-Tourismus zu betreiben!«

Nun konnte ich nicht mehr an mich halten und musste ihn korrigieren: »Sie meinen LGBTQIA+-Tourismus.« Eigentlich war es auch kein Wunder, dass wir so oft aneinandergerieten, wenn ich nicht still sein konnte.

»Genau! Und darum möchte ich auch, dass Sie die Broschüre fürs nächste Jahr mit gendergerechter Sprache auf Vordermann bringen, Frau Gröblehner!«

Ich bekam vor Überraschung den Mund nicht mehr zu. Auf welchem Seminar war er denn heimlich im Urlaub gewesen?

»Und was hat Sie dazu inspiriert, Herr Bürgermeister?«, fragte der Kämmerer-Karl verhalten, offenbar verunsichert von dem plötzlichen Richtungswechsel des von ihm vergötterten Oberhaupts der Stadt.

»Mein Urlaub!« Der Bürgermeister lächelte verschwörerisch. »Wir sind nämlich nach Brighton gefahren!«

Öha. Wenn er Blumenbad zu einem zweiten Brighton machen wollte, mussten wir uns irgendwie einen Zugang zum Meer graben.

Ich hatte nur gewusst, dass der Bürgermeister eine mehrwöchige Tour mit dem Auto nach und durch England geplant hatte. Sein Sonnenbrand zeugte davon, dass er sich den landestypischen Gepflogenheiten angepasst hatte. Ich fand es nicht so gut, dass er seinen Dackel Bubi auf diesen Roadtrip mitgenommen hatte. Ganz generell wusste ich noch nicht, was ich von seinen LGBTQIA+-Tourismus-Ideen halten sollte. War das Pinkwashing? Oder war es das nicht, weil ich mich darum kümmerte, mit ganzem Herzen?

»Aber seien wir ehrlich, den Homosexuellen gefällt es hier doch gar nicht. Oder ist die Grünwald Sandra, noch da?«, fragte der Kämmerer-Karl scheinheilig nach. Als hätte ich Sandra mit einer Mistgabel über die Stadtgrenze nach Rapshöh getrieben! Der Kämmerer-Karl war sich wirklich für nichts zu schade. Erst recht nicht, wenn es darum ging, alles aus dem Zusammenhang zu reißen … *Politiker!* Dass das Haus ihrer Tante inzwischen zum Verkauf stand, hatte ich schon mitbekommen – vermutlich würde Sandra ihre großen Träume dadurch endlich finanzieren können. Dennoch mied ich meine Lieblingshundewiese in der Nähe des Hauses noch immer. Schadete ja nicht.

»Ja, eben, das mit dem Vertreiben, das wollen wir nicht mehr!« Der Bürgermeister sah mich strahlend an. »Und eine bessere Botschafterin als Frau Gröblehner könnte ich mir nicht vorstellen!«

»Ich weiß, Herr Bürgermeister, Sie waren im Urlaub, daher können Sie nicht wissen, was in der Zeitung über Frederike

Gröblehner stand. Die Schafleitner Edith, hat mir erzählt, wie ihr ihr Pony ausgebüxt ist, gell, und dass Frau Gröblehner ewig später mit dem Tier wieder aufgetaucht ist, und da lag natürlich nahe, dass ich …« Der Kämmerer-Karl sprach sehr schnell wie ein sehr wütender Franz Beckenbauer. Aber es war zu spät – ich war hellhörig geworden.

»Wie war das?«

»Ich meinte, ich habe gelesen, wie die Schafleitner Edith, erzählt hat …«

»*Sie* haben der Schafleitner Edith, das eingeflüstert? Sie haben so lange auf sie eingeredet, bis sie selbst nicht mehr wusste, was eigentlich passiert ist, und ihr nahegelegt, damit an die Presse zu gehen?! Aber warum? Nur um meinen Ruf zu schädigen? Was haben Sie davon?« Ich war mir nicht sicher, was größer war: meine Wut oder meine Freude darüber, endlich das fehlende Puzzleteil gefunden zu haben. Ich hätte es mir ja gleich denken können!

Der Kämmerer-Karl brach schneller ein als ein Jenga-Turm: »Ich brauche die medialen Kanäle der Stadt! Meine Themen benötigen mehr Aufmerksamkeit. Ich kriege niemanden dazu, das Schafkopfturnier zu sponsern.«

Er klang weinerlich. Allerdings nicht weinerlich genug, um mein Mitleid zu erregen.

»Ja, komisch!«, sagte ich spitz. Mit hochgezogener Augenbraue verschränkte ich die Arme vor der Brust wie eine strenge Lehrerin.

Der Bürgermeister sah irritiert zwischen uns hin und her. »Ich verstehe nicht ganz …«

Das musste er auch nicht, weil ich das regeln würde, um diesem ständigen Gehetze gegen mich ein für alle Mal ein Ende zu setzen. Es war die perfekte Gelegenheit, die *bigger person* zu sein, noch dazu vor meinem Chef, wo er mir gerade so wohlgesonnen war. Vielleicht ließ sogar er mich danach endlich in Ruhe meine Arbeit machen. Zwei große Fliegen mit einer Klappe.

»Ich sage Ihnen jetzt was: Sie hören auf, ständig gegen mich zu schießen. Und Sie lassen mich mein Social-Media-Ding machen. Wenn Ihre Tochter etwas größer ist, kann sie gerne ein Praktikum bei mir machen. Ich helfe Ihnen dabei, einen Sponsor für Ihr Schafkopfturnier zu bekommen. Aber dafür lassen Sie mich endlich in Frieden. Haben Sie mich verstanden?«

Der Kämmerer-Karl wollte sich nicht so schnell geschlagen geben. »Und wer soll dieser Sponsor bitte sein?«

Ich zuckte betont lässig mit den Schultern. »Die Gärtnerei meines Vaters.«

Endlich kam mir die Gärtnerei mal zugute, auch wenn ich sonst nicht viel mit ihr am Hut hatte, sehr zum Bedauern meines Vaters. Aber nachdem er mir einmal erklären wollte, wie ich es schaffte, meine Topfblumen nicht ständig zu töten – »Wenn sie feucht sind, lässt du sie in Ruhe!« – und ich daraufhin fast an einem Lachanfall erstickt wäre, hatte er eingesehen, dass ich keine geeignete Nachfolgerin für ihn war.

Aber ich wusste, dass nach dem Sponsoring für die Fußballmannschaften ein wenig Kohle für Marketingaktivitäten übrig war. Noch dürfte mein Vater das Geld nicht für etwas anderes verballert haben.

Der Kämmerer-Karl überlegte einen Moment. Dann streckte er die Hand aus. »In Ordnung.«

»Und Sie behalten Ihre homofeindlichen Sprüche in Zukunft für sich. Blumenbad ist jetzt eine weltoffene Stadt!«, stellte ich eine weitere Forderung.

Der Bürgermeister, der immer noch nur die Hälfte verstand, nickte eifrig ob seines neuen Lieblingsstichworts.

Der Kämmerer-Karl seufzte, gab sich aber geschlagen. »In Ordnung.«

Die nächste »Gay On Me«-Party stand in den Startlöchern und wie es schien, würde sich die Partyreihe tatsächlich etablieren. Als wäre das auch dem Kämmerer-Karl klar geworden, schaute er an dem Abend sogar kurz vorbei, wenn vielleicht auch nur, damit ich sah, wie ernst es ihm mit unserem Deal war. Nachdem ihn eine Dragqueen bezirzt hatte, war er sich allerdings nicht sicher, ob er sich beleidigt oder geschmeichelt fühlen sollte … Nichtsdestotrotz hielt er sich an unsere Abmachung. Eine weitere Runde in unserem Kampf blieb aus.

Das *Samba* war erneut proppenvoll. Dadurch war es bullenheiß, während es draußen langsam kühler wurde. Vroni lehnte entspannt an ihrem Tresen. Ihr üblicher Haarknödel saß ungewohnt schief auf ihrem Kopf, während sie einen selbstgemixten Cocktail schlürfte. Noch war nicht abschließend geklärt, über welches Vermögen sie auf einmal verfügte – viele eifrige Kunsthistoriker waren gerade dabei, den Wert des Gemäldes zu schätzen. Aber eins war klar: Alle ihre Sorgen hatten sich in Luft aufgelöst.

Sogar Xaver vom *Blumenbader Blatt* war gekommen, um über den Abend zu berichten. Als Versöhnungsangebot nach der ganzen Sache mit Edith und Else. Spätestens bei Erscheinen des Artikels würde Frau Maier vom Postamt sicher endlich ihre Drohung, nach Rapshöh auszuwandern, wahrmachen!

Bri hatte es leider nicht geschafft, ihre Nachtschicht zu tauschen. Ich übernahm später am Abend die Kasse allein, damit Kati und Linda sich auf der Tanzfläche austoben konnten.

Der Platz an der Kasse am Eingang war optimal, um den Erfolg der Party abzuschätzen: Jeder Gast musste zwangsläufig zweimal an mir vorbei und beim Gehen ließ sich leicht auf die Stimmung der Leute schließen. Ob sie begeistert oder unzufrieden waren.

So traf ich im Laufe des Abends auf einige altbekannte Gesichter, die ich länger nicht gesehen hatte, lernte aber auch die neuen Spielerinnen der Damenmannschaft kennen.

Und es kamen nicht nur queere Menschen, was mich besonders freute. Sogar meine Mutter wäre dabei gewesen, hätte sie nicht den Dogsitterdienst für Akiko übernommen.

»Giovanni! Solltest du nicht Bri bei ihrer Nachtschicht Gesellschaft leisten, so als ihr Partner?«, fragte ich, als er mit seiner wunderschönen Frau an der Hand auf den Eingang zutrat. Aus dem Inneren dröhnte zum bestimmt vierzigsten Mal an diesem Abend Madonna zu uns heraus.

Während Giovanni umständlich in seinem Portemonnaie nach dem Eintrittsgeld kramte, verpasste ich seiner Liebsten schon mal einen Stempel auf den Handrücken. Voller Vorfreude ging sie nach drinnen vor.

»Die hat auch ohne mich alles im Griff«, sagte Giovanni und winkte ab.

»Gibt's was Neues im Hackerfall?«, fragte ich betont beiläufig.

Nicht dass Bri und ich nicht miteinander reden würden, aber zum einen hatten wir uns auch abseits vom Beruflichen viel zu erzählen und zum anderen durfte sie nicht über laufende Ermittlungen sprechen – und tat es auch so gut wie nie. Ich respektierte das und bohrte nicht nach. Aber es konnte ja nicht schaden, mal bei Giovanni nachzuhaken, der es mit solchen Regeln nicht ganz so genau nahm.

»Wir wussten ja, dass wir den Fall bald komplett abgeben müssen, aber jetzt ist es bald so weit. Brianna ist davon alles andere als begeistert, kannst du dir ja vorstellen«, erklärte Giovanni und ließ sich von mir einen Stempel aufs Handgelenk drücken.

Ich nickte, während ich das Geld in die Kasse sortierte. »Ja. Aber ist vielleicht besser so. Ist ja doch eine sehr große Nummer.« In meiner wilden Fantasie hatte ich mir bereits ausgemalt, wie Bri undercovermäßig auf Dates ging, um die Hacker zu schnappen. Ich wusste zwar, dass sie gut auf sich aufpassen konnte, aber wohl war mir bei dieser Vorstellung trotzdem nicht.

»Hey, stimmt es eigentlich, dass deine Ex diese Münsteranerin flachgelegt hat? Die so tut, als hätte sie nicht mitbekommen, was ihr Mann geplant hat?« Giovanni schlug einen ähnlich beiläufigen Tonfall wie ich eben an.

»Sandra? Lena de Reus? Davon höre ich gerade zum ersten Mal, aber wundern würde es mich nicht.« Ich zuckte mit den Schultern. Im Nachhinein hegte ich Sandra gegenüber keinen Groll, hatte ich doch mehr aus der Beziehung mit ihr gelernt als aus allen anderen.

Ich war kurz vor Bri nach Hause gekommen und frisch geduscht, als Bri bei mir eintraf. Die »Gay On Me«-Nächte waren anstrengend, aber ich fühlte mich jedes Mal absolut zufrieden damit. Am liebsten hätte ich Danny vom *Delirious*, der in der Veranstaltung keinen Nutzen gesehen hatte, die Umsatzzahlen ins Gesicht geschleudert. Oder ihm erzählt, wie viele Besucher auch aus den umliegenden Dörfern kamen. Vielleicht rettete unsere Partyreihe sogar dem einen oder anderen das Leben, weil sie sich innerhalb der Community weniger verloren fühlten und Freunde fanden. Es mochte nur eine Party sein, aber in der Szene war das bunte Rauschen so viel mehr als nur feiern. Es bedeutete Sichtbarkeit und Familie.

Gerade hatte ich mir Bris Shirt, das sie bei mir gelassen hatte, übergeworfen, weil ich ohne sie neuerdings so schlecht einschlafen konnte und so zumindest ihren Geruch in der Nase hatte, da hörte ich einen Schlüssel in der Tür. *Ihren* Schlüssel zu *meiner* Wohnung. Mein Herz schlug einen Purzelbaum.

Unser gemeinsamer Alltag hatte sich so schnell eingespielt. Zwar hatte ich Bri – nach wie vor eine Eigenbrötlerin – immer noch nicht ganz durchschaut, aber wir verstanden einander mit jedem Tag besser. Sie war ruhig, aber dadurch wie ein Fels in der Brandung für mich.

Den grünen Stoffbeutel des FC Blumenbad über der Schulter trat Bri zu mir ins Wohnzimmer. Zu ihrer engen Jeans und ihrem dünnen schwarzen Rollkragenpullover trug sie ihre Polizeimütze, denn ihr Hair Day war bad. Zumindest war sie dieser Meinung. Ich fand, sie sah zum Anbeißen aus. Trotzdem konnte ich es nicht leugnen, dass sie erschöpft und ein bisschen niedergeschlagen wirkte.

Vorsichtig nahm ich sie zur Begrüßung in den Arm und küsste sanft ihre Lippen. »Ich hab's schon gehört – sie nehmen euch jetzt die Hackersache weg?«

»Ja«, bestätigte Bri mürrisch. »Aber war ja klar.«

Mit samtweicher Stimme fragte ich: »Wie war dein Tag sonst?«

»Wir waren gut mit dem Fall *Die drei Superbrezen und die geklaute Topfpflanze* beschäftigt. Bei der Dr. Neuer«, brummelte Bri.

»Die soll mal eine ihrer Brausetabletten nehmen und in die Ujjayi-Atmung gehen.« Ich rollte mit den Augen.

»Allerdings.«

Ich überlegte kurz, dann lächelte ich. »Aufmunterung gefällig?«

»Ja, bitte ... Die Neuer hat mich mürbe gequatscht, das drückt auf die Stimmung.« Bri hatte sich auf mein Sofa gesetzt und die Arme auf der Rückenlehne ausgestreckt.

In der Ecke lagen noch meine Handtasche und mein dünner Herbstschal, die ich beide nach der Party dorthin gepfeffert hatte. Letzteren schnappte ich mir, lächelte – dieses Mal hoffentlich etwas verführerischer – und setzte mich auf ihren Schoß. Ich begann sie zu küssen, während ich gleichzeitig ihr linkes Handgelenk mit dem Schal umwickelte. Inzwischen genoss ich es sehr, die treibende Kraft in Sachen Sex sein zu können. Wir waren total auf Augenhöhe.

Als Bri merkte, dass ich vorhatte, sie zu fesseln, unterbrach sie kurz die wilde Knutscherei und grinste. »Das ist doch mein Job!«

Ich zwinkerte. »Du hast jetzt Feierabend!«

»Könntest du in München nicht eine viel größere Karriere machen?«, fragte ich, während ich aus dem Autofenster blickte. Die Tatsache, dass man ihr den großen Hackerfall weggenommen hatte, mochte mir nicht mehr aus dem Kopf gehen. Es war so unfair, wenn man bedachte, dass sie dem Hacker überhaupt erst auf die Schliche gekommen war. Wollte sie für immer nur Fälle von gestohlenen Topfpflanzen übernehmen?

Die Landschaft flog an uns vorüber. Es war ein schöner Samstag in München gewesen. Bri hatte bloß einen Kaffee trinken wollen. Mehr nicht. Einfach einen schönen Ausflug machen. Ich hatte diese überraschende Ausfahrt sehr genossen. Auch wenn mir die »Gay On Me«-Partys großen Spaß machten – zum Entspannen kam man dabei nicht wirklich. Nichtsdestotrotz schmiedeten Vroni und ich bereits fleißig Pläne für neue Events, denn endlich konnten wir der queeren Community unserer Stadt und aus dem Umkreis einen ersehnten *safe space* geben.

Bri schnaubte. »Hast du das Gespräch in diesem Dekoladen mitbekommen? Als die Mutter zu ihrem Sohn gesagt hat: ›Wir kaufen jetzt diese Schatztruhe und legen den Gutschein für Michel-Alexander und seine Frau rein.‹ Und der Sohn daraufhin: ›Einen Gutschein wofür?‹ Seine Mutter hat geantwortet: ›Eine Woche Mallorca.‹ Und der Sohn wollte ernsthaft wissen: ›In unserem Haus?‹ – München ist so unglaublich drüber, ich wäre da absolut fehl am Platz. Wer hat denn ein Ferienhaus auf Mallorca? Und wer verschenkt dafür Gutscheine? Ich verschenke welche für H&M!«

Ich musste an Chacha zurückdenken. Vermutlich hatte Bri recht.

»Außerdem werde ich dort auch nicht anders behandelt als auf dem Land. Du hast doch auch die beiden Typen mitbekommen, die mich so blöd angeschaut haben.«

Ich erinnerte mich. »Die haben aber nur neidisch geguckt, weil man solche Muskeln eben nicht vom Wichsen bekommt.«

Bri fing herzlich an zu lachen.

»Solange du trotzdem glücklich bist, ist ja alles in Ordnung. Ich möchte nur nicht, dass du dich unter Wert verkaufst«, fügte ich unserem vorherigen Gesprächsthema hinzu.

»Tust *du* das?«

»Nun, zu meinem Glück will der Bürgermeister jetzt sogar eine Partnerstadt für Blumenbad bekommen. Vielleicht darf ich sogar mal auf Dienstreise gehen.« Ich konnte mir ein breites Grinsen nicht verkneifen. Auch wenn der Bürgermeister gerade wirklich viele Einfälle hatte, war mir das immer noch lieber als seine üblichen Sperenzchen.

»Es ist einfach gut so, wie es gerade ist«, sagte ich. »Ich will nicht woanders groß Karriere machen. Ich hätte nie gedacht, dass ich das mal sage, aber ich will nur Blumenbad.« Ich griff nach Bris Hand. »Und dich.«

Bri sagte nichts, lächelte aber leicht, während sie auf die Fahrbahn blickte.

Es war gut, zu wissen, dass wir dieselben Ziele hatten. Dass uns nichts erschüttern würde. Weil alles gut so war, wie es war.

Mühelos glitt ihr kleiner Flitzer die Autobahnabfahrt Rapshöh/Blumenbad hinunter. Nun war es nur noch vertraute Landschaft, die an uns vorbeizog.

Gedankenverloren sah ich zum Fenster hinaus und fasste glücklich zusammen: »In dieser Stadt sind die Menschen so engstirnig wie kaum irgendwo anders. Und doch können die, die so sind wie wir, frei leben und feiern. In dieser Stadt wissen die Menschen so viel übereinander und tun einander letztlich so selten weh. In dieser Stadt ist es so schön, dass man sich mit nur wenigen Gasthäusern zufriedengibt – und mit nur einer Disco. Weil wir alles haben, was wir brauchen. Vielleicht kein Ramen und keine große Kunst. Aber wir sind trotzdem glücklich. Wir besiegeln unsere Verträge mit Worten und nicht mit dem Notar. Und in dieser Saison schlagen wir Rapshöh in der Kreisliga.«

Danke

Eine Geschichte wie diese zu schreiben, war schon immer mein Traum. Ich wollte seit jeher von bayerischen Kleinstädten, ihren Bewohner*innen und ihren manchmal sonderlichen Gepflogenheiten erzählen. Daher hoffe ich, dass Fredi auch außerhalb von Bayern ihre Fans findet.

Ich möchte denjenigen danken, die die Geschichte über all die Jahre hinweg unterstützt haben, nicht zuletzt natürlich dem Ylva-Verlag für sein Vertrauen. Darüber hinaus bin ich wahnsinnig dankbar für die konstante Unterstützung meiner Eltern, die mit mir am Küchentisch darüber brainstormten, »was bei einem Auto am besten kaputtgehen kann, aber leicht zu beheben ist«.

Shout-out an meine gequälten Poetinnen und an meine Bachelorette-Gang. Und selbstverständlich an Anna Linster, ohne die ich nicht das, was mich so erfüllt, tun könnte. Ich liebe dich über alles!

In Bayern sagt man »Merci«.

Ebenfalls im Ylva Verlag erschienen

www.ylva-verlag.de

Es war einmal … eine Liebesgeschichte

L.T. Smith

ISBN: 978-3-96324-734-7
Umfang: 221 Seiten (78.000 Wörter)

Beth Leben ist nicht gerade ein Märchen. Nach vier Jahren toxischer Beziehung hat sie sich endlich von ihrer Freundin getrennt.

Noch damit beschäftigt, sich mühsam aus diesem emotionalen Loch zu arbeiten, lernt sie Amy kennen. Aber sie ist sicher nur an einer Freundschaft mit Beth interessiert … oder?

Job mit gewissen Vorzügen

Liz Rain

ISBN: 978-3-96324-767-5
Umfang: 189 Seiten (61.000 Wörter)

Für eine Spitzenpolitikerin wie die attraktive Bridget zu arbeiten, ist schon schwer – und erst recht, als Emma sich dann auch noch in ihre neue Chefin verknallt. Doch als Bridget nach einem politischen Skandal Trost in Emmas Armen sucht, ist es ganz klar nur ein leidenschaftlicher One-Night-Stand. Eine Frau wie Bridget würde sich nie für Emma entscheiden … oder?

Wer verliebt sich schon in eine Prinzessin?

Clare Lydon & Harper Bliss

ISBN: 978-3-96324-967-9
Umfang: 238 Seiten (70.000 Wörter)

Können eine Prinzessin und eine Cafébesitzerin trotz aller Hindernisse zusammenfinden? Die beiden Bestseller-autorinne Clare Lydon & Harper Bliss erzählen eine moderne Liebesgeschichte über Klassenunterschiede und die Suche nach Glück.

Zum Anbeißen

Jae & Alison Grey

ISBN: 978-3-95533-246-4
Umfang: 254 Seiten (68.000 Wörter)

Vampirin Robin möchte das Bluttrinken aufgeben. Bei den Anonymen Alkoholikern erhofft sie sich Hilfe. Stattdessen trifft sie Alana, die sie sofort zum Anbeißen findet.

Obwohl beide dagegen ankämpfen, ist die Anziehung zwischen ihnen überwältigend.

Ist es Liebe oder nur Blutlust, die Robin in Alanas Arme treibt?

Vielleicht spielt es keine Rolle mehr, als Alana herausfindet, wer Robin wirklich ist.

Über Simone Bauer

Simone Bauer schreibt Liebesgeschichten, die mitten ins Herz treffen – und das schon seit ihrem 21. Lebensjahr. Ihre Romane spielen meist in ihrer Wahlheimat München, wo sie mit ihrer Frau lebt. Wenn Simone nicht gerade an ihrem nächsten Bestseller arbeitet, entdeckt sie die besten Matchacafés der Welt oder schreibt als Journalistin über japanische Popkultur, Feminismus und queere Themen (u.a. für die MISSY). Ihr queerer Reiseführer *Pride on Tour* ist übrigens perfekt für alle, die die Welt mit offenen Augen entdecken wollen. Folgt ihr auf Instagram für mehr Inspiration: @howmanyheartaches

Bibliografische Information der Deutschen Bibliothek
Die Deutsche Bibliothek verzeichnet diese Publikation in der Deutschen Nationalbibliografie; detaillierte bibliografische Daten sind im Internet über www.dnb.de abrufbar.

2. überarb. und erw. Aufl.

Taschenbuchausgabe 2025 bei Ylva Verlag, e.Kfr.
ISBN: 978-3-69006-003-5

Dieser Titel ist als Taschenbuch und E-Book erschienen.

Lektorat: Nadine Pauli
Korrektorat: Claudia Volland
Satz & Layout: Ylva Verlag e.Kfr.
Bildrechte Umschlagillustration vermittelt durch
Shutterstock LLC; iStock; AdobeStock
Grafiken vermittelt durch Freepik
Coverdesign: Michelle Ryan

Kontakt:
Ylva Verlag, e.Kfr.
Inhaberin: Astrid Ohletz
Am Kirschgarten 2
65830 Kriftel
Tel: 06192/9615540
Fax: 06192/8076010
www.ylva-verlag.de
info@ylva-verlag.de
Amtsgericht Frankfurt am Main HRA 46713

Bei Fragen zur Produktsicherheit wenden Sie sich an:
info@ylva-verlag.de

Printed in Poland
by Amazon Fulfillment
Poland Sp. z o.o., Wrocław

53810115R00143